Mrs Spring Fragrance and Other Stories

スイシンファー短編集

スプリング・フレグランス夫人

スイシンファー
里内克巳・松本ユキ＝訳

小鳥遊書房

イーディス・イートン（筆名スイシンファー）の肖像
（ダイアナ・バーチャル氏提供）

目次

本文中の☆1、☆2は訳註を、★は原註を示し、各作品末にまとめてある。

『スプリング・フレグランス夫人』初版本（1912年）の表紙
（松川祐子氏提供）
この表紙には「水仙花誌」と漢字で書かれており、スイシンファーという筆名が中国語で水仙の花を意味することがわかる。

Leaves from the Mental Portfolio of an Eurasian

ユーラシアンの心象を綴ったポートフォリオ

これまでの歳月を振り返ると、こんな情景が脳裏に浮かんでくる。まだ四歳にも満たない幼いわたしが、緑豊かなイギリスの小道で、子守の前を歩いている。そして、彼女が別の子守に、この子の母親は中国人なのだと話しているのを聞いている。「なんてこと！」とその話を聞いた相手が叫ぶ。彼女はわたしの方を向いて、頭からつま先まで物珍しそうに凝視する。それから二人の女たちはひそひそと囁《ささや》き合う。わたしの頭のなかでは「中国人」という言葉はほとんど意味のないものだけれど、彼女たちがわたしの父と母について話をしていると感じ、心が怒りでふくれあがる。家に帰るとすぐに、わたしは母のところに行って、自分が聞いたことを話そうとする。わたしは幼い子どもだ。自分の思っていることを上手く伝えることができない。わたしの母も理解できない。子守に「スイちゃんは話をつくるのが上手ですね」と言われると、母はわたしの頬をひっぱたく。

あの日から何年も経ってしまった――自分がなにか異質な存在で他の子どもたちとは違っていると初めて気づいた日。母は忘れてしまったけれど、わたしは忘れていない。

また自分の姿が見えてくる。今度は数年後。わたしは他の子どもたちと庭で遊んでいる。門の外を、女の子が通り過ぎていく。「メイミー」と彼女はわたしの友だちに大声で言う。「あたしがあなたなら、スイなんかとは話したりしないわ。あの子のママは中国人なのよ」

わたしの隣にいた子は、「そんなの気にしないわ」と返事をする。そしてわたしに、「あなたのママが中国人だとしても、わたしはアニーよりあなたの方が好きよ」と言う。

「でもあたしはあなたが嫌い」彼女に背を向けながらわたしはそう答える。わたしが初めてわざとついた嘘だ。


わたしは子どものパーティーに参加する。主催者はインドの将校の妻で、そこの子どもたちはわたしの同級生だ。わたしはまだ六歳だ。けれど、すでに一年以上私立学校に通っていて、中国がイギリスによって文明化されつつある邪教の国だということもすでに学んでいた。それでもそのときはまだ、明るいお転婆な子どもだ。パーティーには、大人たちもかなりの数が参加している。そのうちの一人である白髪の老人が、パーティーの主催者に言われて、わたしに注意を向ける。彼は眼鏡をかけ直し、わたしをじろじろと観察する。「ふむ、なるほど！」と彼は大声を出す。「ちょっと見ただけではわからないものだな。よく見ると、他の子たちとは違うということがわかる。なんと変わった色をしているんだ！　髪と目の色は母親のもので、目鼻立ちは父親に似たんだろう。なんと興味深い小さな生きもの《クリーチャー》なんだ！」

せっかく遊んでいるのに、じろじろと観察する目的で大人に呼ばれてしまう。そんなところには戻らない。その晩はずっと、玄関のドアのところに隠れ、家に帰る時間になるまで姿を見せることはしない。

わたしの両親はアメリカにやってきた。わたしたちはニューヨーク州のハドソンにいて、とても貧しい。わたしは十か月年上の兄と外出をする。わたしたちが中国人の店の前を通りかかると、そのドアは開いている。「見てみろよ！」とチャーリーが言う。「なかにいるあいつら、中国人だ！」わたしは、天井が低く細長い部屋の奥を熱心にのぞき込む。イギリスで育ってイギリス式のマナーや着こなしを身につけた母親を除いて、わたしは中国人に会ったことはなかった。その店にいた二人の男たちは、彼らが野蛮な人種であることの見本であり、中国人労働者のブラウスとズボンを着て、背中まである辮髪《べんぱつ》が垂れ下がっている。わたしはショックのあまりあとずさる。

「ああ、チャーリー」とわたしは叫ぶ。「わたしたちもあんなふうなの？」

「そうだな、僕たちは中国人で、彼らも中国人だから、きっと僕たちもそうなんだろう」と七歳の兄は答える。

「そうさ、お前らもおんなじだ」とわたしたちについて通りを歩いてきた少年が言う。彼はわたしたちの近くに住んでいて、母を見たこともある。「チンキー、チンキー、チャイナマン、イエローフェイス、豚のしっぽ《ピックティル》、鼠食い《ラットイーター》」。他の男の子たちが大勢、それに数人の女の子も加わって、彼と一緒にはやしたてる。

「お前らよりもましだ」と兄は叫んで大勢の子たちを前に立ち向かう。兄はその場にいる他の子どもたちよりも年下で身体も小さいし、わたしは兄よりももっとちっぽけだ。けれどわたしの精神は力を取り戻す。

「世界じゅうの他のどんなものよりも、中国人でいる方がずっといいわ」とわたしは大声で叫ぶ。

彼らはわたしの髪の毛を引っ張り、服を破り、顔をひっかく。わたしの兄も足腰が立たなくなるくらいにやっつけられる。けれど、わたしたちに流れている白人の血が、わたしたちの半分の中国人の血の代わりに、勇敢に闘ってくれる。すべてが終わると、疲れきったわたしたちはぼろぼろの身体を引きずり、家まで這って帰り、母に「けんかに勝った」と報告する。

「ほんとうに勝ったの？」と母は疑わしそうに尋ねる。

「もちろん。あいつら、逃げ帰ったよ。とても怖がってた」と兄は答え返す。

母は満足し、ほほ笑む。

「あなたも聞いたでしょう？」母は父に尋ねる。

父は少しの間、新聞を読むのをやめて顔を上げ、「そうか」と答えるだけ。それでも、わたしの子どもとしての本能が、父は無関心に見えても内心では興味をもってくれていると告げる。

ティータイムなのに、わたしは食べることができない。わたしはこっそりと這って出る。その夜は眠れない。すっかり興奮しているし、身体じゅうが傷んでいるので。わたしたちの喧嘩《けんか》の相手はみな、わたしたちより強くて体が大きかった。けれど朝方、うとうとしていたわたしは、ぱっと目を覚ましてこう叫ぶ。

「戦闘開始を叫べ、
敵は近くにいるぞ[☆1]」

母はわたしたちを日曜学校に行かせようとしている。彼女は長老派の大学で教育を受けたのだった。

わたしの人生の舞台は、カナダの東部へと移る。わたしたちを駅から乗せてきた橇《そり》は、フランス系カナダ人の小さなホテルの前で停止する。わたしの母が橇から降りるのを父が手助けしていると、大勢の村人たちがわたしたちを取り囲み、好奇に満ちた目で母を見る。彼らの好奇心は親切心で和らげられているのだけれど。橇を乗るときに被せるバッファローの毛皮から、兄弟と姉妹、そしてわたしの小さな黒い頭が覗くと、彼らは次々とわたしたちを眺める。わたしたちは女の子四人と男の子二人で、あわせて六人で、いちばん上の兄はほんの七歳。わたしの父と母はまだ二十代だ。わたしたちをホテルに連れて行ってくれる住人たちは、「かわいそうな子どもたち《レ・ポーブル・アンファン》」とフランス語でつぶやく。そして声を落として「支那人《シノワーズ》、支那人《シノワーズ》」と囁く。

カナダに到着してからしばらくのあいだ、わたしたちが子どもだけで散歩に行くときにはいつでも、若いフランス系あるいはイギリス系のカナダ人たちが大勢、わたしたちの跡をつけまわす。わたしたちをつねったり、髪を引っ張ったりして、中国人のわたしたちが気づくかどうか反応を見て、面白がるのだ。より年長の大人たちは、わたしたちの前で立ち止まり、まるで動物園の奇妙な動物たちを眺めるような目で、わたしたちのことを見ている。わたしたちはときどき呼び止められて、質問攻めにあう。何を飲食するか、どうやって寝るか、母は父が話しかける言葉を理解しているか、椅子に座るのか、それとも床の上にしゃがむのか、などなど、きりがない。

喧嘩を吹っ掛けられることも多々あるので、出かけるときはほぼ必ず、衝突に備え身構える。母はわたしたちの喧嘩にとても関心をもち、いつも応援してくれるけれど、幼い自分の子どもたちがもがきながら進んでいる急流の深さを理解していないように思う。父の方は平和がモットーで、多くのことに目をつぶり、耳を塞いだ方が賢明だという考え方だ。

学校での日々はあっという間だったけれど、記憶によく残っている。わたしと兄は同じクラスで、一つ下の妹は一学年下のクラスだ。わたしの妹と同じ机の前に座っていた女の子は、妹が席につくと、壁の方に体をくっつけるようにして座る。ほどなく彼女は挙手をする。

「先生、すみません！」

「アニー、どうしたの？」

「席をかわってもいいですか？」

「いけません、許しませんよ！」

小さな女の子は泣き始める。「どうして隣に座らなきゃいけないのよ、こんな――」

幸いなことに、わたしの妹は聞いていなかったようで、彼女たちはその後すぐに親友になるのだ。わたしにはそんな経験がたくさんある。

わたしの兄は、ずば抜けて頭がよい。一つ下の妹は、数字に長《た》けているので、若干八歳にして、父の経理の仕事を夜に手伝う。両親はわたしを妹と比較する。彼女はわたしより体も丈夫で、父はよく「あの子はいつでも冷静に対処できる」と話している。父は妹が母と似て、聡明で日常生活のあらゆる事柄に気配りができると考えているのだ。父はよく、わたしは母のような女性にはなれないし、妹の将来には遠く及ばない半人前だと話している。わたしは他の妹たちのように体が強くなかったので、長女として期待に添えない自分のことを恥ずかしく思う。病気がちの身体ではなかったものの、神経が細すぎるので、体力が奪われてしまう。わたしはときどき、神経性疾患の発作に悩まされる。医者は、わたしの心臓が異常に大きいと診断する。けれども、現在《いま》になって考えてみると、ユーラシアンであることの十字架が、子どもの小さな肩で背負うには重すぎたのだろう。わたしはたいていの場合、自分の弱さを限界まで家族から隠そうする。わたしは自分のことがわからず、自分が他の人ほど強くないせいで、周りから軽蔑されていると考えるようになる。だから、わたしは川辺や茂みを、ひとりで当てもなくさまようのが好きだ。緑の野原や水流が、わたしを惹きつける。七歳のわたしにとって——そして現在でもそうだけれど——飛び立つ鳥は幸福の象徴《エンブレム》だ。

わたしの母親の人種はあらゆる人種と比べて、もっとも無感情で無感覚といわれている。わたしも母の側の人種を引き継いでいるけれど、これまでの歳月を振り返ってみると、わたしは生きているだけで苦痛なほど、あらゆる悲しみや苦しみを痛烈なまでに生々しく感じている。

母親と父親の間の違いにより、家庭内で問題がおこったときや子どもが罰せられるとき、わたしはどんなにひどく苦しむことか！　そして、家庭が調和を取り戻したときには、まるで天国にいるかのように感じられる。悲しいときもあれば、嬉しいときもある。お産のときに母が苦痛で叫んでいるのを聞くと、わたしは気が狂いそうになるし、母の苦痛が和らいだ後しばらく経っても、わたしはその痛みを身体の中に感じる。そんな経験をした後は、ときには一週間ほど眠れないこともある。

父の借金により、わたしは羞恥心でいっぱいになる。わたしは債権者のドアの前を通るたびに、自分が犯罪者であるかのように感じてしまう。わたしはわずか十歳だ。国籍の問題は、四六時中わたしの小さな頭を悩ませる。どうしてわたしたちはこのような存在なのか？　わたしとその兄弟たち、姉妹たち。どうして他の人にじろじろ見られ、嘲《あざけ》られるように、神はわたしたちを創りたもうたのか？　パパはイギリス人で、ママは中国人。どうしてわたしたちは、そのどちらか一つになることができなかったのか？　どうして母の人種は、忌み嫌われているのか？　わたしは父の顔と母の顔をのぞき込む。彼女はどこをとっても、彼と同じように愛おしく、優れているではないか？　なぜ？　どうして？　彼女はイギリスの学校で習った歌を、わたしたちに歌ってくれる。わたしたちに中国のお話をしてくれる。彼女が母国を離れたのは、まだ子どものころだったけれど、彼女はまだよく覚えている。彼女がどのようにして自分の家から攫《さら》われたのかについての話は、わたしを飽きさせることはない。彼女は何度もわたしたちに話して聞かせる。彼女が上海で父と会ったときの話を。二人の結婚にまつわるロマンスを。なのになぜ？　どうして？

わたしは父と母に打ち明けることはしない。両親に理解できるはずがない。どうして理解できるなんてことがあるだろうか。父はイギリス人で、母は中国人なのに。わたしは二人の子どもだけれど、そのどちらとも違う異質な存在なんだ。「わたしたちは何者なの？」とわたしは兄に問いかける。「そんなことどうでもいいだろ、意気地なし」と彼は答える。それでも、どうでもいいなんてことはない。わたしは詩が好きで、特に英雄詩がお気に入りだ。お伽話も大好きだ。日常生活の物語には、あまり興味がない。わたしは自分が偉大で高貴な人物になる夢物語を夢みる。妹たちや兄弟たちもその夢のなかで一緒だ。火あぶりになりかけて絶体絶命のときに、炎のなかから偉大な魔人《ジン》が現れ、わたしたちを嘲った者たちにこう告げる、「見よ！　かの偉大で、英雄的で、高貴な中国人たちを」——そんなことを考えてわたしはひとり悦に入る。

妹たちは裁縫師の見習いをし、兄は事務所で働いている。わたしは父の絵画や自分で編んだレースを売るのに奔走する。当時自分のことを中国人だと理解していたならば、その国籍が売り上げの助けとなってくれる。わたしのお客のご婦人方は、わたしのことを「レース編みの小さな中国人の娘さん」と呼ぶ。それでも、幼い少女には危険の伴う商売だ。わたしは何度も「奇妙な失踪」を遂げそうになる。「中国人だ」「中国人め」という嘲りの言葉がわたしのところに届かないほど、自分の知っているところから遠く離れた場所に行きたいという誘惑にとりつかれた。

機会があればいつでも人目を避けて図書館へ足を延ばし、片っ端から中国や中国人についての本を探し出して、読み漁る。中国は地球上のどんな場所よりも古い文明国家であること、そしてその他のことも、本で知識を得る。十八歳のわたしを悩ませたのは、自分が自分であるということではなく、他の人たちがわたしの優れたところに気づいてくれないことだ。わたしの身体は小さくとも、心は大きい——そして自尊心も高い。

妹たちは、自分たちでレッスン代を払い、ダンスのクラスに参加している。陰で嘲笑う人たちもいたけれど、他の若者たちと出会い、交流することを楽しむ。あの子たちは、わたしのように他人のことを気にしない。それでも、自分たちの状況を理解している。中国人の血が流れている少女と結婚するくらいなら、豚のほうがよっぽどましだ。そんなふうにある若い男性が話しているのを耳にした、と妹の一人は話してくれる。

やがてわたしも速記を学び、事務所での仕事を得る。妹のように、自分の力で学んだけれど、あの子のように自分を完璧に高める忍耐力も能力もない。それに、わたしのような気性の持ち主にとって、人の考えを書き写すだけで何時間も過ごすのは、一種の拷問だ。だから、そこそこいい給料はいつも稼げるのだけれど、わたしは妹のようにビジネスにおいて傑出した人材にはなれないのだ。

数年間働いたのちに、わたしは自分自身の事務所を開く。地元紙の後援もあり、地元の中国人に関する記事など、多数の仕事を得ることができる。わたしは多くの中国人に会い、彼らが何か問題に巻き込まれると、わたしはいつも紙面で彼らのために戦うことを引き受ける。この戦いはわたしにとって楽しいものだ。ある日、ニューヨーク在住の一人の中国人が書いた記事を読んで、わたしの心は踊る。彼はこう書いている。「アメリカにいる中国人たちは、わたしたちを擁護してくれる勇敢な女性、スイシンファーに絶えず感謝の意を表明しなければならない」

この記事を書いた中国人は、わたしを探し出し、訪ねてくる。彼は聡明で、機知に富んだ男性で、アメリカの大学を卒業した中国人の学者である。彼にはアメリカ人の妻、そして子どもが数人いることを知る。わたしは子どもたちに関心を抱く。そして、その子たちに会って、ユーラシアンとしての経験談を聞くとき、わたしはその話に心から共感し、胸が震える。「どうしてパパとママはわたしたちを生んだの？」と子どもの一人は尋ねる。どうして？

他にも中国人の男たちと出会うけれど、その人たちはわたしの知り合いの白人男性に優るとも劣らない知性と心の持ち主である。なかにはとてもハンサムな男性もいる。白人男性と比べると、彼らの鼻は整っていないし、顎も立派なものではないが、彼らの肌はより滑らかで、表情は落ち着いていて、手の形も美しく、声も柔らかだ。

わたしがインタビューをした小柄な中国人女性たちは、わたしに中国人と結婚するつもりがあるかどうかを知りたがる。わたしはノーとは答えない。女たちは嬉しそうに手を叩いて、中国人の男は他の男たちよりも優れていることをわたしに保証する。それでも彼女たちは、わたしを気にかけてくれる男がいるかについては、懐疑的である。純潔の中国人たちは、半分白人の混血に対しての偏見をもっているからだ。

根本的にはすべての人間は同じだと、わたしは考える。わたしの母の人種は、父の人種と同じく偏見をもっている。全世界が一つの家族になったとき、人間はようやく、はっきりと見て、しっかりと聞くことができるようになる。いつの日か、世界じゅうのほとんどの地域が、ユーラシアンでいっぱいになることを信じている。わたしはほんの手始めなのだと考えると、自分自身を奮い立たせることができる。先駆者の苦悩は、名誉なことだ。

「昨日、中国人と歩いていたね」と知り合いの一人がわたしに問いただす。

「そうだけど、それが何か？」

「そんなことはすべきじゃない。あってはならない」

「わたしの母と同じ人種の人と一緒に歩くのが、いけないことなの？　そうとは知らなかったわ！」

中国人と歩くのは正しいことではないという彼の考えに、わたしは納得することができない。


わたしは大きな湖の北岸から少し離れた小さな町にすんでいる。夕食の席でわたしの隣に座っている男は、わたしが速記者として働いている事務所の雇用主だ。他にも、経営者たちが二人に、若い女性とその母親がいる。

その朝に、中国人で満員の車両が通りすぎていったのを見たと、だれかが話題にする。町には大陸横断鉄道が通っている。

わたしの雇用主は、がっしりした頭を振っている。「どうにも納得できないよ」と彼は言う。「中国人が我々と同じように人間であるという考えにはね。奴らは不滅の魂をもっているかもしれないが、顔にはまったく表情がないし、ついつい疑ってしまうのだよ」

「魂だなんて」と町役場の書記も言う。「奴らは身体があるだけでじゅうぶんだ。わたしの目には、チャ

イナマンはニガーよりも不快な存在に見える」[☆2]

「あの人たちを見ると、いつだってとても気味が悪くなるわ」と若い女性も笑いながら答える。

わたしの家主は、「わたしの家には、中国人は一人も入れたくないわ」と言い切る。

「でも、日本人はまったく違うね。奴らの方が頭はいいし、まだ好感がもてる」とK氏が話を続ける。

惨めで臆病なわたしは沈黙している。わたしは中西部の町にいるのだ。自分の正体を明らかにしてしまうと、次の日にはその地域のすべての人が、わたしの素性を聞くことになるだろう。その地域の住人のほとんどは、わたしの母の国の人々に対して強い偏見をもっている、労働者階級の人々だ。わたしの将来はもはや有望ではなくなる——もしもわたしが話してしまったら。中国の人々の偉大さや高尚さを証明するために自らが火あぶりになるなんて野望は、もはやもちあわせていない。

K氏はわたしの方を向いて親切そうに微笑む。

「どうして、ミス・ファーは黙っているんだい？」と尋ねてくる。

「彼女にとって、〈洗濯屋《ウォッシー・ウォッシー》のチャイナマン〉なんて、さほど興味深い話題ではないのだろう」と地元の銀行の若い支店長が、会話をつなぐ。

わたしは思い切って、食事の皿を見ていた視線を上に向ける。雇用主に向かって「Kさん」と呼びかける。「中国人たちは魂がなく、顔は無表情で、文明の境域からも取り残されているかもしれませんが、彼らが何であれ、わたしがあなたに理解していただきたいのは、わたしが——わたしが中国人だということです」

数分間、部屋のなかには沈黙が流れる。それからK氏は、食事の皿を押しやり、わたしのかたわらに立って、こう言う。

「わたしの言い方が間違っていた。わたしは中国人のことを何もわかっていなかった。まったくの偏見だった。どうか許していただきたい！」

わたしに謝罪したK氏は道徳的で勇気があり、尊敬に値する。彼は良心的なキリスト教徒だけれど、それでもわたしはその小さな町に長く留まることはない。


わたしは熱帯の空の下、生まれや教育やお金の力によって、世界でも有数のかなり高い地位についている人たちと頻繁に会って、会話をする。それはとても特異な環境だ。そこではわたしは、旧約聖書に登場するノアの息子の一人、ハムの名誉ある子孫たちに由来する人種の人々に囲まれてもいるから。呪われたハムの子孫たちは、祝福を受けたセムとヤペテの息子たちの召使となるよう運命づけられている。聖書によると、わたしはセムとヤペテの両方の子孫であるので、ハムの人々の上に立つ完全なる権利を与えられている。でも、他の人々が聖書の教えにしたがっていても、自分の優位をわたしに対して印象づけようとしない人に対して傲慢な態度をとるのは、わたしの性に合わない。そして、ホテルがわたしに割り当てた気の毒な黒人メイドは、決して自分の優位性をふりかざす人ではなかった。わたしの雇用主の奥方は、そのようなわたしの態度を叱りつける。「礼なんて不要です」と彼女は言う。「黒人の給仕《サービス》に対しては」

西インド諸島での珍しい生活には、それなりの魅力もある。環境、人々、生活作法は、わたしが北方で慣れ親しんでいたものとはあまりに異なっているので、わたしはまるで「生まれ変わった」かのように感じる。上流階級の人々と交流をしても、わたし自身はその階級の人間ではないので、何かを言われたり好奇心をかきたてたりするほどの重要人物ではない。わたしはほとんど一日じゅう忙しく、夜遅くまで働くこともしばしばある。単調ではないけれど、骨の折れる仕事だ。島の農場主たちや企業家たちは、わたしがいることを当然のように受け入れ、親切にもてなしてくれる。あるイギリス人男性が、島の〈茶色い肌の少年たち〉に気をつけるよう、わたしに警告することもある。わたしも地球上にいる〈茶色い人々〉の一人だとは、思いもよらないのだろう。

わたしが完全な白人ではないことが周囲で囁かれはじめると、〈遊び好き〉の男たちが、わたしとお近づきになろうとやってくる。わたしは小柄で、年の割には若く見える。けれど、わたしがとても生真面目でお堅い未婚婦人であることを知ると、男たちはとても感じの良い立ち去り方をしたので、期待を裏切られた彼らの反応を、わたしは心のなかで反芻することになる。

ある晩、わたしの部屋にカードが届く。カードには海軍士官の名がある。おそらく誰かからわたしが地元紙の記者だと聞きつけ、情報提供に来たのだろうと思い、わたしは訪問者に会いにいく。その男がホテルのベランダの安楽椅子に腰かけているのを見つける――大柄で金髪のハンサムな男で、わたしよりも何歳か若い。

「大尉殿のお名前は＊＊[☆3]ですか?」とわたしは尋ねる。

彼はお辞儀をして、少し笑い声をあげる。その笑い声はどういうわけか彼には似つかわしくなく――わたしにも合わない。

「何か話したいことがおありでしたら、早くおっしゃってください。とても忙しいので」

「そんなこと言わずにさ」彼はまたその不快で馬鹿みたいな笑い方で答える。「楽しく過ごそうと思えば、時間はいくらでも作れるだろう。そのために、わざわざ君に会いにきたのに。このあいだ、競馬場で君を見かけて、その後も総督の公邸では二度見かけたよ。僕の船は、ここに停泊するのさ、＊＊週間もね」

「その情報も掲載してほしいですか？」とわたしは尋ねる。

「そんなつもりじゃない！　だって——僕が来たのは、ただ君が僕のことを知りたがるだろうと思ったからなんだ。僕は君のことが知りたいんだ。君は華奢でとても素敵だよ。今晩、船に乗って出かけて、素敵な夜を過ごさないか？　僕が香港で出会った可愛い中国人の女の子たちのことを教えてあげるよ。あの子たちには、恥じらいってものがない！」


カナダ東部を離れて、西の果てに向かうのは、またリウマチで高熱を出し、体重が八十四ポンド台にまで落ちてしまったからだ。わたしは広告の仕事の契約を得て、旅をする。鉄道会社は、わたしが大陸横断鉄道について、何らかのやり方で効果的な宣伝をすることを期待している。ロッキー山脈を越えるようにと、医者から言い渡されていた。東部では気力を回復できないだろうと彼ははっきり言っていた。それでも、サンフランシスコに滞在して二日しか経っていないのに、わたしは仕事を探し始める。わたしが見知らぬ場所で、よそ者として仕事を探すのは、これが初めての経験だ。故郷から離れて仕事をしたことはあったけれど、いずれも故郷の伝手《つて》で得た仕事だった。サンフランシスコでは、だれにも何もサービスを要求されることはなく、だれもわたしに特段の関心がないことに驚かされる。月給五ドルで、鉄道会社の文書をタイプライターで打つ仕事の申し出を受けるのが、関のやまだった。それでもわたしは会社の取り決めで、社外での仕事をする権利を確保し、勤務時間が軽いものになるように取り計らってもらう。もしもわたしの物語や新聞記事が売れれば収入が増えると期待してのことだ。まだ片足を引きずった状態で、病気からもまだ完全に回復していないことを考えると、どんな仕事であろうと得られたことは幸運だ、と自分自身を慰める。

わたしは紹介状のおかげで、あるサンフランシスコの新聞の所有者に、都市のなかでもまだ注文取りにまわったことのない地域であるチャイナタウンの人々から定期購読の契約を得る仕事を提案される。わたしはこの仕事に熱心に取り組むけれど、中国人の商人たちや一般の人々は、わたしに対して疑念を抱いていることを知る。彼らは何度も、良心のない白人の人たちに付けこまれてきたのだ。さらに悪いことに、――わたしはほんの少しの言いまわしをのぞいて、母親の母語が話せないのだ。それで、どうして彼らにわたしを同国人の女として受け入れてもらうことができるだろうか？　あなたがたと同じ人種ですと話すと、アメリカナイズされた中国人たちは、わたしに面と向かって笑う。ところが、彼ら全員が〈疑い深い聖トマス〉[☆4]というわけではない。中国の女たちのなかには、わたしの髪や眼の色、顔の色が中国人のものであり、お米やお茶が好きであることに気づいてくれる人もいる。彼女たちは――そしてその夫たちも――そのことを知り、満足そうにしている。

わたしの中国人としての本能が鋭くなる。わたしはもはや、初めて中国人を見たときに、兄に体を寄せて縮こまっていた幼い少女ではない。見知らぬ場所に一人でいると、つつましい中国人の洗濯屋の姿を見ただけで、守られているような感覚や家にいるような安心を感じたことが、何度も何度もある。この事実は、慣れ親しむことによって偏見を取り除くことが可能だ、とわたしに実感させる。

わたしは半分中国人、半分白人の少女と出会う。彼女の顔はまるで白い漆喰で固められたような化粧をしていて、まぶたや眉毛を黒くしているので、彼女の目の形や全体的な表情が違って見える。彼女は東部で生れ、十八歳のときに広告を見て西部にやってきた。何年も労働者階級のあいだで暮らしたことにより、中国人に対する暴言ばかり耳にしていた。カリフォルニアのような土地では、半分中国人、半分白人の少女がスペイン系やメキシコ系の出自を装うことは難しくない。この気の毒な少女もそのようにしているが、だれかに〈発見される〉ことを心から恐れている。彼女は若い男性と婚約し、彼に自分が何者であるか話すことを恐れていたけれど、物怖じしないアメリカ人の女友だちに背中を押されて、彼女はようやく彼に話すことになった。彼女の出自を知っているこの友人は、真実は遅かれ早かれ話さなくてはならず、遅いより早い方がいいだろうと考えた。彼女のことを心から愛していれば、その男も彼女の国籍を二人の間の悪しき障害として捉えないだろうから、彼に打ち明けるようこのユーラシアンの少女に助言したのだ。それでもユーラシアンの少女は、彼女の秘密を隠したがり、アメリカ人の女がもしあなたが混血だと伝えないならわたしがそうするわよと宣言し、窮地に追い詰められてやっと、夫となる男性に仕方なく事実を伝えたのだ。自分の婚約している女性に半分中国人の血が流れていることを知ったその若者は、「親兄弟になんて伝えればいいんだ?」と叫んだ。でも、それだけだった。彼にとっては、愛は偏見より強いので、彼の〈親兄弟〉にそれを伝える必要はないと二人は考えている。

アメリカ人は長年、日本人は中国人よりも身分がずっと上だと考えてきたので、半分中国人の若い男女のなかには、自分の社会的な、そしてビジネス上の立場を高めるために、日本人のふりをしている者もいる。彼らはそれでもユーラシアンだとみなされるけれど、中国系ユーラシアンと日系ユーラシアンとでは光の当てられ方が違っているのだ。なんと不運な中国系ユーラシアンたち！　その人たちよりも、そのような卑屈な態度をとらせるよう仕向ける者たちを責めるべきではないのか。

しかしながら、人々は誰もが同じというわけではない。中国人の血が流れている相手との結婚を誇りとし、そのような人たちとの素晴らしい友情を名誉に思う白人男性や白人女性との出会いもある。ユーラシアンにもさまざまいる。白人男性との婚約を九度拒絶してのちに、彼と婚約した女性を知っている。彼女はありとあらゆる方法で、彼の気をくじこうとした。わたしは半分中国人だし、家族は貧しく、毎週かあるいは毎月のように、自分の稼ぎから特定の額を仕送りしなくてはならない。だから、もしわたしと結婚するならば、あなたも同じこと、あるいはそれ以上のことをしなければならないわよと警告した。さらに、あなたを愛していないし、これからも愛することはない、というもっとも都合の悪い決定的な真実も突きつけた。しかし決意が固く、諦めることを知らない恋人は、君が中国人でもホッテントット[☆5]でも関係はない、君の家族にもこれまで君が仕送りをしてきた額の二倍を喜んで送金すると誓い、自分を愛していないことについては——そんなことは問題ないと約束した。彼は彼女を愛していた。それで、この若い女の母と妹たちはどちらも既婚で、いつも彼女が独身であることで小言を言い、その自立した生活ぶりについて噂《うわさ》していたので——彼女はついに男との結婚に同意し、その取り決めについて、次のように日記に記した。

> わたしは、＊＊の妻になることを、一八九＊年の＊月＊日に約束した。なぜならば、世界は独身女性に対して冷たく嘲笑うからだ。それ以外の理由はない。

ある日まですべては順調にすすんだ。若い男が美しい馬を駆って馬車を走らせ、女はその隣に座っていた。必死で自分が彼と恋に落ちている想像をしようとしたけれども、そこに中国人の農夫が野菜のカートをガラガラと引いて通りすぎた。そのチャイナマンは、青い木綿のブラウスとズボンを身につけて、とても陽気に見えた。彼は小粋な帽子を被っていたけれど、長い辮髪を前に引っ張り、その帽子の周りに巻きつけてはずれないようにしていた。若い女はふと、彼への悪戯を思いついた。「見て！」と女はチャイナマンを指さして、叫んだ。「あそこにわたしの兄弟がいるわ。あなたも挨拶したら？」

男の表情は愕然として、少し険しくなった。彼は憂いに沈んだ。その隣にいた意地悪な女は、まるで本を開いて読むように男の表情を読んでいた。

「もしわたしたちが結婚したら」と女は言った。「毎月、中国人とパーティーをするつもりよ」

返事はない。

「この都市《まち》には、上流階級の中国人はほとんどいないから、洗濯屋や野菜農家の人にたくさん来てもらいましょう。民主的なアメリカは、そんなに排他的じゃないわよね？」

男は、ひとかけらのユーモアもない気質の持ち主だったけれど、返事をしようとするときに、顔を歪めるようにして弱々しい笑みを浮かべた。

「君の好きなようにすればいいよ、愛しい人。でも――それでも――ちょっと考えてごらん。僕たち二人にとって少しでもやりやすいように、結婚後は、つまり君はその――えっと――日本人ということにしておくのはどうだろう？　僕の友だちの多くが、それが君の国籍じゃないかって質問してくるんだ。彼らもきっと、小さな日本のご婦人になら会いたがるはずだ」

「日本人のお相手を見つけて、みなさんの願いをかなえてあげればいいじゃないの？」

「なんだって――えっと――どういうことだい？」

「べつに大したことじゃないけど、ただ――わたしちょっと疲れちゃったの」と女は男からの指輪を外そうとする。

「まさか本気じゃないだろうね！　ああ、指輪を戻しておくれ、お願いだから！　僕はもう決して君の気持ちを傷つけたりしないから！」

「傷つけたりはしなかったわよ。お気持ちはとってもありがたく思ってるの。でもわたしの言ったことは本気よ」

その晩、〈恩知らずな〉中国人のユーラシアンは、他の記述に加えて、次のようなことを日記に書いた。


ああ、なんと喜ばしいことでしょう！　これでわたしはまた自由よ。もう二度と、自分の心に嘘をつくなんてことはしない。もう二度と誰にも、わたしを結婚させようと、しつこく〈追い回し〉て〈嘲笑う〉なんてことはさせない。

わたしはカリフォルニアの各地への交通手段を確保している。文学関係の人々に会うのだけれど、なかでも重要な人物として、わたしの中国の物語を最初に採用してくれた雑誌の編集者がいる。その人と奥さんは、牧場でわたしを温かく迎えてくれる。その人たちはとても鷹揚で、わたしへの関心は、真摯で知的好奇心からくるものであり、他意のある低俗なものではない。他にも国籍を使って〈もうけ商売〉をするようわたしに助言をするおかしな人たちもいる。もしもわたしが、アメリカにおいて文学で成功したいのであれば、中国人の衣装を着て、手には扇子を持って、真っ赤なビーズで刺繍した靴を履いて、ニューヨークに住んでいる高貴な身分の中国人を演じるべきだと、彼らは言うのだ。わたしの周囲にいる中国系アメリカ人たちと親密になるよりも、中国人の祖先との魂の交流について論議すべきで、編集者の〈おはよう〉や〈ご機嫌いかが〉の合間に孔子からの引用を入れるべきだと。

「孔子よ、孔子、なんと孔子は偉大なのだろう。孔子よりも前には、孔子は存在しなかった。孔子より後に、孔子が現れることもない」うんぬんかんぬん――

といった具合。啓蒙的かつ抽象的なよくある戯言、と言ったらおわかりになるだろう。かつての中国の賢人が「誠は天の道なり」[☆6]と説いたことを、彼らは忘れているか、あるいはまったく気づいていないのだろう。

わたしのユーラシアンとしての経験は、これからも続く。けれど、これまでに比べれば、人々には偏見はない。西部でも、あらゆる方面の考えにおいて、カナダ東部で知り合っていた人々よりも進歩的な友人たちがいる――その人たちは、より純粋で誠実な人々で、宗教の形式よりむしろその精神に重きを置いている。

そういうことで、わたしは大陸をあちこちと彷徨《さまよ》い続ける。わたしが東にいるときは、わたしの心は西にある。わたしが西にいるときは、わたしの心は東にある。近いうちに中国に行きたい。わたしの人生は父の国で始まったのだから、わたしの母の国で終えてもいいだろう。
　結局のところわたしに国籍はなく、いかなる国籍も主張しようと思わない。国籍よりも個人の方が大事だからだ。孔子曰く「あなたはあなた、わたしはわたし」わたしの右手を西洋人に、左手を東洋人に差し出そう。この些細な〈仲介役《コネクティング・リンク》〉が、東と西の間で完全に引き裂かれないようにと願いながら。望むのはそれだけだ。

☆1：一八六九年に発表され、その後人気を博した讃美歌の冒頭部。
☆2：ここに見られる中国系やアフリカ系の人々に対する差別的呼称は、作品内の登場人物が人種偏見をもっていることを反映するものであり、その点を明確にするためにあえてそのまま訳出した。
☆3：この自伝的エッセイでは、実在する人物のプライバシーに配慮して名前や日付などを伏せる場合がある（原作では長めのダッシュ記号を使用）。本訳書では、「＊」の記号を使用してそのことを表すことにする。
☆4：新約聖書で、使徒トマスがイエス・キリストの復活を疑い、イエスをその目で見るまで信じなかったエピソードに由来する表現。『ヨハネによる福音書』の二〇章二四―二九節を参照。
☆5：南アフリカのコイコイ人の俗称であり、白人よる蔑視的な表現。奴隷としてアフリカからヨーロッパに連れていかれた女性、サラ・バートマン（一七八九―一八一五）は「ホッテントット・ヴィーナス」と呼ばれ、彼女の身体は見世物としてさらされた。
☆6：「是故誠者、天之道也」という『孟子』からの引用。『中庸』にも「誠」について類似した一節がある。

Mrs. Spring Fragrance

スプリング・フレグランス夫人

1

スプリング・フレグランス（春香）夫人が初めてシアトルに着いたとき、彼女はアメリカの言葉をひとことも知らなかった。五年後、夫は彼女のことについて話す際にこう言った、「家内が学ぶべきアメリカの言葉はもうないよ」そしてスプリング・フレグランス夫人のことを知る者はみな、スプリング・フレグランス氏に同意した。

ビジネス上の名前をシン・ユークというスプリング・フレグランス氏は、年若い骨董商だった。多くの点で保守的な考えをもった中国人であったが、彼は同時に、西洋人の言い方を借りれば「アメリカ化」していた。スプリング・フレグランス夫人はなお一層「アメリカ化」していた。

スプリング・フレグランス家の隣には、チン・ユエンの一家が住んでいた。チン・ユエン夫人はスプリング・フレグランス夫人よりずっと年上だった。だが十八歳になる娘がひとりいて、その娘とスプリング・フレグランス夫人とはとても親しい仲だった。この娘は中国名をマイギーファー（薔薇《ローズ》）、アメリカ名をローラという可愛い少女だった。ほとんど誰もが彼女をローラと呼んでいた。両親や中国人の友人ですらそうしていた。ローラには恋人がいた。カイ・ツという若者だった。アメリカ生まれで、若い西洋人たちと同様に血色がよく体ががっしりしたカイ・ツは、西海岸でも屈指のピッチャーとして野球選手たちのなかでも一目置かれていた。彼はまた、ローラのピアノ伴奏に合わせて「眼差しだけで乾杯しよう」☆1と歌うこともできた。

さて、カイ・ツがローラを愛していて、ローラもカイ・ツを愛している、そのことを知っているただひとりの人物が、スプリング・フレグランス夫人だった。それにはこんな理由があった。チン・ユエン家の両親はアメリカふうの家具を備えつけ、アメリカふうの衣服を着ていたが、宗教においては中国式のしきたりを多く守っていたし、彼らの理想とする生活は中国の父祖たちのもつ理想と同じだった。したがって両親は、娘のローラが十五歳になったときに、サンフランシスコに住む中国政府の学校教師の長男と婚約させたのだった。結婚の約束を果たすべき時期が迫っていた。

ローラはスプリング・フレグランス夫人と二人きりだった。スプリング・フレグランス夫人は彼女を力づけようとしていた。

「今日はとっても素敵な散歩をしたのです」と彼女は言った。「浜の向こうの土手を横切って、長い道を通って戻ってきたんです。緑の草原《くさはら》には水仙が揺れていたし、コテージの庭にはフサスグリが茂って花を咲かせていたし、あたり一帯にニオイアラセイトウの香りが漂っていました。ローラ、あなたも一緒にいればなあ、ってわたし思いましたよ」

ローラはわっと泣き出した。「その散歩道は」と彼女はすすり泣きながら言った、「カイ・ツとわたしのお気に入りだったの。でも、ああ、もう決して、決してわたしたちまた一緒に歩くことはないんだわ」

「さあ、あなた《リトル・シスター》」とスプリング・フレグランス夫人は慰めた。「ほんとに、そんなふうに嘆き悲しんじゃだめ。テニスンっていう名の気高いアメリカ人が書いた美しいアメリカの詩でも、こんなふうに言ってるじゃないですか、

〈まったく恋をしないより
恋をして失った方がずっといい〉って☆2」

スプリング・フレグランス夫人は気づいていなかったが、スプリング・フレグランス氏が街から戻ってきていた。その日の商売に疲れて、ベランダに置いてある竹製の長椅子に身を沈めていた。目では『チャイニーズ・ワールド』☆3のページを追おうとしていたものの、開いた窓から運ばれてくる言葉を耳はどうしても受け取ってしまうのだった。

「まったく恋をしないより
恋をして失った方がずっといい」

とスプリング・フレグランス氏は繰り返した。これ以上女性どうしの秘密の話を耳にしたくなかったので、立ち上がってベランダをゆっくりまわって家の反対側に向かった。二羽の鳩が頭の上を飛びまわっていた。鳩がつつけるようにといつも持ち歩いているライチを取り出すため、彼はポケットを探った。指が小

さな箱に触れた。その箱には翡翠《ひすい》のペンダントがしまってあった。スプリング・フレグランス夫人が前に街に行ったときに、ことのほか賛嘆していたペンダントだった。スプリング・フレグランス夫妻が結婚して五年目の記念日だった。

スプリング・フレグランス氏は、その小箱をポケットの奥にぐっと押し込んだ。

スプリング・フレグランス氏の左手にある家の裏口から、ひとりの若い男が出てきた。チン・ユエン家は右手にあった。

「こんばんは」と若い男は言った。「こんばんは」とスプリング・フレグランス氏は返した。彼は玄関先《ポーチ》から降り、この庭と若者が立っている側の庭とを隔てている柵にもたれかかった。

「お願いがあるのですが」とスプリング・フレグランス氏は言った。「アメリカの詩を二節ばかり漏れ聞いたのですが、その意味を教えてくれないでしょうか？」

「もちろんです」と若い男は鷹揚な笑みを浮かべて返答した。彼はワシントン大学の優等生だったので、この宇宙で起きるあらゆることの意味を説明できると信じて疑わなかった。「それでは」とスプリング・フレグランス氏は言った。「このようなものです、

〈まったく恋をしないより
　恋をして失った方がずっといい〉」

「ああ！」と若者は深遠なる英知をもっているかのような風情で応じた。「それはですね、スプリング・

フレグランスさん、とにもかくにも恋愛するのは良いことだという意味です——たとえ愛しているものを得ることができなくても、あるいはこの詩人の言葉を使えば、愛するものを失ってしまったとしても。もちろん、この教えが真実だと感じるには経験が必要ですが」

若者は物悲し気に、そして過去を思い返すように微笑した。彼の心の目の前を、「恋して失った」数多くの乙女たちが行き過ぎていった。

「この教えが真実ですって！」とスプリング・フレグランス氏は少々不機嫌に繰り返した。「このような言葉には真実などまったくありません。理性に背を向けています。愛していないものをもつ方が、もっていないものを愛するより、ずっといいのではないでしょうか？」

「そのことについては」と若者は返答した。「気質によりけりでしょうね」

「ありがとうございました。それでは」とスプリング・フレグランス氏は言った。彼はその場を立ち去りつつ、アメリカ流のものの見方の知恵のなさについて考えに耽《ふけ》った。

一方、家のなかでは、慰められることをローラが拒んでいた。

「ああ、いや！　いや！」と彼女は叫んだ。「もしわたしがカイ・ツと一緒に学校に通ったり、彼と話したり歩いたり、歌に伴奏をつけてあげたり、ってことが仮になかったのなら、マン・ユウの息子との結婚が近づいていることについて考えても満足だし、少なくとも恐怖なんか感じないでしょう。でも実際は——ああ、実際には——！」

少女は心から悲嘆して、前後に身を揺らせた。

スプリング・フレグランス夫人は彼女の傍らにひざまずき、相手の首に両腕をまわして、同情の叫びをあげた。

「あなた《リトル・シスター》、ああ、あなた《リトル・シスター》！　もう泣かないで——絶望しないで。結婚が執り行われるまでに月がもう一巡りする余裕があります。その巡りのあいだに、星々がお互いにどんなことを言い交わすか、誰にもわかりません。一羽の小鳥がわたしにこんなことを囁いてくれましたよ——」

長々とスプリング・フレグランス夫人は話し続けた。ずっとローラは耳を傾けていた。少女が立ち上がって出ていくとき、その眼には明るい光が灯っていた。

2

スプリング・フレグランス夫人はサンフランシスコで楽しい時を過ごしていた。クレイ・ストリートの薬草医の妻がいとこにあたるので、彼女に会うため訪れていたのだった。立派な中国の商人の妻が行ける場所ならばどこにでも招待された。見聞するべきものは、たっぷりとあった。たとえば、以前ゴールデンゲートの街を訪れて以来、友人たちの家庭で生まれた数多くの赤ん坊がそうだった。スプリング・フレグランス夫人は赤ん坊が大好きだった。自分にも二人いたのだが、どちらも月が一巡りもしないうちに精霊の地に住まう定めとなった。また、夫人のために夕食会や観劇会がたくさん催された。そのような観劇会の折に、スプリング・フレグランス夫人はアーオイに出会ったのだった。この若い女は、サンフランシスコではとびきり美しい中国娘で、とびきり不品行でもあるとの評判だった。だが、噂にかかわらず、スプリング・フレグランス夫人はアーオイをたいそう気に入り、明日は二人きりでピクニックをしましょうか、と誘いかけた。この招待をアーオイは喜んで受けた。彼女は鳥のような娘で、公園や林にいるときにいちばん幸せを感じるのだった。

ピクニックをした翌日、スプリング・フレグランス夫人はローラ・チン・ユエンに次のような手紙を書いた。

わたしの大事なローラ――変わらず竹は風にそよいでいるでしょうか。来週、アーオイと一緒に美しいサンノゼの街に行くつもりです。そこでわたしたち、あの立派な教師の息子さんに会うことになるでしょう。そして、情け深いアメリカの司祭さんが取り仕切る小さな教会《ミッション》で、可愛いアーオイと立派な教師の息子さんは、愛と調和のもとに結ばれることになるでしょう――二つの音楽がお互いを補って完璧なものになるように。

立派な教師の息子さんは、アメリカの学問の殿堂で学んだのですから、孤児である花嫁を大事にしてやれるし、自分の両親が喜ばなくても恐れないはず。それにこの息子さんは、自分を失ったあなたの悲しみが、じゅうぶんに慰められるものともう確信できるのですから。あなたとカイ・ツが幸せになるよう一万もの虹のような願いをお贈りします、そう息子さんから――そしてそのそばにいる可愛いアーオイからも――言《こと》づかりました。

尊敬すべきあなたのご両親によろしくお伝えください。そしてあなたには、親友としてわたしの真心を差し上げます。

ジェイド・スプリング・フレグランス

またスプリング・フレグランス氏に対しても、スプリング・フレグランス夫人は次のような手紙をしたためた。

麗しく素敵な旦那さま――あなたの梅の花★からご挨拶とともにお願いがあります。太陽のようなあなたのもとから一週間、七日かそこらのお暇《ひま》をいただきたいのです。わたくしの立派ないとこが陰暦五月祭の準備をしているのですが、アメリカの「ファッジ」をこの機会につくってほしいと言っています。この美味しいお菓子、わたくしが不器用な手でこしらえたら、あなたもちょっと気に入ってくださいましたよね。とても有意義な訪問を満喫していますし、アメリカ人の友人たちも同国人の友人たちも、わたくしの楽しみが完璧なものになるよう、親切にも努めてくれています。わたくしのいとこの知り合いでアメリカ人のご婦人でいらっしゃるサミュエル・スミス夫人が、先日の晩、とても素晴らしい講演に連れていってあげるわと言ってくださいました。演題は、「中国の保護者、アメリカ」というもの！　とても愉快な講演でした。慈悲深い言葉がほんとうにたくさん出てきたものですから、わたくし、あなたにお願いしたくなりましたよ。床屋があなたの髭を剃るのに一ドルも請求するのに、アメリカの男の人には腰を低くして十五セントしか請求しないこと、どうぞ忘れてくださいって。それから、あなたの大事なお兄さまがこの国を訪れたら、あなたご自身の慎ましい屋根の下ではなくって、この偉大な政府の屋根の下に引きとめられるからなどと、もうぶつぶつ言わないでほしいのです。〈自由の象徴である鷲〉の羽の下で保護されているのだって考えていただいて、お兄さまを慰めてくださいませ。自分がそんなに頑丈に守られているとわかっている幸せと比べたら、一千年や、十ドルの一万倍なんかを失うことが何ほどのものでしょうか？　こういったことはすべて、あなたご自身をはじめとする優秀な男の方と同じくらい賢くて素晴らしい心の持ち主でいらっしゃるサミュエル・スミス夫人から教わったのです。

ゴールデンゲート公園がとても魅力的だとわかって、わたくしもうじゅうぶんに満足です。クリフハウスの岩にアザラシがいるのも、とびきり可愛くて楽しいです。わたくしのような者のために、皆ランタンを灯してもてなしの宴を開いてくださいます。

煙草を嗜《たしな》むあなたのために、琥珀の吸い口のついたパイプを買いましたよ。唇にとても心地よく、神様が吸い込むのにぴったりの煙がもくもく出てくるそうです。

五月祭のお祝いのために留まってアメリカの「ファッジ」をつくることにつき、かの素晴らしき電信のメッセージを使って、あなたが寛大な許しを与えてくださることを心待ちにしています。いつまでも、いついつまでもあなたを愛する従順な女であり続ける

ジェイドより

追伸——猫や、鳥や、花の世話をするのを忘れないでね。早食いしないでね。それから、暑くなってるからといって、うちわでバタバタやりすぎないようにね。

スプリング・フレグランス夫人は、この最新の書簡を折りたたみながら微笑した。たとえ古風な人間

であっても、彼女の夫ほど優しく親切な夫などいない。彼女の望みを彼が軽んじたのは、結婚してからただ一度だけ。ついこの前の結婚記念日に、彼女がある翡翠《ジェイド》のペンダントを所望したところ、彼がその希望をかなえてあげなかったときだった。

だがスプリング・フレグランス夫人はからりとした人柄で、物事の明るい面を見ようとする性分なので、翡翠のペンダントについてくよくよと考えなかった。その代わり、彼女はたくさん宝石を付けた指を満足げに眺め、スプリング・フレグランス氏に宛てた手紙とともに、ぎっしり詰まった愛情を小さな明るい束にして同封した。

3

スプリング・フレグランス氏は自宅の戸口の上り段に腰かけていた。彼は二通の手紙を読んでいた。一通はスプリング・フレグランス夫人からで、もう一通はサンフランシスコに住む年長で独身のいとこからだった。年長で独身のいとこが送ってきたのは、ビジネス上の手紙だったが、そこには次のような追伸が書き込まれていた。

政府の学校教師の息子のツェン・ヒンは、あなたの若い奥さんといつも一緒にいるようだよ。彼はハンサムな若者だ。親愛なるいとこよ、こんなことを言うのはすまないが、もし女が夫の桑の葉っぱ《マルベリー》の屋根の下から出て、気ままにさまようことを許されたなら、その女が蝶になることを妨げるものなど何もないだろうな。

「シン・フーンは爺さんで辛辣だな」とスプリング・フレグランス氏は独り言をいった。「どうして彼の言うことを気にかけなければならない？　ここはアメリカだ。何の悪い考えも無しに、男が女に話しかけたり、女が耳を傾けたりできるんだぞ」

彼はいとこからの手紙を破り捨て、妻の手紙を読み返した。それからじっと考え込んだ。妻が夫のいない街に一週間の滞在延長を願うのに、アメリカのファッジをつくることが、じゅうぶんな理由になるだろうか？

隣の家に住む若者が、芝生に水をやるために出てきた。

「こんばんは」と彼は言った。「スプリング・フレグランス夫人から何か報せは？」

「とても楽しく過ごしています」とスプリング・フレグランス氏は返答した。

「それはよかった。今週末には戻れる予定だって僕に仰っていましたね」

「それについてわたしは考えを変えたんです」とスプリング・フレグランス氏は言った。「家内にはもう一週間長く滞在するよう言っているところです。あれがいない間に喫煙パーティーを開きたいと思っていますので。あなたもご参加いただけるとたいへん嬉しいのですが」

「喜んで参加します」と若者は返した。「でも、スプリング・フレグランスさん、白人男性は他に招かないでください。そうしてくださったら、僕はスクープを手に入れることができるでしょうから。何と言っても、僕は『グリーナー』紙の名誉レポーターみたいな身分ですから」

「そのようにしましょう」とスプリング・フレグランス氏は心ここにあらずといった様子で応じた。「もちろん、あなたの友人である領事は出席されるでしょう。さしずめ〈上流中国人男性のパーティー〉といったところですね！」

憂鬱な気分であるにもかかわらず、スプリング・フレグランス氏は微笑んだ。

「アメリカでは何でも〈上流〉です」と彼は見解を述べた。

「そうです！」と若者は機嫌よく賛成した。「お聞きになったことはないでしょうか、あらゆるアメリカ人は王子さま、王女さまだって、それから、外国人が僕たちの国に足を踏み入れるとすぐ、その人は高貴な人、つまり皇族みたいな人になれるって」

「留置所にいるわたしの兄はどうなのです？」とスプリング・フレグランス氏は素っ気なく尋ねた。

「これは痛いところを突かれた」と若者は頭をかきながら言った。「まあ、これは恥ずかしいことですね――英国人の言葉を借りれば〈汚らわしき恥〉という奴です。でも、どうかわかってください、僕たち真のアメリカ人はそのようなことに反対しているんです――あなたよりもずっと強く。僕たちの原理原則に反しているんですから」

「では真のアメリカ人の皆さんのために、彼らは自分たちの原理原則に反することを行なうよう気の毒にも強制されているのだ、と思うことにしましょう」

「ええ、でも、いつかは是正されます。僕たちに悪意はないのですから。合衆国《アンクル・サム》から中国《ドラゴン》に返還された賠償金[☆4]のことを考えてみてください」

スプリング・フレグランス氏はしばらく黙ってパイプをふかした。政治以上に大事なことが彼の心を悩ませていた。

とうとう彼は口を開いた。「愛は」と彼はゆっくりと明瞭に言った、「この国では結婚の前にやって来る、そうですよね?」

「そうです、確かに」

若いカーマンはスプリング・フレグランス氏のことをよく知っていたので、相手の実に驚くべき質問を冷静に受け止めることができた。

「仮定の話をしますが」とスプリング・フレグランス氏は続けた――「あなたの父上のお友だちが――仮定ですが――英国に住んでいて、その娘をあなたの父上と相談してあなたの妻にするよう計らったとします。これも仮定ですが、あなたはこの娘さんと会ったことがなく、彼女のことを知らないのに彼女と結婚する。彼女もあなたのことを知らずにあなたと結婚する、と仮定します――あなたと結婚してあなたのことを知り、しかる後にその女性はあなたを愛することができるでしょうか?」

「断じてノーです」と若者は答えた。

「それがアメリカでの流儀ということでしょうか――そのようなやり方で男と結婚する女は――その男を愛することはないと?」

「そう、それがアメリカでの流儀です。愛というものはこの国では自由でなければならない、そうでなければ愛ではまったくないのです」

「中国では違うのに!」とスプリング・フレグランス氏は考え込んだ。

「ええ、そうですね、中国では違うということ、僕も疑っていません」

「だがそれでも、愛というのは心の問題なのです」とスプリング・フレグランス氏は続けた。「そう、ごもっとも。誰もがいつ何時《なんどき》でも恋に落ちるものです。ときには」——ここで哀愁を漂わせて——「何回でも」

スプリング・フレグランス氏はさっと立ち上がった。

「街に行かなければなりません」と彼は言った。

街路を歩いているとき、あるビジネス上の知り合いの言葉を彼は思い出した。その知り合いは彼の妻に会ってしばらく会話を交わしたのだった。「君の奥さんはまるでアメリカ女性みたいだったぞ」

このようなことを言われたときには、彼はちょっと褒《ほ》められた気分になった。妻の賢さに対するお世辞だとみなしたからだ。だが今、電信局に入っていく彼は、その言葉に心を苛まれていた。もし自分の妻がアメリカ女性になっていくのなら、アメリカ女性のように愛することも可能ではないだろうか——結婚していない男を愛することも？　そして、妻がチン・ユエンの娘に対して言った詩の引用も、彼の記憶に浮かんだ。電信係が用紙を手渡すと、彼はこのようなメッセージを書き込んだ。

好きなだけ滞在しなさい。だが忘れぬように、「まったく恋をしないより、恋をして失った方がずっといい」

スプリング・フレグランス夫人がこのメッセージを受け取ったとき、彼女の笑い声はさながら滔々《とうとう》と落ちる水のようだった。なんて茶目っ気があるんでしょう！　なんて楽しいんでしょう！　夫が電報でアメリカの詩を引用するなんて。たぶんわたしが家を出た後、あの人はわたしの持っていたアメリカの詩の本を何冊か読んでいたのかも！　そうだといいのだけれど。そうしたらあの人も、愛しいローラとカイ・ツに寄せるわたしの同情を理解してくれるだろう。もうあの人から二人の秘密を隠す必要もなくなるのだ。なんて嬉しいこと！　これまで夫に打ち明けないでいることがとても辛《つら》かった。だが、スプリング・フレグランス氏が結婚についてチン・ユエン家の両親と同じくらい古風な考えを抱いていることを考えると、細心の用心深さが必要だったのだ。これは何とも奇妙なことだった、なぜなら彼女に会うよりずっと前に、彼は写真にうつった彼女に惚れ込んでしまい、彼女の方も彼の写真に惚れ込んだのだから！　そして結婚のヴェールが外され、それぞれが初めてじかに相手を目にしたときも、幻滅などなかった――この結婚をお膳立てした人たちが若い男女双方に呼び起こした尊敬や愛情の気持ちが減じることなど、まったくなかったのだ。

ひと眠りして目が覚めてみたら一週間が飛ぶように過ぎ去っていて、小さな自宅でスプリング・フレグランス氏にお茶を注《つ》いであげている、そんなふうであればいいのにとスプリング・フレグランス夫人は願い始めていた。

4

スプリング・フレグランス氏は、チン・ユエン氏と一緒に歩きながら商売先に向かう途上だった。二人は歩きながら話をした。

「そうです」とチン・ユエン氏は言った。「古い秩序は消えつつあり、新しい秩序がそれにとって代わろうとしています。中国人であるわたしたちですらそうなのです。とうとうわたしも娘に対して、若いカイ・ツと結婚してもいいという許しを与えましたよ」

スプリング・フレグランス氏は驚きを隠さなかった。隣人の娘さんと、サンフランシスコにいる教師の息子との結婚は、すっかり整っていると理解していたのだ。

「そうだったんです」とチン・ユエン氏は応じた。「だがどうもあの若い不誠実な男は、何の相談もアドバイスもなく、どこぞの信頼のおけない女に愛情を預けてしまったのです。今ではすっかりその女のとりこになったので、自分のために両親がわたしにしてくれた約束を果たそうとしないのです」

「そうなのですか!」とスプリング・フレグランス氏は言った。顔つきがますます陰りを帯びた。

「しかしですね」とさばさばしたような態度でチン・ユエン氏は言った。「これもすべて天が定めたことです。わたしたちの娘は長いあいだカイ・ツを恋慕《こいした》ってきましたが、彼の妻になれば、もう義理の母親と一緒に暮らしたり自身の母親のいないところに住んだりする必要はなくなります。そのことをわたしたちは感謝しています。なぜって娘はわたしたちのたった一人の子どもですし、この西洋の国での生活条件は、中国でのそれとは違うわけですから。そのうえカイ・ツは、教師の息子ほど勉学はできませんが、ビジネスについては才覚があって、アメリカではそちらの方が学問を身につけるよりずっと望ましいのです。どうお考えですか?」

「えっ! 何ですって!」とスプリング・フレグランス氏は叫んだ。相手の意見の後の方は、聞き逃していたのだ。

妻が引用した「愛した方がいい」うんぬんを漏れ聞いて以来、スプリング・フレグランス氏につきまとってきた影は、その日になってとても重く濃くなったので、彼はそのなかですっかり自分を失ってしまった。

自宅で彼は晩になると猫と鳥に餌をやり、花に水をやった。それから、彫りを入れた黒い椅子――この前の誕生日に妻が贈ってくれたものだ――に腰を下ろし、パイプを取り出してくゆらせた。猫が膝の上に跳び乗った。彼はそっと優しくなでた。それはスプリング・フレグランス夫人がとても可愛がってきた猫で、彼女を恋しがっているのではないか、という印象をスプリング・フレグランス氏は受けた。「気の毒な奴！」と彼は言った。「戻ってきてほしいと思っているな！」もう寝ようと立ち上がると、彼はこの動物を注意深く床に下ろした。そしてこんなふうに呼びかけた。

「おお、〈物言わぬお利口さん〉よ、お前の女主人が戻ってくるぞ。だがその心は、サンフランシスコの雄猫たちのもとに置いたままにしているのだ」

〈物言わぬお利口さん〉は、返事をしなかった。嫉妬深い猫ではなかったのだ。

スプリング・フレグランス氏はその夜は眠れなかった。翌朝、食事はしなかった。こうして眠りも食べもしない三日三晩が過ぎていった。

スプリング・フレグランス夫人が帰宅した日、春のような新鮮さが空気に満ちていた。雄大な太平洋に向かってきらきら輝きながら広がっていくピュージェット湾[☆5]と同じくらい、頭上の空は青かった。そして美しい緑の世界のいっさいが春の命に脈打っているようだった。

スプリング・フレグランス夫人はこれまでにないくらい輝いて見えた。

「ああ」と彼女は心軽やかに叫んだ。「お日さまがこんなにきれいに輝いて、何もかもがこんなに明るくわたしを迎えてくれるなんて、素敵なことじゃありません？」

スプリング・フレグランス氏は返事をしなかった。眠れない夜を四回過ごして迎えた朝だった。

スプリング・フレグランス夫人は彼の沈黙に、またその深刻な顔つきに気がついた。

「何もかもが――誰もが喜んでわたしを迎えてくれるけれど、あなたは違うんですね」と半ば生真面目に、半ばからかうように彼女は言ってみた。

スプリング・フレグランス氏は彼女の旅行かばんを下ろした。二人は家のなかに入ったばかりだった。

「もし妻がわたしに会って嬉しいなら」と彼は静かに返答した。「わたしも会って嬉しいと思うよ！」

召使の少年を呼び寄せた彼は、スプリング・フレグランス夫人が安楽に過ごせるよう面倒を見るように、と命じた。

「わたしは半時間以内に店に行かなければならない」と彼は時計を見ながら言った。「対処しなくちゃいけない、とても大事な用事があるんだ」

「どんなご用事なの？」失望で唇を震わせながらスプリング・フレグランス夫人が尋ねた。

「簡単に説明できない」と夫は答えた。

真率さと熱心さのこもった目で、スプリング・フレグランス夫人は彼の顔を見上げた。夫の振る舞いや声の調子にどこかおかしなところがある、そのことが彼女を動揺させた。

「イェンさん」と彼女は言った。「機嫌が良くないようね。良くないわね。何なの？」

スプリング・フレグランス氏の喉元に何かがこみあげてきて、それが返事をするのを妨げた。

「ああ、愛しい人！　素敵な人！」と少女の喜びに満ちた声が響いた。ローラ・チン・ユエンが部屋に駆け込んできて、スプリング・フレグランス夫人の首にかじりついた。

「窓からあなたの姿がちらりと見えて」とローラが言った。「それであなたに話すまで、居ても立っても居られなくなったんです。わたしたち来週に結婚します、カイ・ツとわたし。すべてはあなたのお陰、すべてはあなたのお陰――世界でいちばん素敵な翡翠《ジェイド》の宝石さん！」

スプリング・フレグランス氏は部屋を出て行こうとした。

「それで、政府の教師の息子とあの愛らしい人はもう結婚しています」スプリング・フレグランス夫人から外套や帽子や扇子を受け取りながら、ローラはそう続けた。

スプリング・フレグランス氏は戸口で立ち止まった。

「お座りなさい、あなた、わたし《リトル・シスター》が事情をすべて聞かせてあげますから」とスプリング・フレグランス夫人は夫のことをしばし忘れて言った。

ローラ・チン・ユエンが小躍りしながら立ち去ると、スプリング・フレグランス氏が入ってきて帽子を掛けた。

「とても早いお帰りなんですね」独りになったと思う間もなく流れ始めた涙をそっとぬぐいながら、スプリング・フレグランス夫人が言った。

「行かなかったんだ」とスプリング・フレグランス氏は答えた。「君とローラの話をずっと聞いていたんだ」

「でも、もしご用件がとても大事なものなら、それを片づけた方がいいとお思いにならないの？」と心配そうにスプリング・フレグランス夫人が尋ねた。

「もう大事ではなくなったんだ」とスプリング・フレグランス氏が応じた。「それよりも、アーオイとマン・ユウ、それからローラとカイ・ツの話をもう一度聞きたいよ」

「なんて嬉しいことを言ってくださるんでしょう！」たちまち明るい気持ちになってスプリング・フレグランス夫人は叫んだ。そして夫に対して、できうる限り親密に、そして妻らしいやり方で事の次第を語り始めた。話を終えると、彼女はこんなふうに尋ねた。あのお若い恋人たちのことをわたし、ずっと秘密にしてきたわけだけど、あれほど愛し合っている二人が結ばれることになったと聞いて、あなた嬉しくなりません？　そして彼はこう答えた。まったくそうだ。君みたいな奥さんがもてて、ずっと幸せだったしこれからもずっとそうだろうけど、それと同じくらいに世の男性には結婚して幸せになってほしいと思ってるよ。

「あなた、いつもはそんなこと言ってくださらないのに」とスプリング・フレグランス夫人は茶目っ気を出して言った。「きっと、わたしが持っているアメリカの詩の本を読んでたのでしょう！」

「アメリカの詩だって！」とスプリング・フレグランス氏は猛烈にと言っていいくらいの勢いで叫んだ。「アメリカの詩など大っ嫌いだ、まったくもって忌む忌むしい！」

「どうして！　どうして！」ますます驚いてスプリング・フレグランス夫人が叫んだ。

だがスプリング・フレグランス氏が与えた説明は、翡翠のペンダントだけだった。

★：梅の花は、貞節を表す中国の花である。これは日本人によって借用されたが、同様のやり方で日本人は、中国の国花である菊を借用したのだった。

☆1：「君が眼にて酒を汲めよ」という邦題もある古いイギリス歌曲。文学者ベン・ジョンソン（一五七二―一六三七）による詩「シーリアに」を歌詞とする。

☆2：夫人の理解はもちろん不正確で、アルフレッド・テニスン（一八〇九―九二）はアメリカではなくイギリスの詩人。ここで引用されているのは、テニスンの『イン・メモリアム』（一八五〇）からの有名な一節。

☆3：一八九一年にサンフランシスコで創刊された中国語の日刊紙（日曜日は休刊）で、『世界日報』とも呼ばれる。

☆4：清朝末期の外国排斥運動である義和団事件（北清事変）で、日本やロシアをはじめとする八か国連合軍に敗れた清朝は、多額の賠償金の支払いを命じられた。後にアメリカ合衆国は賠償金の返還を申し出、賠償金は中国からアメリカへの留学生の奨学金に充てられた。

☆5：ワシントン州北西部の入江。

The Inferior Woman

劣った女

1

スプリング・フレグランス夫人は、公園の葉の茂る小道を歩いていた。花々を嘆賞し、鳥たちの歌に耳を傾けていた。温かく照りつける太陽の熱を爽やかなそよ風が冷《さ》ましてくれる、美しい午後だった。歩きながら、彼女は書こうかなと思っている本について考えを巡らせていた。多くのアメリカ女性が本を書いてきた。中国人が書いてはならない理由があるだろうか？　わたしは中国人の女友だちのために、アメリカ人についての本を書いてみたい。アメリカの人たちはとても興味深くて神秘的だから。自分が書いた啓発的な文章をレイチョウが朗読し、その言葉にフェイもシーもマイギーファーも耳を傾けている、そんな光景を想像すると、誇りや喜びのようなものがスプリング・フレグランス夫人の心にきざした。

　脇道に入っていくと、お隣に住むアメリカ人の息子であるウィル・カーマンがこちらに向かってくることに気づいた。彼の傍らには年若い娘がいたが、かぐわしい空気や、周囲のあらゆるものを照らし出す光輝にふさわしい存在であるように思えた。二人は熱心に話をしており、若い男の眼差しは娘の顔にじっと注がれていた。

「ああ！」さっと一瞥したスプリング・フレグランス夫人がつぶやいた。「恋愛中ね」

彼女はバイカウツギの茂みの背後へと退いた。その茂みで彼女の姿はさえぎられて見えなくなった。曲がりくねった路を若いカップルは歩いていった。

「恋愛中ね」とスプリング・フレグランス夫人は繰り返した。「そしてあれは〈劣った女〉だわ」

彼女は〈劣った女〉のことを、ウィル・カーマンの母親から聞かされていた。

その日の夕方のお茶の後、スプリング・フレグランス夫人は物思いに沈みながら家の前の窓辺にたたずんでいた。太陽はオリンピック山地[☆1]に浮かんでいたが、それはさながら巨大な金色の猩々紅冠鳥《レッドバード》が濃い紫色の羽を広げ、長い光の尾っぽをピュージェット湾の水面につけながら飛んでいるかのようだった。

「何て美しいんでしょう！」とスプリング・フレグランス夫人は叫んだ。それからため息をついた。

「どうしてため息をつくんだい？」とスプリング・フレグランス氏が尋ねた。

「心が悲しいのです」と妻が答えた。

「猫の具合が悪いのかな？」とスプリング・フレグランス氏が訊いた。

スプリング・フレグランス夫人は首を横に振った。「今日わたしを悩ませているのは、わたしたちの〈お利口さん〉のことではありません」と彼女は返答した。「わたしたちの隣人のこと。カーマンさんのご家庭で難しいことが起きてるの。お母さまは息子さんのために〈優れた女〉を望んでらっしゃるのだけれど、息子さんの方は〈劣った女〉だけを心のなかで大切にしている。二人が一緒にいるところを今日見て、それで知ってるってるんです」

「知ってるって、何を？」

「その劣った女がカーマンの息子さんのぴったりのお相手だってこと」

スプリング・フレグランス氏は眉を上げた。つい前日に妻は、優れた女の肩をもつようなことを言っていたから。彼は驚きを表わす言葉を投げかけたが、それに対してスプリング・フレグランス夫人はこう返した。

「ああ、旦那さま、昨日のわたしは蝶になる前の芋虫みたいだったの！」

ちょうどそのとき、カーマンの息子が小路を歩いてやってきた。スプリング・フレグランス氏はドアを開けて彼を招き入れた。「お入りなさい、お隣さん」と彼は言った。「上海から新しい本を何冊か入手しましたよ」

「それはいいですね」と中国の文学に興味をもっているカーマンの息子は答えた。彼とスプリング・フレグランス氏が「周の頌《うた》[☆2]」や「漢の憂い[☆3]」について議論しているあいだ、スプリング・フレグランス夫人は、バラ色の絹を張った低めの安楽椅子に腰かけて、こっそりと訪問客の顔つきを観察した。どうして彼の表情は、明るいどころかはるかに憂いに満ちているのだろう？　一年前まではそうではなかった——あの劣った女と知り合うまでは。スプリング・フレグランス夫人はまた、言葉遣いや態度においても変化があると気づいた。「この人はもう男の子ではない」と彼女は沈思した。「れっきとした大人の男性。そして劣った女がそんな彼をつくりあげた」

「さて、カーマンさん」と彼女は尋ねた。「いつ娘さんをお家に連れてきてお母さまに会わせるおつもり？」

「さて、スプリング・フレグランスさん、いつそうしたらいいとお思いですか？」と若者は返した。

スプリング・フレグランス夫人は扇を広げて、考え深げにその銀色の縁ごしに相手をじっと見た。「夏の季節はもうじき終わります」と彼女は言った。「葉っぱが黄色くなるまで待つべきではありませんね」

「木こりたちが仕事をする音が響きわたる、
斧で木々に打ちかかるとき。
そして鳥たちも甘美な調べを歌うとき、
互いに呼び交わす。
暗い谷から鳥が一羽飛んできて、
高い木に止まろうとする。
〈チュン〉とその鳥は鳴く、そうすることで
「連れ添いよ、わたしのところにおいで」と叫んでいる。
その鳥は、小さな生き物ながら、
お相手を頼りにしている。
ならば、あらゆる生き物の上に君臨するわたしたち人間も、
友を求めないでいられようか?」

そんな詩をスプリング・フレグランス氏は引用した。[☆4]

スプリング・フレグランス夫人は、そうそうと言わんばかりに夫の肩を扇でそっと叩いた。「どうやら」とカーマンの息子は言った。「あなたがたは二人して僕の心の平安を乱そうとされていますね」

「あなたのお母さまのためなのです」とスプリング・フレグランス夫人がなだめるように返答した。「あなたの愛情が結婚によって確かなものになったとわかれば、お母さまも喜ばれるでしょうから」

面白がるように目を微《かす》かに輝かせながら若者は答えた。「でも、もし母が娘を望んでいないとしたら――少なくとも、引き合わせたいと僕が思っている娘を望んでいないとしたら?」

「わたしが初めてアメリカにやってきたとき」とスプリング・フレグランス夫人は応じた。「夫はわたしにアメリカのドレスを着てほしいと望んでいました。わたしは反対して、絶対にそんな恰好はしませんとはっきり言いました。でもある日のこと夫は、まるで妖精が着るのにぴったりのガウンを家にもって帰ってきました。それ以来ずっと、わたしはアメリカのドレスがお気に入りで着続けているのです」

「スプリング・フレグランスさん」とカーマンの息子は声に力を込めて言った。「あなたのご意見には異論の余地がありませんよ」

2

決然と肩に力を込めた若い男が、湾を一望する切り立った岬に建つ小さなコテージの戸口に立っていた。海が運ぶひんやりした空気は、甘美なバラの香りがした。彼はそれに励まされたかのように深く息を吸い、それからノックした。

「僕の姿を見て驚かないの？」ドアを開けた若い人に彼はそう訊いた。

「ぜんぜん」と若い人は控えめに答えた。

彼は彼女にほとんど激烈と言ってもいい一瞥《いちべつ》を与えた。最後に別れたときに彼は、君がリクエストしない限り僕はもう会いにいかないよ、と言っていた。そして確かに彼女はリクエストしなかったのだ。

「驚かせることができたらよかったのに」と彼は言った。

彼女は笑った——相手も思わずにっこりするような素敵な笑い方で、おかげで彼の憂いも雲散霧消した。彼女の居心地のいい小さな居間のたくさん灯った電球の下で共にたたずみつつ、彼は彼女を見下ろしていた。なんとほっそりした、少女らしい姿！　なんとやわらかそうな頬、赤い唇、そしてしっかりした小さな顎先！　彼女について見た夢のなかではよく、彼は彼女を腕に抱き寄せ、あやすようにしていい気分にさせたものだった。だが、ああ！　夢は現実ではなく、この若い女性のとても控えめな親しさが、何であれ優しさを示してみせることをほとんど不可能にしてしまった。彼女の恥じらったような眼差しがなければ、彼女にとって彼は単なる親しい知り合い程度のものだと思われたかもしれない。

「聞いたんだけど」とやりかけの刺繍を取り上げながら彼女は言った。「あなたが手掛けてるウェランドの裁判が明日あるって」

「そうだよ」と若い弁護士は応えた。「証人をすべて揃えて準備万端だ」

「噂ではミスター・グリーブズもそうだって」と彼女は返した。「あなたはとても苦労するでしょうね」

「それがどうだというんだ、最後には僕が勝つんだから」

目を明るく輝かせながら、彼は彼女の方を見た。

「わたしだったら自信過剰にならないな」と彼女は控えめに警告した。「細かい専門的な部分で負けちゃうかもしれないし」

彼は自分の椅子を彼女の脇に少し寄せた。そして、仕事用のテーブルに置かれてある本のページをめくった。白紙になっているページにはある男性のこんな書き込みがあった。「親愛なる女性へ、あなたの友情はひと財産の値打ちがある」

その傍らにあった別の本には、こう書き込まれていた、「使い走りの男子たちも含めて、事務所の全員から愛を込めて」そしてその上にあった一巻の詩集は、また別の男性からの「このうえなき敬意とゆるぎなき愛情」と共に、この若い人に捧げられたものだった。

自分の恋人が同じ男性に人気があることを示すこれらの証拠品を、ウィル・カーマンは脇に押しやり、テーブル越しに身を乗り出した。

「アリス」と彼は言った。「いつか君は、僕を愛していることを認めてくれたね」

恥じらいが若い人の顔を染めた。

「そうだった?」と彼女は尋ねた。

「そう、間違いないよ」

「だから?」

「だから！　もし君が僕を愛していて僕が君を愛しているなら――」

「ああ、お願い！」手で両耳をふさいで彼女は訴えた。

「お願いだから言わせてほしい」と若い男は言い募った。「今夜ここに来たのはね、アリス、君にお願いするためなんだ。結婚してほしい――それもすぐに」

「なんてことを！」と若い人は叫んだ。だが彼女は刺繍を膝の上に落とし、一方、彼女の恋人は近くに寄ってきて、相手の両肩に腕をまわした。そして顔を彼女の顔に近づけ、彼自身にとって最重要の案件について熱弁をふるった。

もし一瞬のあいだ、その小さな口が震えたとしても、そのしっかりした小さな顎先がその頑《かたく》なさを失ったとしても、そして誇り高い小さな頭が恋人の腕の力に屈したとしても、その一瞬はあまりにも短くはかないものだったので、ウィル・カーマンにとって気がつくかつかないかのうちに過ぎ去っていた。

「だめ」と若い人は悲し気に、だが決然とした態度で言った。彼女はもう立ち上がり、テーブルの反対側で彼と向き合うようにして立っていた。「あなたのお母さまがわたしのことをあなたより下だと見ているあいだは、あなたとは結婚できない」

「母さんが君のことを知るようになったら、君が僕よりも上だって認めるだろう。でも僕がお願いしているのは、母さんのところに行くことじゃない。僕がお願いしているのは、僕のところに来ることだよ、君。もし君が僕と結婚するって約束してくれて、これからの長い歳月、ずっと僕を頼みにしてくれたら、僕たちのあいだにどんな男も女も割り込む余地なんてないんだ」

だが、若い人は首を横に振った。

「だめ」と彼女は繰り返した。「あなたのお母さまが誇りと喜びを感じながらわたしを歓迎しない限り、わたし、あなたの妻にはなりません」

ウィル・カーマンが小さなコテージのドアを開けて外に出ると、夜の空気はまだバラの甘美な香りがしていた。だが、深く息をしてみようという気にはなれなかった。彼の性急なアイルランド気質の心は、失望でずっしりと重くなっていた。しかし、去りゆく自分をずっと見つめ続けているあの若い人の目が、名状しがたい愛情と思慕でかすんでいることをもし彼が知ったなら、その心は少しばかり軽くなったかもしれない。

3

「ウィル・カーマンは小鳥をつかまえそこねたよ」とスプリング・フレグランス氏がスプリング・フレグランス夫人に言った。

二人の隣人の息子がつい先ほどベランダを通りかかったのだが、いつもとちがって陽気な態度で挨拶しにこなかったのだ。

「お気の毒に」スプリング・フレグランス夫人は同情のため息をついた。彼女は両の手を組み合わせて、こう叫んだ。

「ああ、このアメリカ人たち！　この神秘的で、不可知で、理解不能なアメリカ人たち！　わたしに学問をする神々しい権利があれば、彼らのことについて不滅の本を書いてみせるのに！」

「学問をする神々しい権利か」とスプリング・フレグランス氏は繰り返した。「ふんっ！」

スプリング・フレグランス夫人は驚いて夫の顔を見上げた。

「学者や学生の権威というのは、神々しいと言ってもいいくらいのものではありませんか?」と彼女は尋ねた。

「そんなふうに言われてるな」と彼は応じた。「そのようだな」

前日の晩にスプリング・フレグランス氏は、シアトルとサンフランシスコ在住の商人数名と共に、中国から到着したばかりの多くの若い学生たちのための夕食会を開いたのだった。翌朝の新聞は何段もの紙面を割いてその学生たちを褒めたたえ、彼らの未来を予想してみたり、母国の運命に彼らが及ぼす重大なる影響を論じたりしていた。だがその祝宴を主催した人々については一言もなく、そのためにスプリング・フレグランス氏は、感謝されていないという思いを少なからず抱いたのだった。自分や仲間の商人たちも、少しは注目される値打ちがあるのではないか? もし学生たちがアメリカでさまざまなことを学ぶためにやってきたのなら、自分たち商人もさまざまなことを成し遂げたのだから。彼らのなかには、数名の学生たちをアメリカに渡航させるために尽力した者もいる。そうした学生たちの一人がスプリング・フレグランス氏自身の弟だった。弟を扶養し教育するために、彼は来る年も来る年も必要な資力を送り続けてきたのだ。スプリング・フレグランス氏は中国の古典をよく読んでいたが、自身は学者ではなかった。少年の頃にアメリカに渡航してきて、働いて道を切り開き、仕事の時間が終わった後に労を惜しまず勉強することによって、西洋の言語と西洋のビジネスに関する考え方を身につけたのだった。彼は金を稼ぎ、金を貯め、そして故郷に金を送った。歳月が経ち、彼のビジネスは成長した。彼の努力によって、生まれ故郷の町と今住んでいる港湾都市とのあいだの交易も大いに盛んになった。広東《カントン》☆5では学校が建てられているが、その資金の一部は彼が出したものだったし、広東の大都市と彼自身の出身地である町とを結ぶ鉄道を敷設する目的で、鉄道シンジケートがつくられつつあったが、その筆頭にはスプリング・フレグランスの名前があった。

だから、スプリング・フレグランス夫人が「学問をする神々しい権利」について力説したときにスプリング・フレグランス氏が「ふんっ！」とつぶやいたのも、不思議なことではなかった。だが、抱いている不満を妻に説明すると、彼女は孔子のこんな言葉を引用した。「他人があなたのことを知らないのを気にかけてはならない。あなたが他人のことを知らないことだけを気にかけなさい」そのため、彼はまた当然ながら苛立ち侮辱されたような気持ちになった。妻が心から同情してくれるのを期待していたのだから。

少なからず冷水を浴びせられたような心持ちになって彼が部屋から出ていこうとすると、彼女はいそいそと彼の方に寄ってきて、深くお辞儀しつつ次のような言葉をかけたので、彼はまた驚いてしまった。

「草が風にしなるがごとくあなたに頭を下げます。ほんのしばらくあなたを引き留めることをお許しくださいませ」

スプリング・フレグランス氏は、彼女に疑いの一瞥を投げた。

「ああ、旦那さま、申し上げましたように」とスプリング・フレグランス夫人は続けた。「わたし、不滅の本を書きたいと望んでいます。でも何かを成し遂げるにあたって〈学問をする神々しい権利〉をもつことは必要ではないと今あなたから教わりましたので、すぐにでも仕事にとりかかります。最初の主題は〈アメリカの劣った女〉。それについて知識を得るための一番いい方法は何か、どうかご助言ください」

スプリング・フレグランス氏は、妻がいま真剣になっているとわかって、あっさりと機嫌を直し、腰を下ろして頭をかいた。しばらく考えてから、彼はこう返事した。

「ある人物について説明しなければならないとき、説明する者はその人物の友人たちにインタビューする、それがアメリカでの流儀だ。たぶん君は、優れた女と相談するのがいいんじゃないかな」

「確かに」とスプリング・フレグランス夫人は叫んだ。「どんな賢人だって旦那さまほど賢くはないはず」

「だがわたしは〈学問をする神々しい権利〉などもち合わせていないけれどね」とスプリング・フレグランス氏は軽く嘆いてみせた。

「それを聞いて嬉しく思います」とスプリング・フレグランス夫人は返答した。「もしあなたが学者さんなら、アメリカの詩やアメリカの新聞を読んでる暇などないでしょうから」

スプリング・フレグランス氏は大笑いした。

「君はもう中国の女じゃないな」と彼はからかった。「君はアメリカ人だよ」

「わたしのパラソルと扇子を持ってきて」とスプリング・フレグランス夫人は言った。「これから出かけるから」

それでスプリング・フレグランス氏は、彼女の言いつけに従った。

4

「これはポートランドに住んでいるメアリー・カーマンから届いたものよ」優れた女の母親は、手紙を読んでいた最中に娘が庭からやってきたので、顔をあげてそう言った。

「そうなの」とミス・イブブルックは関心なさそうに応じた。

「そう、もっぱらウィルのことについてお書きになってる」

「ああ、そう？　じゃあ、読んで聞かせて、お母さん。ウィル・カーマンのことには興味があるから。

アリス・ウィンスロップのためだけど」

「エセル、以前ならわたしは、あなたが彼自身のために興味をもってくれていたら、と思っていましたよ。とにかく、彼女はこんなふうに書いてきているわ」


「このようなお手紙を差し上げているのは、ひとえに、最近になってわたくしにとりついた憂鬱な気分を振り払うためですし、また、アリス・ウィンスロップにのぼせあがったためにわたくしに対する態度がすっかり変わってしまった息子を見るのが我慢できないからでもあります。どうしたらわたくしの息子のような者が、あのような娘と付き合って少しでも楽しみを得ることができるのか、まったく不可解です。あの娘の出自経歴を調べてみたのですが、普通の意味で無教養であるだけでなく、子ども時代からの環境が、極端な貧乏と無知にまみれた、卑しく堕落した環境であることを知りました。このアリスという娘は十四の歳から法律事務所で働き始めました。おそらく使い走りの男の子の仕事をするためでしょう。七年間この仕事にかかわるなかで、社会的には自分よりずっと上の男の人たちからの友情や影響をもらって、今ではワシントン州でもっとも有力な男性の個人秘書という地位に就いている——この地位は本来、優良な家庭の出で教養を積んだ若い女性のためのものですのに。そのような女性が数多く志願したのです。わたくし自身も、ジェーン・ウォーカーを指名してもらおうと努めたのですが。教養のある男性たちの連れ合いや同士になるべく細心の教育を受けた素晴らしい若い女性がとてもたくさんいるのに、このような娘っ子たちが男たちの好意を得て友だちや恋人になったりできる、そんなことを思い知らされるのは、わたくしたち女性の大義に傷がつくようなものではありませんか？」

「ごめんなさい、お母さん」とミス・イブブルックがさえぎった。「でももうじゅうぶん伺いました。カーマン夫人はお母さんの友だちだし、善意を示してくれるときもある。でもあの人は絶対に、ほんとうの意味での女性参政権論者じゃない。わたしの言うことを聞いて。もしアリス・ウィンスロップが成し遂げたことを誰か若い男が成し遂げたら、カーマン夫人は彼をべた褒めに褒めたことでしょうね。あらゆる不利な状況にもめげずに、あらゆる有利さをもっている人たちと同じレベルに上りつめたアリス・ウィンスロップみたいな女の人こそ、アメリカが誇りにして光栄に思わなきゃならない存在なんです。この国には何千とそんな人たちがいる。長年のあいだ他の人たちの役に立ってきて、人生という大学を首席で卒業した女の人たち。〈アメリカの優れた女〉と呼ばれているわたしのような女たちは、比較してみたら結局のところ、ただの女子生徒にすぎないんです」

イブブルック夫人は娘に対して反抗するような目を向けた。「どうしてあなたがそんな気持ちになるのかわからない」と彼女は言った。「アリスは愛らしくて聡明な娘だし、あなたとウィルのことでメアリー・カーマンが失望したことで生まれた僻《ひが》みこそ、可哀そうなメアリーが彼女を苦々しく思うほんとうの原因でしょう。でもわたしの考えだけど、アリスじゃわたしの娘に太刀打ちできない。あの娘がもし演説しなければならないことになれば、死ぬほど怖がるでしょうね」

「馬鹿なお母さん！」とミス・イブブルックは言い返した。「女性参政権のための集会で演壇に立って派手に活躍するのは、お母さんとお父さんがわたしのために払ったいろんな犠牲に対する大きな埋め合わせになるでしょうね。でも母さんが気に入ってくれるから、ボーイフレンドが〈求婚〉しにきた晩でも、わたし、喜んで演壇に立ってあげる」

「求婚しにきたいと思う男性はいっぱいいますよ、エセル。あなたはこの西部の町でいちばん魅力的な娘――そのことを自分でもわかってるはず」

「やめてよ、お母さん。十年は身軽でいるって心に決めてること、よくわかってるくせに。十年のあいだ、愛して、生きて、苦しんで、世界を見て、男の人たち（学校の男子生徒じゃなく）について知って、そうしてからわたし、お相手を選ぶつもり」

「アリス・ウィンスロップはあなたと同じ歳だけれど、あなたと並べれば子どもに見えるわ」

「体の上ではそうかもしれない、でも心や精神の点ではずっと発達している。彼女はこれまでの人生で世間のなかで生きてきたけれど、わたしはまだほんの数か月なんだから」

「あなたが先週にした〈異性〉っていう講演は素晴らしかったけれど」

「もちろん。この主題について本を百冊読んで、講演にも五十ばかり通って勉強したから。オリジナルではまったくないことをオリジナルなやり方で繰り返すだけで事足りたわけ」

ミス・イブブルックは机がある所に行き、そこから紙を取り上げた。

「これは」と彼女は言った。「わたしが送った手紙の返事としてアリスが書いて寄こしたものです。来週、女性参政権の集会に出席して、これまでの仕事で経験されたことを幾つかお話いただけませんかと、わたしから依頼したんです。彼女の経験を報告してもらうのをリクエストしたときにわたしが狙っていたのは、男性によって女性が抑圧され虐げられていることの実例として、利用してやろうってこと。でもこんなことを言うのも奇妙だけど、アリスとわたしはこの特定の主題についてこれまで話し合ったことがなかったんです。もし話し合っていたら、彼女にこんなリクエストはしなかったでしょうし、あんなふうに手紙を書いたりもしなかったでしょう。読んであげるから聞いてね」

「あなたのありがたいご厚意にお応えしたいのですが、わたしが体験したことを話しても、大義に貢献することはできないと思います。あなたがおっしゃるように、男は女が自分たちと同じレベルにあがるのを妨げるものかもしれません。でももしそのような男たちがいるとしても、わたしは会ったことがありません。わたしがまだ小さなころに法律事務所に入っていって、仕事に就かせてほしいと頼むと、年長のメンバーは眼鏡越しにわたしを優しそうに眺めて、君は本に索引を付けることができると思うかね、と訊いてくれましたし、年下のメンバーは帽子をかぶったわたしの顔をのぞき込むようにして、「これは素敵な女の子だ、だから素敵な扱いをしてあげなければ」と言ってくれました。それ以来ずっとわたしは、どのようなところで働こうとも、そこで一緒に働いている男の人たちを愛し、尊敬してきました。わたしは例外的に幸運だったのかもしれません。でもこのことはわかっています。つまり、わたしがその下《もと》で働き、これまでの人生でかかわってきた男の人たちは、ビジネスや専門職に携わる人たちだろうと、学生だろうと、偉い弁護士や政治家だろうと、みんな同じようにわたしを支え、励まし、助言をし、教えを垂れ、女性にとっての人生についてわたしに広い視野を授けてくれたのです。男の人たちは、自分たちのことやその仕事について、わたしに興味をもたせてくれたのです。多くの男性は若くて純真な娘を扱うときに、その心や貞節を堕落させようとするものだ、そうあなたはおっしゃいます。でもわたしは女として、ビジネスや専門職に携わる男の人たちのなかで過ごしてきた年月を振り返ってみると、最初わたしは感じやすくて無知な女の子で、生まれつきのボヘミアンで、簡単に誘惑されてものにされてもよかったのに、仲間の男の人たち、一緒に働く男の人たちの善意のおかげで高いところに引き上げられ、道徳的にも支えられたのです。そのような理由で、親愛なるエセル、あなたはわたしを許してくださらなければなりません。なぜなら、わたしにはご意向に応えてあなたの仕事を助けることができないからです。そうしたいのはやまやまなのですが」

「お母さん」とミス・イブブルックは強い語調で言った。「これがカーマン夫人のいろんな当てこすりに対する返答になるし、これで夫人も自分のことが恥ずかしくなるでしょうね。健気なアリスが男性に対してどんな思いを抱いているかを知ったら、誰であれ、彼女がここまでやり遂げてきたことに驚かないでしょう」

イブブルック夫人が返事をしようとしたちょうどそのとき、偶然に視線が窓の外へとさまよっていき、ピンク色のパラソルに気がついた。

「スプリング・フレグランスさん！」と彼女は大声で叫んだ。一方、彼女の娘はドアに駆け寄り、ベランダのロッキングチェアに腰かけて落ち着き払ってノートにメモを取っていた、ピンクのパラソルの持ち主を招き入れた。

「呼び鈴が聞こえずたいへん申し訳ありませんでした、スプリング・フレグランスさん」と彼女は言った。

「申し訳なく思う必要などありませんよ」とこの小柄な中国の女性は応じた。「鳴らない呼び鈴をお聞きになるなんて、期待していませんでしたから。わたし、ベルを鳴らさなかったのです」

「お忘れになったのよね、たぶん」とエセル・イブブルックは取りなすように言った。

「秘密を言うのは賢いことでしょうか？」とスプリング・フレグランス夫人は無邪気に尋ねた。

「ええ、相手がお友だちならば。ああ、スプリング・フレグランスさん、あなたにお会いすると、ほんとうにワクワクした気持ちになりますよ」

「それでは喜んで打ち明け話をします。わたし、アメリカ人について不滅の本を書きあげようという野心をもっています。それで、窓越しに聞いていたお二人のお話がとても面白かったので、自分の本のためにいくつか書き留めておいてからお邪魔しようと思ったんです。お二人のお許しが得られれば、わたしが翻訳《トランスレート》したものに手を入れていただきたいのですが」

「喜んでお手伝いします――名誉なことですから」と頬《ほお》を紅潮させてクスクス笑いながらミス・イブブルックが言った。「わたしたちの友だちであるカーマン夫人のため、仲介《トランスレート》していただけると約束してくださるのでしたら」

「ああ、はい、お気の毒なカーマンさん！　わたしの心は、彼女のために悲しくなります」と小柄な中国のご婦人はつぶやいた。

5

ウィル・カーマンの母親がポートランドから帰ってきたとき、最初に訪問した人物がスプリング・フレグランス夫人だった。亡き夫が中国の税関で働いていたあいだ、やはり中国で暮らしていたので、カーマン夫人の偏見は中国人には及ばなかった。それで、スプリング・フレグランス夫妻がカーマン家の隣の邸宅の住人になってからずっと、このアメリカ人と中国人の家庭との間には、社交的で良好な感情が流れていた。実際、自分の知り合いのなかでは、小柄なスプリング・フレグランス夫人くらいに気心が知れて興味深い方はいない、などとカーマン夫人は力説していた。そのようなわけで、おいしいお茶をすすり、ピリッと酸味のある砂糖漬けのライムを味わい、オレゴンの街を訪問したことやそこで出会った中国の人々についてスプリング・フレグランス夫人に話をした後、数か月ばかり前に夫人に打ち明けた個人的な悩みに彼女はまた立ち返り、半時間以上も長々と話し続けた。それから彼女は話す気持ちをぐっと抑えて、驚きの目でスプリング・フレグランス夫人を見た。この小柄な中国のご婦人は自分に心を寄せ、慰めてくれている、そう彼女はこれまで考えていた。子としての義務という中国の考え方は、彼女自身の考えとも調和していた。それなのに今日のスプリング・フレグランス夫人は、奇妙にも無関心で無反応に見えたのだった。

「もしかすると」と繊細このうえないこのアメリカ女性はおっとりと探りを入れた。「あなたご自身にもお悩みがあるのではありませんか。もしそうなら、あなた、すっかり打ち明けてくださいね」

「ああ、いえいえ!」とスプリング・フレグランス夫人は明るく答えた。「たいした悩みはありません。

でもわたしずっと、自分が書いている本について考えているんです」

「本ですって！」

「そう、アメリカ人についての本。不滅の本です」

「まあ、スプリング・フレグランスさん！」すっかり驚いて訪問客は叫んだ。

「アメリカの女性は中国人についての本を書きます。ではなぜ中国人の女性がアメリカ人についての本を書いてはいけないのでしょう？」

「おっしゃることはわかりますよ。ええ、ええ、もちろん。なんて独創的なお考えなんでしょう！」

「ええ、わたしもそのように思います。わたしの本は、他人の言葉を借りてつくります」

「あなた、それはどういうこと？」

「わたしは人の言うことに耳を傾けて、理解して、それを書きます。〈劣った女〉の主題を例にとって説明させてください。劣った女にわたしがとても興味があるのは、あなたのお話では息子さんがそのような方をとても愛しておられるからです。劣った女のことについては優れた女から学びなさい、そう夫はわたしに助言してくれました。わたしは優れた女に会いにいきます。優れた女の家のベランダで腰かけます。劣った女のことについて彼女がお母さまと会話するのを聴きます。烈火のごときスピードで、わたしは聞いたことすべてを書き留めます。家のなかに入ると、優れた女はわたしの書くものは正しいと助言してくださいます。読み上げてもいいでしょうか？」

「お書きになったものを喜んでお聞きしますよ。でも主題の選び方は賢明ではなかったと思うんですけど」とカーマン夫人は少々とりすまして返答した。

「賢明でなくてすみません。読まない方がいいですか?」とスプリング・フレグランス夫人は恥じ入りつつ言った。

「いえいえ、どうぞ読んで聞かせてください」

カーマン夫人の声には熱心さがこもっていた。あの娘についてどんな言い分をエセル・イブブルックはもっているのだろう!

スプリング・フレグランス夫人はすべて読んでしまうと、アメリカの友人の顔を見上げた――今その顔にあるのは優しさだけだった。

「メアリー・カーマンさん」と彼女は言った。「あなたはご親切にもわたしの夫を讃えてくださいます。夫はアメリカ人が〈たたき上げの男〉と呼ぶ人だからって。それならどうして、たたき上げの女性である劣った女を讃えられないのでしょう?」

「それもそうね」とカーマン夫人はゆっくりと言った。

6

物思いを誘う夕暮れだった。はるか彼方まで延びる海は霞《かすみ》で灰色になり、湾をぐるりと取り巻くようにして広がる街自体も、ほの暗くて遠くにあるように見えた。コテージの窓から、アリス・ウィンスロップは外の世界を黙って眺めていた。ウィル・カーマンの口笛を聞いてから長い時間が経ったように思えた。彼はまだ自分を怒っているだろうか、と彼女は考えた。怒りを感じながら自分のもとから去ったのは残念だったが、それも仕方のないことだった。あの女は気位が高くて自分勝手だ、そう彼に信じさせることができなかったら、別れはずっと辛《つら》いものになっていただろう。そしてもし仮に彼が真実を知って、彼女が自分を追い払おうとしたのは、彼女自身のためではなくひとえに自分を思うがゆえであったことを悟ったとしたら、彼は彼女のもとから去ることを断固として拒否したかもしれない。彼はそれほど、思い込んだら後には引かない気性を持っていたから。もしそうなったら、二人は結婚しただろう――それも直《ただ》ちに。

アリスはちょっと息を呑んで、それからため息をついた。だがそんなことをしても二人は幸せになれなかったろう。そうだ、もし彼の母親が自分のことを好きでなかったら、そんなことが可能になるはずはない。妻と、男の母親の間に、深淵のごとき偏見が横たわっているとき、その男の人生はあるべき形とはならない。また一歩譲って、彼女とウィルがお互いにぞっこん惚れ込んで、共に生活することに二人とも完全に満足している様を想像できると仮定しよう。そうなったら果たしてそれは正しいことか？　正しいか悪いかという問題は、アリス・ウィンスロップにとってとても現実的な問題だった。彼女は愛する男の母親の立場に身を置いてみた――孤独な年配の女性、一人息子のいる未亡人の立場に。まだ若い頃に、息子が父を亡くしてこのかた、彼女は愛情をこめて彼を大切に育ててきたのだった。もし息子が母を見捨てて、彼女（母）が無価値だと考える女のもとに走ったなら、どれほどの苦悩を彼女の心は味わうだろう！　偏見は偏見。病気のようなものだけれど。

息子が愛した娘に対して恨み辛《つら》みの感情を抱いた、気の毒な、青ざめた、年配の女性は、当の娘にとっては非難よりむしろ憐れみの対象だった。

彼女は目を上げて、水面の向こうにある丘が形づくる波打つような稜線を眺めた。その背後から銀色の光がひとすじ差していた。「そうね」彼女は声に出して独りごとを言った――そして、彼女には知りようもなかったが、こんなに若い人が人生についてこんなに思い巡らす様には、限りない悲哀があった――「もし人生が明るくも美しくもならないとしたって、わたし、少なくとも穏やかで満足できるかもしれないわ」

丘の向こうの光が絶えた。暗闇が海に忍び寄った。アリスは窓から退き、居間にある暖炉の前に行ってひざまずいた。彼女と共にこのコテージを借りている若い女性の同居人は、まだ町から帰ってきていなかった。

アリスは灯りをつけなかった。彼女は炎のなかにさまざまな光景を見ていたが、どの光景にも同じ顔と姿があった――素敵でハンサムな若者の顔と姿。その目は愛と希望をたたえている。いや、愛と希望がいつもあるわけではない。いちばん最後の光景には、忘れることができればと彼女が願う表情があった。それでも彼女はその表情を忘れないだろう――ずっと――いつまでも――それと一緒に、こんな言葉も。「君は平気なのかい――ぜんぜん――男に対して愛してますって言っておいて、それから、立ち去れって命じるようなことをして？」

そう、だが彼女は、愛していますと彼に言ったとき、夢にも思っていなかったのだ。自分が彼を愛し、彼の方も自分を愛してくれることで、自分がこの世に生まれてくるその前からその胸に頭をあずけさせていた人と彼との仲が裂けてしまうだろう、ということを。

突然、日常生活においてとても実際的で、とてもユーモアに富み、とても聡明なこの若い女性は両手で顔を覆い、子どものようにすすり泣いた。目の前には二つの人生の道があったが、彼女はとても困難な方を選んだのだった。

十字路を通っていく自動車が警告するベルを鳴らすのが聞こえたので、彼女は涙を抑えた。ネリー・ブレイクがもうすぐ帰宅することを、それで思い出した。彼女は灯りをつけ、ベッドルームに行って目を洗った。ネリーは鍵を忘れたのに違いない。ほら、いまノックしている。


ひんやりとした海辺の空気にバラの香りが甘く漂うなか、メアリー・カーマンは小さなコテージの戸口に立って、「劣った女」とこれまで自分が呼んできた若い女性が屋内の光に照らされている姿を目にした。

「ミス・ウィンスロップ、わたしがここに来たのは」と彼女は言った。「いっしょに家に戻ってもらうようお願いするためなの。向こう見ずな息子のウィルは、狩猟をしている最中にちょっとした事故に遭ったから、自分ではあなたを迎えにこれなかった。あなたを愛してるって息子はわたしに言ってくれた。だから、もしあなたも彼を愛しているなら、この季節で最高の結婚式の段取りを整えてあげたいの。おいでなさい、あなた！」

「とても嬉しいこと」とスプリング・フレグランス夫人は言った。「ウィル・カーマンの小鳥が巣に戻ってきて、幸せが約束されたわけだから」

「あの優れた女についてはどうなんだい？」とスプリング・フレグランス氏が尋ねた。

「ああ、優れた女！　輝くように美しくて、学問をする神々しい権利に恵まれている人！　わたしは劣った女が大好き。でも、ああ、旦那さま、わたしたちに娘ができたら、その子が優れた女と同じ道を歩いていくよう、天の神様にお願いしたいものね」

☆1：ワシントン州北西部の連峰。
☆2：『詩経』に収められている周頌のこと。
☆3：おそらくは、馬致遠による元曲の『漢宮秋』のこと。
☆4：『詩経』の「小雅・伐木」からの引用。
☆5：広州の旧称。

The Wisdom of the New

新しい知恵

1

海の向こうにある国で暮らしたことのある行商人のリ・ワン老人は、口癖のようにこう言っていた。「ここで一銭稼げるとすれば、その分あちらでは百銭稼ぐことができるんだ」

「じゃあいったい」とサンクェイは尋ねたものだった。「なんでおじさんは、お碗《わん》に飯を盛ってもらうために家から家へまわらなくちゃならないの？」

すると老人はため息をついてこう答えた。

「なぜかって、金のつくり方を学べるところじゃ、失い方も学ぶことになるからさ」

「失い方って！」とウー・サンクェイは繰り返した。「話を全部聞かせてよ」

それで老人は、得るもの失うものについての物語を聞かせてくれたが、失うことについての話の方が、得ることについての話よりはるかに魅力的だった。

「そう、それが人生なのさ」と彼は締めくくったものだった。「人生、人生」

そのようなとき、少年は思い焦がれたような眼差しで海のかなたを見つめた。海の向こうの国が彼を呼んでいた。

その土地は南部の小さな海岸沿いにある眠りこけた町で、そこでは歳月が単調に過ぎていった。少年は町の司法官をしていた男の一人息子だった。

もし父親が生きていたならば、ウー・サンクェイは学業を修めるために違う土地に行かされていただろう。実際には彼は眠り、夢を見て、そしてときどきは悪戯《いたずら》をする以外のことをしなかった。するべきことで他に何があるだろう？　母と姉がかいがいしく自分に仕えてくれている。自分はこの家の息子ではないのか？　家族の収入は少なく、必要を満たすのにほとんどぎりぎりだったが、それを彼が少しでも補う手立ては何もなかった。普通の漁師になるなら話は別だが、それではウーの家の名を汚してしまう。緑色の大波が白い泡の腕を持ちあげて彼を呼び、水のなかに光りながら潜んでいる魚たちが、深海から引き揚げてくれと懇願しているようだった。だが彼の母親は首を横に振った。

「もしお前が漁師になったりしたら」と彼女は言った。「一家の面汚しになる。お前のお父さんが司法官だったことを忘れないように」

彼が十九歳になったとき、町を出て何年も不在にしていた者が戻ってきた。チン・キーはリ・ワン老人と同じく、海の向こうの国で暮らしていたのだ。だがリ・ワン老人とは違って、彼はちょっとした財産をこしらえていた。

「向こうの生活はたいへんだよ」と彼は言った。「でも苦労する甲斐はある。少なくとも男らしい男になれるし、自分とこに舞い込むどんな仕事をしても、面汚しになるってことはないさね」それから彼は、ウー・サンクェイのたるんだ筋肉や、柔和で内気な目や、ぽっちゃりした白い両手を見て笑った。

「もしあんたがアメリカで暮らしたら」と彼は言った。「そんなお上品さなんか恥ずかしいって思うようになるだろうな」

これを聞いてウー・サンクェイはアメリカへ、海の向こうの国へ行こうと心に決めた。どんな生活でも、おんな男のような生活よりましというものだから。

彼は時間をかけて真剣に母と話をした。「僕に祝福を与えてください」と彼は言った。「働いてお金を貯めるつもりです。家への仕送りで母さんの暮らしはずいぶん良くなるし、僕が中国に帰ってきたら、たぶん学業を修めて学位をとることができると思う。もしとれなくても、僕が身につける外国語の知識のおかげで、ウーの家の名前に恥じない地位に就けるはずです」

彼の母親は耳を傾け、そして考えた。地上のあらゆるものにもまして愛している息子に対して、彼女は期待をかけていた。そのうえに、二か月前にこの小さな町を訪れた広東の商人シク・ピンは、ヤシの葉の取引をしているフム・ワーに対して、今の時代の趨勢について話をしたのではなかったか。それによれば、靴直しの息子であっても、外国語を身につけてアメリカから戻ったら、母国の言葉以外何も知らない学校教師の息子よりも、もっと容易に要職をこなすことができるということなのだ。

「よろしいでしょう」と彼女は同意した。「ですが行く前に、わたしはお前のために奥さんを見つけてあげなければならない。息子よ、お前を失った代わりとしてわたしを慰めてくれるのは、お前の息子だけなのだから」

2

ウー・サンクェイは机の後ろに立ち、長くて黄色い帳簿にせわしなく数字を入れていた。ときおり、使っていた筆を耳に挟んで、中国の計算器を器用な指で操った。ウー・サンクェイはサンフランシスコにあるロン・タン・ウー社の副パートナーで帳簿係だった。彼はアメリカにはもう七年暮らしており、自分の時間を有効に使っていた。自己修養が財産の獲得よりはるかに大切な彼の目的であり望みだったし、彼の整った知的な顔を見たり、行き届いた英語を聞いたりしたら、その修養に失敗したと誰が言えるだろうか?

パートナーの一人が彼の名を呼んだ。ご婦人たちが彼と話をしたいとのことだった。ウー・サンクェイは店の前へと急いだ。訪問客たちの一人で母親のような様子をした女性は友人で、アメリカに到着して日の浅い彼を自分の庇護下に置いてくれたのだった。自分と、それから付き添っている姪と一緒に晩を過ごさないかと誘うために彼女は立ち寄ったのだ。

訪問客たちが立ち去ると、サンクェイは机に戻って休むことなく働き、夕食の時間になると切り上げて、通りを隔てて市場《バザール》の反対側にある中華料理店に行った。彼がそそくさと食事を済ませたのは、友人の家に行く前に、少々大事な手紙を書いて投函しなければならなかったからだ。母親が一年前に亡くなり、妻と息子は伯父――くだんの手紙はその人に宛てて書いている――が自分の家にひきとることになった。甥がこの二人を呼び寄せることができるようになるまで、という約束だった。ようやくそのときが到来したのだ。

自分の妻である女についてのウー・サンクェイの記憶は、とてもあやふやだった。それも当然ではないか？　彼女が彼のもとにやってきたのは、彼をアメリカに連れて行く船が出航するほんの三週間前のことだったし、そのときまでに顔を見ることもなかったのだから。それでも彼女は妻であり息子の母だった。アメリカで働くようになってからずっと、彼は彼女を養うために送金し、彼女の方では、彼の母親にとって良き娘であることをその行ないで示したのである。

彼は腰かけて手紙を書きながら、同郷の人たちを招いた晩餐会を開いて彼女を歓迎しようと決心した。

「そうです」その後、晩を過ごしているとき彼はディーン夫人にそう返答した。「妻を呼び寄せました」

「それはよかったわ」と婦人は言った。「ウーさんは」——と姪の方を向きながら——「もう七年間も奥さんに会っていないのよ」

「なんてこと！」と若い娘は叫んだ。「ほんとにたくさんの手紙をお書きになったに違いないわね！」

「彼女に手紙を書いたことはないんです」と若者は少しぎこちなく応えた。

アダー・チャールトンは驚いて顔を上げた。「どうして——」と言いかけた。

「ウーさんは、わたしが初めて知り合った頃はとても勤勉な男の子だったのよ」とディーン夫人はさえぎって、若者の肩に愛情深く手を置いた。「今じゃ、仕事一筋。でもあなた、土曜の晩のコンサートは忘れないでしょうね」

「ええ、忘れませんよ」とウー・サンクェイは応えた。

「あの人が奥さんに手紙を書いたことがないのは」とディーン夫人は姪と二人きりになったときに説明した。「奥さんが字を読んだり書いたりできないからなの」

「まあ、それって気の毒じゃない！」とアダー・チャールトンはつぶやき、愛らしいその顔が憂いを帯びた。

「あの二人はそうは考えていないようよ。男の子だけを教育するのが中国の慣習だから。少なくとも昔はそうだった。サンクェイ自身はとびきり聡明ね。可哀そうな子！　ここでの生活を洗濯屋から始めたんだけど、彼にとってはきつかったに違いない。だってもともと中国政府の役人の息子で、体を使った仕事なんて慣れていなかったの。でも中国人の性質って素晴らしい。今じゃこの国に住んで七年になるけど、同郷人のなかではビジネスマンとしての評判を得ているし、どんな若いアメリカ人にも負けないくらい時勢に通じているから」

「でも伯母《おば》さん、男の人が何年も奥さんと別れて暮らしていて、他の人を通じて以外まったくお互いにやり取りしないって、恐ろしいことじゃないかしら」

「わたしたちの考えに照らすと恐ろしいことだけど、彼らにとってはそうじゃない。あそこの人たちにとっては、あらゆるものが義務の問題になるの。サンクェイは義務的な事情で奥さんと結婚した。そして、義務的な事情で彼女を呼び寄せるってわけ」

「彼女の側でもすべてが義務なのかしら」とこの若い女性は考え込んだ。

ディーン夫人は微笑んだ。「あなたってロマンチックすぎるのよ、アダー」と彼女は言った。「でもまあ、奥さんがやってきたら、二人とも幸せになってほしいものね。わたし、サンクェイのことになると、自分自身の息子とほとんど同じように考えてしまうから」

3

ウー・サンクェイの妻であるパウリンは、大きな汽船のデッキの隅に腰かけて、夫がやってくるのを待っていた。傍らには、辮髪《べんぱつ》した頭を彼女の肩にもたせかけながら、六歳になる息子が立っていた。彼は航海のあいだずっと具合が悪く、その小さな顔が苦痛で引きつっていた。船が出港してから毎晩息子の看護をしてきた母親は、とても疲れてげっそりしているように見えた。そんな状態でありながらも、夫の目から見てきれいな姿に見せたいという女らしい願望をもっていた彼女は、たっぷりと刺繡を施した紫色の衣装で身を飾り、額と頰に粉をつけて白くし、唇を鮮やかな赤色に染めていた。

ようやく彼がやってきて、彼女のいる辺りのあちこちに目をやった。呼び寄せた男性を待っている、彼女と同郷の女性は他に二人いて、それぞれが子どもを一人連れていた。だからしばらくのあいだ、彼は少々戸惑っているようだった。船の係員が彼女を指差し名前を言って初めて、彼にも自分の妻がわかった。それから彼は前に進み出て、二言三言儀礼的な歓迎の言葉を投げかけた。そして子どもを抱きかかえて、この子の具合はどうだと問いかけた。

彼女は小声で言葉少なく答えた。彼と挨拶したとき、彼女はこらえかねたように目を上げて彼の顔を見た——七年の長きにわたって目にしてこなかった夫の顔を——それから、彼女自身の顔をよぎった熱心に期待する表情は消えてしまい、瞼《まぶた》はだらっと垂れ、顔つきは不機嫌と言ってもいい表情を帯びた。

「ああ、気の毒なサンクェイ！」とディーン夫人は叫んだ。彼女はアダー・チャールトンと一緒に、家族の集まりからやや距離を置いたところに立っていた。

「気の毒な奥さん！」と若い娘はつぶやいた。彼女は前に進み出て、自分自身の白い両手で中国人の既婚婦人の手を取ろうとした。だが若い男はやんわりと彼女を制した。「あれにはあなたのことが理解できませんから」と彼は言った。若い娘が退くと、彼は見知らぬ女性たちがいることについて妻に説明した。あの人たちはお前に歓迎の言葉を言うために来てくれたんだよ。あの人たちは親切でとてもよくしてくれるし、僕の友だちであるのと同じくお前の友だちにもなりたいと思ってるんだよ。

パウリンは顔をそむけた。アダー・チャールトンの明るい顔、そしてこの若い娘に夫が話しかけたときの声の調子が、彼女の心に猜疑を呼び起こしたのだ——男と女の間の友情がほとんど知られていないような国からやってきた者には当然の猜疑だった。

「気の毒な娘《こ》だこと！　なんて恥ずかしがり屋さんなんでしょう！」とディーン夫人が叫んだ。

彼女も若い娘も、そむけた顔の意味をわかっていないことを、サンクェイは喜んだ。

このようにしてウー・サンクェイのアメリカでの家庭人としての生活が始まった。彼はやがてこの変化に慣れてしまった。結局のところ、たいした変化ではなかったのだ。パウリンは自分の生活の一部ではなくむしろ飾りのようなものだったから。彼の勉強や仕事や友人たちに対して、彼女は決して干渉したりしなかった。家事や縫い物をしていないときには、自宅の周囲にあるフラットやアパートメントに住んでいる商人の妻たちと一緒にいることに、大半の時間を使っていた。夫の後から食べるとか、別々のテーブルで食べるとか、そんな中国流の食事の習慣を彼女は捨てないでいたし、亡くなった義理の母が定めたきまりにも忠実に従っていた。良人の前では口を慎む、というきまりである。サンクェイの方はどうかというと、彼はいつも親切で寛大だった。彼女のために絹のドレスや髪飾りや扇や砂糖菓子を買ってあげた。

彼女が好む料理を中華料理店から取り寄せた。彼女が女友だちと外出したがったときには、乗り物の手配をした。そして彼女が到着してからほどなく、海の向こうから運んできた先祖の銘や華麗な女神像のための礼拝の間を、寝室の後ろに作ってあげた。

子どもに対して、両親はどちらも愛情を惜しみなく与えた。息子は一風変わった、生真面目なおちびさんで、年齢にしては体が小さく、多くの面倒を見てあげることが必要だった。当然ながら母親にとてもなついていたが、父親のこともとても好きになった。その父は親というより年長の兄といった感じで、息子と一緒にありとあらゆるゲームをして遊んで喜んだ。そんな彼の後を息子はまるで子犬のようについてまわった。アダー・チャールトンはこの子のことがとても気に入り、自分が挿絵を描いている中国の子どもたちについての本のために、さまざまなポーズをとった彼の姿をスケッチした。

「あの子は来年になったら学校に行けるくらい体も強くなるでしょう」ある日のこと、サンクェイは彼女にそう言った。「その後は、アメリカの大学に入れるつもりです」

「お子さんに西洋の教育を受けさせることを、あなたの奥さんはどのようにお考えなの？」と若い娘は尋ねた。

「そうした件については妻とは相談していません」と彼は答えた。「女にはそのようなことはわかりませんから」

「ウーさん、女はね」とアダーは強い語調で言った。「男と同じくらい、ときには男以上にそのようなことについてわかってるものよ」

「アメリカの女の人は、たぶんそうでしょうね」とサンクェイは応えた。「でも中国人の場合は違います」

最初からパウリンは、アメリカ人になりたいという意向をまったく示さなかったし、サンクェイ自身もそれを促さなかった。

「西洋化することの利点を僕は身に染みて感じています」と彼はディーン夫人に言った。アメリカでの勉強に夫人が関心をもち影響を与えてくれたおかげで、彼は今のような自分になれたのだ。「でも彼女は、僕みたいに学ぶべき時期にこちらに来たんじゃないんです。彼女にとって学ぶべき時期は終わっています」

ある晩、店から帰ってくると、小さなイェンが哀れっぽくすすり泣いているのを彼は見つけた。

「どうした！」と彼はからかった。「男のくせに――めそめそして」

男の子は顔を隠そうとした。そうしたときに、父親は息子の小さな手が赤く膨《は》れていることに気がついた。パウリンが夕食の支度をしている台所に彼はさっと入っていった。

「あの子はまだ小さくて体が強くないのに――痛みを与えるのに値することが何かあったというのか？」と彼は問い詰めた。

パウリンは夫に向き合った。「ええ、そう思います」と彼女は言った。

「何なのだ？」

「あの子に白人の女の言葉を話すのを禁じたんです。なのに言いつけどおりにしなくて。隣の通りに住んでいる白人の男の子と、あのような言葉を使ってしゃべっていました」

サンクェイは仰天した。

「僕たちは白人の国に住んでいる」と彼は言った。「子どもは白人の言葉を学ばなければならないのだ」

「わたしの子どもはそうしない」とパウリンは応えた。

サンクェイは彼女に背を向けた。「おいで、坊や」と彼は息子に言った。「今晩は料理店で夕食をとることにしよう。その後、イェンにショーを見せてあげよう」

パウリンはこしらえていた野菜料理の皿を置き、鉤《かぎ》にかけていた小さなマントを取って、男の子にきちんと着せてやった。

「さあ、お父さんと行きなさい」と彼女は厳しい口調で言った。

だが男の子は彼女にしがみついた——自分を罰した手にしがみついた。「いっしょにばんごはんたべる」と泣きながら言った。「いっしょにばんごはんたべる」

「行きなさい」と母親は繰り返して、子どもを押しやった。そして二人が戸口を出たとき、彼女は父親に呼びかけた。「マントをあの子にしっかりかけてあげてください。夜の空気は冷たいから」

その晩遅く、父と息子が安らかに眠っている最中に、妻であり母である女は身を起こした。そして、目を覚まさない男の子をそっと抱き起して隣の間に行き、そこにあった揺り椅子に一緒に腰かけた。目を覚ました子どもは、彼女の首にしがみついた。彼女は子どもを前に後ろにゆらゆら揺すり、再び眠りに落ちるまで、傷ついた手を愛情こめて熱心になでさすり、歌を口ずさんだり泣いたりし続けた。

ウー・サンクェイの息子が母親から初めて折檻《せっかん》を受けたその理由は、父親の振る舞いにならってよそ者の言葉を使おうとしたからだった。

「あんたは絶対正しいことをしたんだよ」翌朝になって年老いたシエン・タウはそう言った。彼女はバルコニーから身を乗り出して、ウー・サンクェイの妻と話していた。「もしあたしが息子をまた育てなきゃならないんなら、白人たちの後を追わせないように気をつけるよ」

シエン・タウの息子は白人女性と結婚していた。彼の子どもたちは通りで祖母にすれ違っても、誰なのかわからなかった。

「この国じゃ、女は子どものいないのがいちばん幸せだよ」とレイチョウが肘をシエン・タウの肩にのせながら言った。「リュー・ウィンの娘っ子のアートイは、白人の女たちと同じくらい振る舞いがあけすけで勝手でね。あの娘《こ》の名前はそこらじゅうの男たちが口にするよ。あたしらと同じ人種で常識をもち合わせてる男だったら、誰があんな女を嫁にするかね？」

「この国に生まれてこなくても馬鹿にされることってあるよ」と別のバルコニーの戸口に姿を現したパウリンが調子を合わせて言った。「フム・ワーのことを考えてごらんよ。あの人は十四年間、日の出から真夜中まで働いてきた。それから白人の男がやってきて、言葉巧みに持ち金ぜんぶ巻き上げたんだ、ひと月のうちに倍にしてお返ししますって約束してさ。何か月も経ったけれど、フム・ワーはまだ海のこちら側であの白人と金を待ち受けてる。そのあいだに、彼が戻ってくるのを長いこと心待ちにしていた父親と母親は、この世からお別れしてもう戻ってこなくなったんだよ」

「新しい信仰――そいつがどれくらいの厄介ごとを引き起こすんだろうね！」とレイチョウが叫んだ。

「昨日の晩、うちの主人が聞いてきたんだけどね、チー・ピンっているだろ――角《かど》っこにある伝道所《ミッション》でこの前洗礼の儀式があったとき、洗礼を受けてキリスト教徒になってね――その男のお母さんは年がいってて立派な人だけど、住んでる村にその報せが届くやいなや、昔ながらの考えを大事に守ってる村の者たちの手で、みなが知らない間に首を切り落とされちゃったんだって。それがその土地の記録のなかでは、暴力を加えられて死んだ初めての例になるって。あたしらが暮らしてる通りの角っこにある伝道所に通《かよ》ってる若い男の母親に、こんなことが起こったんだよ」

「その可哀そうな年のいったお母さんは面目を失ったから、頭を失うのはそれほど気にしなかったに違いないね」とパウリンはため息まじりに言った。彼女は物珍しげに眼下の光景を眺めた。アメリカン・チャイナタウンは、海辺の村から来た若い娘にとっては奇妙に魅力的なものだった。通りを流れるように行き交う人々は、あらゆる国籍から成るごたまぜの集団だった。立派な商人の妻たちがその名前を口にしようとすると震えあがってしまうような娘たちの、歌をうたうような声が、薄暗い横町に掛けられた高いバルコニーから互いを呼び合っていた。溝に落ちた一人の酔っぱらいの白人を、太った床屋が陽気に嗤《わら》っていた。籠に鳥を入れて持ち歩いているしなびた老人が通りの隅に立って、運勢を占わせてくださいと通行人に頭を下げていた。幾人かの子どもたちが、道路の縁石の上で朽ち木を燃やしていた。がっしりした体格の六協会[☆1]の会長が、寺院から出てきた黄色い袈裟《けさ》の僧侶と熱心に話し合いながら行き過ぎた。最新のアメリカ的スタイルの服装をした中国人と、鮮やかな金髪の女とが、突拍子もない笑い声をあげながら一緒に中華料理店へと入っていった。こうした喧騒をかき消すように聞こえてきたのは、電車が鳴り響かせる金属音と、敷きつめた玉石の上を重い車輪が軋みをたてて動く音だった。

パウリンは頭を上げて、物思いにふけりながら年老いた女性、シエン・タウを見た。

「そう」と婦人は言った。「こんなところで子どもを育てるなんて正気の沙汰じゃないね」

パウリンは家のなかに引っ込み、幼いイェンにお昼の食事を与え、念入りに服を着せた。その午後は父親が彼を連れて外出することになっていた。男の子の辮髪を編みながら、父親と訪問することになっている白人の女たちについて彼女は問いただした。

ウー・サンクェイとその息子、その二人が戻ってきたのは夕刻だった。小さな子は意気揚揚として彼女に駆け寄った。「見て、おかあさん」と彼は言って、帽子を脱いだ。「もうおとうさんと同じだよ。べんぱつ、つけてないから」

母親は息子を、その小さな丸い頭を見下ろした——そこには、彼女の誇りだった辮髪がもう垂れていなかった。

「ああ！」と彼女は叫んだ。「お前は恥さらしだよ！　恥さらし！」

男の子は傷つき失望して、彼女をじっと見た。

「気にするな、坊や」と父親が慰めた。「大丈夫だよ」

パウリンは海藻と鶏の肝を入れたお碗を二人の前に置き、自分の食事が待っている台所へと戻っていった。だが彼女は食べなかった。心のなかでこんなことを言っていた。「こんなことをしたのはあの白人の女のためだ。あの白人の女のためだ！」

その後で、息子の辮髪を、ずっと前に取り去ってしまった父親の辮髪を納めたトランクのなかに入れたとき、彼女はディーン夫人の写真があるのを見つけた。このアメリカ女性が若い洗濯屋の教師兼支援者に初めてなったときに撮られたものだった。彼女はそれを持って夫のもとに駆けつけた。「ここに」と彼女は言った。「あなたの白人のお友だちのひとりが写ってる」

サンクェイはうやうやしいと言ってもいい態度で、それを彼女から受け取った。「この女の人は」と彼は説明した。「僕にしてみたら母親みたいなものなんだ」

「じゃあ、あの若い女は――青磁のような目の色をした女は――あれもやっぱり母親のようなもの？」とパウリンは物柔らかな口調で尋ねた。

だが、彼女の穏やかさにかかわらず、ウー・サンクェイは怒りでかっとなった。

「あの人のことを口にするな」と彼は叫んだ。「あの人のことを口にするな！」

「は、は、は！　は、は、は！」とパウリンは笑った。柔らかで、美しい響きと言えなくもない笑いだったが、ウー・サンクェイにとってはほとんど冒涜的なものに思えた。

にもかかわらず、彼はやがて気分を落ち着けた。パウリンは妻であり、その彼女に優しくするのは義務のみならず彼にとって自然なことだった。だから、自分の小さな男の子が膝によじ登り、お父さん、何か曲《うた》を吹いてみてと懇願したとき、彼はフルートに手を伸ばし、パウリンにこう呼びかけた、今晩だけは仕事はやめておきなさい。お前のために中国の音楽を演奏してあげよう、と。それでパウリンは、彼の妻になって以来ずっと、境遇の変転があっても揺るがずにその心と思いをウー・サンクェイただ一人に向け続けてきたので、しばしのあいだ、心中の苦々しい気持ちを押し殺し、夫の魔法のような演奏に没入した――その魔法は、以前の中国での日々へと彼女を連れて行った。それらの日々は、国を出た中国の息子たち娘たちの心にずっと残り続け、ずっと影響を与え続けるものだった。

4

男が二人の妻をもつこと、さらにはもしその男が適切と考えれば三人の妻をもつことは、ウー・パウリンの目から見て、自然で正しいことのようだった。彼女自身が生まれ育った家庭には腹違いの子どもたちがいたし、そこでは母親と、父親のもう一人の妻が、姉妹として一緒に食事をしていた。そんな家庭は、いつもいつも平穏であるわけではなかった。だが少なくとも、夫がもう一人の女を自分より優れている者とみなしたりそう扱ったりしていないと知っているので、それぞれの女は満足していた。それぞれに共通の運命が降りかかった――それはすなわち相手の男の子どもを産むことで、男はすべての支配者だった。

だが、ああ！　他の女を――しかも違う人種の女を――女性に対する一般の遇し方を無視するようにして敬い慕う男の子どもを産まねばならないことの屈辱と恥ときたら。単なる動物じみた嫉妬よりずっと強い毒を孕んだ嫉妬の情があった。

ウー・サンクェイの二番目の子が産まれて二週間になった頃、アダー・チャールトンとその伯母が赤ん坊を見るために訪問した。若い娘は明るく父親とおしゃべりし、次第に強く陽気になっていくイェンとの遊びを楽しんだ。このアメリカ人の女性たちは、もちろん中国語で会話をすることができなかった。だがアダーは、彼女のかたわらに美しい花束を置き、彼女の手を握りしめ、輝く目で彼女を見下ろした。人種が異なる、多くの友人から愛されている、自分が選んだ仕事をして幸せである、などの事情によって彼女は守られていたので、伯母が支援している人物の妻となっている女性が自分のことで苦い思いをたっぷりと味わっているのではないか、という疑念はまったく彼女の心をよぎらなかったのだ。

訪問客たちが立ち去ってしまうと、くだんの若い芸術家が部屋のなかにいるあいだ、ずっと夫の顔を見つめていたパウリンは、彼にこう言った。

「全部もらって何も与えない女《ひと》は幸せですね」

「全部もらって何も与えない」と夫は繰り返した。「どういうことだ？」

「あの女はあなたの心を全部もらってる」とパウリンは答えた。「でもあなたには息子を与えたことがない。その仕事をしてきたのは、わたしなんです」

「お前は僕の妻だ」とウー・サンクェイは応じた。「そして彼女は――ああ！　あの人のことについてどうしてそんなふうに言えるんだ？　彼女は純粋で、水に浮かぶ花のような――百合《ユリ》のような人なのに！」

彼は部屋を出て行ったが、自分たちの男の子を描いた小さな絵も携えていた。その絵はアダー・チャールトンがお別れの挨拶をした際に彼にくれたもので、母親には見せて自慢するつもりでいたのだった。

パウリンがその小さな絵を初めて見たのは、赤ん坊が死んだ日のことだった。その小さな体を夫が腕に抱きあげて、命が絶えていると叫んだときに、彼のコートのポケットからすべり落ちたのだ。そんなふうに子を失った最初の瞬間だったが、パウリンは身をかがめてその肖像画を拾い上げると、恐怖におののいてこう叫んだ。「あの女が呪いをかけようとしている！　あの女が呪いをかけようとしている！」

彼女はかかとで画布を踏みつけ、修復できないくらいに壊してしまった。

「お前には自分の言っていることとやしていることがわかっていない」そうサンクェイは厳しく叱りつけた。彼はさらに言い足したかったが、死んだ子どもの様子が不思議でもあり、やめにした。

「息子を失うことは、手足を失うようなものだよ」と彼は子どものいない同僚に言った。

ランタンが赤く輝くその下で、この悲しい出来事について腰かけて話していたときのことだった。

「だが君には慰めがないこともないよ」とルン・ツァオが言葉を返した。「いちばん初めの子どもは、すくすく立派に育ってるからね」

「そのとおりだ」とウー・サンクェイは同意した。重苦しい考えが少々軽くなった。

そしてパウリンは、カーテンを引いた階上のバルコニーで自分の子を引き寄せ、こう激しく叫んだ。

「ああ、心から愛する大事な子、お前が新しい知恵に汚されてしまうくらいなら、お前の目の光も消されてしまう方がまだましよ」

5

ウー・パウリンの友人である中国人の女たちは、内輪で噂話をしていたが、その噂がパウリンの夫の友人であるアメリカ女性の耳に届いた。未亡人になった頃から、ディーン夫人は熱心に、そして献身的に、アメリカにやってきた中国人種の若い労働者たちの状況を改善し、彼らの地位を向上させることに力を尽くしてきた。彼女が姪に語ったところによると、彼らが必要とし、また切実に望んでいることは、西洋の人々の知識により身近に接することであり、それこそ彼女が、できうる限りの範囲において、彼らに与えようとしてきたことなのだった。彼女がその仕事でじゅうぶんに報いられ、そこから大いに満足を得ることもある。ウー・サンクェイの例を見れば一目瞭然だ。

だが、噂が届いてきて、大いに彼女の気持ちをかき乱すことになった。こともあろうに、ウー・サンクェイの妻がこう言い放ったそうだ——自分は幼い息子をアメリカの学校に通わせないし、アメリカの教育も受けさせない、と。なんという偏見、偏屈ぶりであることか！　考えるととても悲しくなってくる！　アメリカで暮らすことによって恩恵や利益を受けた男性がここにいる、そして息子には西洋の教育の恩恵にあずからせたいと願っている——それなのにその男性の妻は、その無知ゆえに彼に反対し、道理のない嫉妬心ゆえに邪魔をしている。

そう、彼女はそのことも聞いていた。ウー・サンクェイの妻が嫉妬して——嫉妬して——夫の方はとてもわきまえた人物で、とても親切で寛大なのに。

「いったい何に嫉妬してるんでしょうね？」と彼女はアダー・チャールトンに尋ねた。「他の中国人の男たちの妻だったら、嫉妬する原因があるってわたしにはよくわかってるんだけど。だってほんとうのところ、男たちのなかには恐ろしいくらい身持ちが悪かったり、二人かそれ以上の奥さんを公然と養ったりしてるのがいるから。だけどウー・サンクェイはそうじゃない。それでこの若いパウリンのことがわからなくなる。中国の女の人が望めるものはすべて手にしているのに」

突然、ぱっと直感が若い娘に閃き、そのため彼女はしばし言葉を失った。言葉を見つけ出したとき、こう言った。

「中国の女の人が望めるものはすべてっておっしゃったでしょう、伯母さん。中国人の奥さんとアメリカ人の奥さんの間にはほんとうの違いなんて何もないって、わたしは思う。サンクェイは、自分が中国で暮らしている場合に奥さんを扱うのと同じような仕方でパウリンのことを扱っている。でも彼女にすれば、まるで母国にいるのと同じであるわけじゃない、だって自分の国だったらご主人はアメリカの女性たちとつきあわないんだから。中国人だろうとアメリカ人だろうと、教育があろうとなかろうと、女には女なりの直感とものの感じ方がある。だからサンクェイの奥さんは、自分がここに到着したその当日から、夫のわたしたちに対する態度に気がついたに違いないし、それを自分自身に対する態度と比べてみたに違いない。あの人が嫉妬してるって伯母さんが言ってくれるまで、わたし、このことに気づかなかった。気づければよかったのに。今ならわたし、ちゃんとわかるわ。あの可哀想な娘《ひと》は、何ものを知らなくても、汽船のデッキでのあの半時間で、ウー・サンクェイよりずっとアメリカ人らしくなったって。サンクェイの方はどうかっていうと、伯母さんは彼に誇りをもっているけど、ここまでアメリカ人らしくなるのに七年もかかってるのよ」

ディーン夫人は頭を片手に載せていた。明らかにとても困惑していた。

「あなたの言うとおりかもしれないわね、アダー」しばらくして彼女はそう返答した。「でもそうだとしても、わたしが同情を寄せるのは、知り合って長いサンクェイの方。彼はたくさんのことに耐えているし。あの二人は七年のあいだ、ばらばらに暮らしてきたでしょ。二人を結びつける絆や共感も、あの男の子を除いてはなくなっている。それでも彼自身の口から困っていることを匂わす言葉は、一切わたしは言われていない。パウリンが来る前は、彼はどんな些細な困りごともわたしに打ち明けてくれた、まるでわたし自身の息子であるみたいに。今では自分のプライベートな事柄については完全に黙っている」

「中国人らしい振る舞い方ね」再び絵を描き始めたアダーがそう意見を述べた。「ええ、確かにサンクェイは解かなければならない問題を抱えてる。中国人の生活とアメリカ人の生活――二股かけて生きようとしてるんだから、当然のことね」

「そんなふうにせざるをえないのよ、彼は」とディーン夫人が言い返した。「それこそわたしたちが、あの中国の男の子たちに教えてきたことじゃないの――アメリカ人になれって。それでもあの子たちは中国人だし、ある意味、そうあり続けなければならない」

アダーは返事をしなかった。

ディーン夫人はため息をついた。「二人ともお気の毒な子たちね」と彼女は思いに沈んだ。「この件を考えると、とても気持ちが沈んでしまう。もしよければわたしと一緒に街中《まちなか》に出かけてみない？　ウィンシン夫人と、またおしゃべりしてみたくなったから」

「喜んで。気晴らしになるから」と絵筆を置きながらアダーが答えた。

たくさんのバルコニーから吊り下がった幾列ものランタンが、柔らかい月の光のような輝きを投げかけていた。壁や戸口には、象形文字のようなものが書き込まれた赤い紙が、まるで飛沫であるかのように貼られていた。幅の狭い通りでは、花が飾られた露店や、大きな神仏の姿を描いた旗や衝立《ついたて》が人目を奪った。そのなかを派手な絹の衣装を着た音楽家の一群が、かん高い音を立て、ドカンと叩き、縦笛横笛を吹き鳴らしていた。

誰もが戸外に出ているようだった——男も女も子どもも——そしてほとんどすべての人々が祝日の装いをしていた。鮮やかな緋色と黄色の衣装を着た二人の僧侶が、白と銀の刺繡をほどこした高価な布で覆った祭壇に向かい、頭を地につけて拝礼していた。カリフォルニア大学の中国人学生が何人か、分別臭《くさ》い、半ば軽蔑するような態度で立って見物していた。色付きの絹のドレスで着飾った娘たち三人がいたが、黒い髪をすべて後ろで束ね、背中にまわした髪をたくさんの宝石で飾っていた。そんな彼女たちが頭上のバルコニーで、籠のなかの鳥よろしく、ぺちゃくちゃおしゃべりしていた。小さな子どもたちが、手に半月の形をした月餅《ケーキ》をたくさんのせて、ぱたぱたと駆けまわっていた。その間ずっと、目を星のように輝かせながら。

チャイナタウンは中秋の満月のお祭りをしているのだった。それでアダー・チャールトンは、東部に帰る前にちょっとした祝祭を見物する機会が得られたのを喜んだ。ディーン夫人は中国の人々や迷路のようなチャイナタウンに馴染みがあったので、怖れることなく彼女を案内してまわり、あちこちの興味深いものを指差しては、その意味を彼女に説明した。祭の晩だとわかって、彼女は中国人の友だちを訪問する考えを捨てていた。

ウー・サンクェイの仕事場と住まいのある通りに至る角を曲がったちょうどそのとき、小さな両の手がディーン夫人のスカートをぎゅっと握り、嬉しそうな幼い声がこう甲高く叫んだ。「こっち見て！ こっち見て！」それは幼いイェンだった。藤色のズボンをはき、刺繍をした胴着と帽子を身につけて、きれいに着飾っていた。彼の後ろには、二人の女性とは顔なじみの背の高い男性がいた。

「どうしてあなたがイェンと一緒にいらっしゃるの？」とアダーは尋ねた。

「この子はお父さんが寄こしてくださったんです、ちょっとした案内人、相談役、そして友だちとしてね。このおちびさんはほんとうに愉快な子ですよ」

「こっち見て」とイェンがさえぎった。彼は路地を跳ぶようにして越えて、僧侶たちが祭壇のそばに立っているところに向かった。大人たちもそれについていった。

「あの男は何を唱えているの？」とアダーが尋ねた。僧侶の一人が台《テーブル》の上にあがり、高い天を往く月に向かって両腕を差し出し、祈祷じみたことを行なっているようだった。

彼女の友人はしばらく耳を傾けてから、こう返答した。

「言ってみれば、月を神さまとしてあがめているんです。漢口《ハンコウ》でも似たような機会に聞いたことがあります。儀式を執り行なう中国人の坊さんが、翻訳したものをわたしにくれましたよ。ほとんど憶えてしまっています。あなたのために暗誦してみましょうか？」

ディーン夫人とイェンは、大きな神仏を描いた衝立をじっと眺めていた。

「ええ、聞いてみたいです」とアダーは言った。

「それでは目を月の女神《ダイアナ》に向けてください」

「心から愛するお月さま、あなたが音なき天空を独りで進んでいくその跡を目で追っていると、心休まる考えがわたしに忍び寄り、激情に波立つ魂を鎮めてくださいます。あなたはとても甘美で、とても真面目で、とても穏やかなので、人生の調和が破れて軋む音があがるような、激しい嵐にも似た感情のぶつかり合いを忘れさせてくださいます。また、世の争いのただ中ではほとんど聞こえてこない声――小さな愛の声――をわたしの心に運んでくださいます。

「あなたはとても安らかで、とても純粋なので、あなたの優しい輝きの下《もと》では、不実で下賤なものはいっさい留まることなどできないかのようです。そしてまた熱心さは――才ある人の熱心さでさえ――祝福のようにあなたの光が頭に落ちてくるような人の心のなかで輝かなければならないのです。

「あなたの共感という魔法は、多くの哀しみという荷をわたしから取り去ってくださいました。そして、甘美な森に住まう歌い手の歌のように、日中の不注意な耳に聴かせるにはあまりにも貴重で神聖な考えが、あなたが唯一の聴き手であるときには、思わず知らず雄弁になって勢いよく湧き出てくるのです。

「心から愛するお月さま。理性という陽の当たる野に住まう人たちは、想像という月明かりのさす谷間をさまようことを恐れなければならない、などと言う者もいます。しかし、賢者の王国を巡礼してきたよそ者であるこのわたしは、あなたに対して心からの賛辞を捧げます。心からありがたく思うのです、あなたが慈悲深く輝いてくださることを――この愚か者に対してさえも」

「それはほんとうに中国語？」とアダーが尋ねた。

「疑いありません――おおむねは。もちろん、一言一句まで正しいとは断言できませんが」

「たぶん大地の実りとか――収穫のことだけど――そういったことが触れられるのかと思ってました。中国の宗教はとても実際的なものだとずっと理解していたので」

「儒教はそうです。でも中国人の心は二つの宗教を必要としているんです。どんなに平凡な中国人でも、日常の生活を超えたものへの憧《あこが》れを抱いています。だから、中国人は儒教を仏教と組み合わせます――あるいはこの国では、キリスト教と組み合わせます」

「教えてくださってありがとう。おかげで、伯母さんとわたしが興味をもっている、ある中国の人の心を知る手がかりをもらえました」

「はて、あなたが興味をもっているその中国人というのは、具体的にどなたなのでしょう」

「今晩わたしたちと一緒にいる小さな男の子の父親です」

「ウー・サンクェイ！　おやっ、彼がリー・トン・ヘイ[☆2]と一緒にこちらにやってくるぞ。あなたはリー・トン・ヘイをご存じですか？」

「いいえ、でも伯母さんとは知り合いだと思います。この人、ボードビルでお芝居をしたり歌ったりするんじゃなかったかしら？」

「そのとおり。すごく簡単にドイツ人やスコットランド人、アイルランド人、アメリカ人なんかに変身できますし、どの役柄を選んでも、中国人であるのと同じくらい自然にできるんです。やあ、リー・トン・ヘイ」

「やあ、スティムソンさん」

挨拶に答えたこの溌溂とした若い中国人に自分の友人が話しかけているあいだ、アダーはウー・サンクェイがディーン夫人と立ち話しているところに行った。

「イェンは学校が来週から始まるのよ」伯母さんが彼女と腕をからめながら、そう言った。もう帰宅する時間だった。

アダーは返事をしなかった。彼女は何か尋常でないことをしようと決心を固めていた。伯母はよく彼女のことを、ロマンチックで実際には疎《うと》いと言っていた。たぶんそうだった。

6

「伯母さんは今朝《けさ》は町を離れてる」とアダー・チャールトンは言った。「わたしが来てほしいって電話で言ったのはね、サンクェイ、私的な事について秘密でお話ししたいと思ったからなの」

「何かお困りですか、ミス・アダー」と若い商人は尋ねた。「僕がしてさしあげられることが何かあるのですか?」

ディーン夫人はよく彼に依頼して、ちょっとしたビジネス上の用件を片づけてもらったり、自分の社交生活や家庭生活のさまざまな側面について相談に乗ってもらったりしていた。

「いろんなことを取り仕切ってくれるサンクェイの頭がなければ、わたし、もうどうしていいかわからない」と彼女はよく姪に言っていた。

「いいえ」と若い娘は言った。「あなたにはあまりに多くのことをしてもらってきたわ。知り合ってから、ずっとそうだった。わたしたち、そんなふうにさせて恥ずかしく思ってる」

「いったい何を話してるんです、ミス・アダー？　僕がアメリカに来てからずっと、あなたの伯母さんは、この家をまるで僕自身の家であるかのようにしてくださったんです。それで、当然のことですが、この家のことには関心があるし、男にできることがあれば何でもやりたいと思っています。ここに来ると僕はいつも幸せな気持ちになるんです」

「ええ、あなたはそうだとわかってる、可哀そうな人ね」とアダーは心のなかで言った。

声に出して彼女はこう言った。「あなたに言いたいことがあって、それを聞いてもらいたいの。聞いてくれる、サンクェイ？」

「もちろんお伺いします」と彼は答えた。

「それじゃあ」とアダーは続けた。「今日こちらに来てくれるようお願いしたのは、あなたの家庭でトラブルが起きていて、奥さんがあなたに嫉妬してるって聞いたからなの」

「お願いですから、そのことについては話さないでいただけますか、ミス・アダー。あなたには理解できないことですから」

「話をよく聞いてくれるって約束したでしょ。わたしには理解できるわ、奥さんとお話しできないし、何を感じているのか考えているのかわからないにしても。あなたのことはよく知ってる、サンクェイ、だからどうしてトラブルが起きたのかわかるの。あなたの奥さんが嫉妬してるって聞いてすぐに、どうして嫉妬してるのかがわかったわ」

「どうしてですか？」

「なぜかっていうと」と彼女はひるまずに答えた。「あなたが他の女性たちのことをあまりにたくさん考えてるから」

「他の女性たちのことをあまりにたくさん？」サンクェイは呆然となって鸚鵡返《オウムがえ》しに言った。「それは気づきませんでした」

「そう、あなたは気づかなかった。だからこそ教えてあげてるわけ。事実そうなのよ、サンクェイ。それにあなたはあまりにもアメリカ化しすぎている。伯母さんはそうなるようにとあなたを励ましている。伯母さんはいい人で、あなたのことを何よりも思ってそう言っているわけだけど。でもわたしたちは、みんな間違いを犯す。中国人の男をアメリカ人にしようとするのは間違いよ——もしその人に、それまでと同じ自分でずっといようとしている奥さんがいたとしたら。もしあなたが結婚していなくて、自由に前に進んでいける身分だったら話は違ってくる。でもあなたはそうじゃない」

「それではどうするべきなのですか、ミス・アダー？　わたしが妻以外の女性のことを考えすぎるとか、あまりにアメリカ人になりすぎている、などとあなたは言われる。そうであるなら、じゃあ僕はどうすればいいんですか？」

「まず第一に、あなたは奥さんのことを考えなければならないわ。あの人はあなたのために、アメリカの女性ならやらないことをやってきた——妻になるために、あなたのいる所にやってきて、あなたのことを知りもしないのに愛して仕えて——そっくりそのままあなたを信用したの。忘れてはいけないのは、何年もあの人が小さな家のなかにつなぎ留められて、病気で年老いたあなたのお母さんのお世話をしなければならなかったこと——若い娘にとってはほんとうにきつい仕事よ。あなたは彼女にとって世界でただ一人の男性だ、ということと、彼女が気にかけてきた男性はずっとあなた一人だった、ということも忘れてはいけない。あなたはここに長年暮らしてきたけれど、その間《かん》の彼女のことを考えてみて。寂しい思いをしながらきつい仕事をして暮らして——赤ちゃんとおばあさんを唯一のお相手にして。こんなことをするために、あの人は自分の親元を離れてきたのよ。アメリカの女だったら、そんなふうに自分を犠牲にするようなことは絶対にしないでしょう。

「それで今、あの人には何があるの? あなたと家事しかない。白人の女性なら読書をしたり、スポーツをしたり、絵を描いたり、コンサートや演芸や講演会に行ったり、好きな仕事に打ち込んでみたりするし、生きていくなかで、ほんとうに多くの人たちのことを考えたり気にかけたりする。白人女性は、自分を幸せにしてくれるものを夫の他にたくさんもってる。でも中国人の女性には夫しかいない」

「息子もいますよ」

「そう、息子さんもね」とアダー・チャールトンは繰り返し、我知らず微笑んでしまったが、それも一瞬で、すぐに生真面目な態度に戻った。「あなたがしばらくのあいだアメリカ人であることをやめて、中国人であることに戻った方がいい理由は、他にもある。愛している小さな男の子のためにも、あなたと奥さんは睦まじく、そして明るく一緒に暮らしていかないと。アメリカの学校に行ってアメリカ人みたいになるより、そちらの方がずっとあの子の幸せのためには大切よ」

「僕はあの子をアメリカの学校と中国の学校、両方で学ばせたいと願っているんです」

「でもあの子が何よりも必要としているのは、愛してくれる母親でしょ」

「妻は息子のことをじゅうぶんに愛しています」

「それじゃあ、どうしてあなたは奥さんのことをじゅうぶんに愛してあげないの？ 仮にわたしが結婚していたとして、夫が晩を過ごすのにわたしと一緒にいるよりも他の女たちと一緒にいることを好んだり、わたしに対するよりも他の女たちに対してずっと丁寧でうやうやしい態度をとったりしたら、夫はわたしをあまり愛してくれていないと考えるでしょうね。どうしてあなたの奥さんが嫉妬してるのか、これでおわかりにならない？」

ウー・サンクェイは立ち上がった。

「さようなら」とアダー・チャールトンは言いながら、彼に手を差しだした。

「さようなら」とウー・サンクェイは言った。

彼が白人だったら疑いなく、アダー・チャールトンのお説教は彼女が意図したようなものとは反対の効果を与えただろう。少なくとも、説教を受けた側は、彼女の誠実さについて多少なりとも疑うような態度をとっただろう。だがウー・サンクェイは白人ではなかった。彼は中国人で、自分の前にアダー・チャールトンが持ち込んだような重要な用件において、相手が不誠実だと考える理由を見出すことはできなかった。自分が楽園から追放されたような心持ちを彼は味わった。だが、炎の剣を持った天使にそのような行動をとる権利があるのか、と問いただすことは、白人の男ならしただろうが、彼の場合はまったく考え及ばなかった。そしてまた、こじれてしまった状況の責任をどの女性のせいにもしなかった。現状でできるだけのことをとにかくしてみよう、と彼は単純に思い定めた。

7

ウーの家庭では平穏な一週間が続いた——幼いイェンがアメリカン・スクールに入学する直前の週だった。実に平穏だったので、男の子のことに関して妻が自分の願いを聞き入れてくれたのではないか、とウー・サンクェイは考え始めていた。息子のために作っている小さな船に小刀で手を入れながら、彼はそっと口笛を吹いた。アダー・チャールトンからのヒントによってさまざまな考えが頭をめぐり始め、パウリンにもかなり心を寄せるようになってきた。だから、息子がアメリカン・スクールに通うことに彼女がさらに反対するようなことがあったら、強硬な主張はしないでおこうと彼は決めていた。結局のところ、アメリカの言葉はこの世紀では役に立つかもしれないけれど、世界の歯車はまた回転するかもしれず、そうなったらまったく必要でなくなるかもしれない。誰にわかるというのだ？　そのような言葉を彼は、パウリンに対してもう少しで口にしそうになった。

幼いイェンが朝からアメリカン・スクールに行くことになる、その直前にあたる晩のことだった。彼は一日じゅう、期待に胸をふくらませて興奮していたので、とうとう父親は、彼の気を落ち着かせるため、中国の本に書いてある小さな物語を声に出して読むよう彼に命じた。その本は、息子がアメリカにやってきて最初の誕生日にプレゼントしたもので、読み方は教えてあげていた。素直に言いつけに従って、おちびさんは母親のそばに腰掛け《スツール》を引き寄せ、子どもらしい、歌をうたうような調子で、罰当たりな少年の物語を読み上げた。その少年はお祖父《じい》さんの葬列を追いかけていって、霊にご馳走するためにお墓に供えてあったパリッと焼けた鶏肉や、皮のゆるい蜜柑《オレンジ》を腹いっぱい食べたために、たいへんな目に遭ってしまうのだった。

ウー・サンクェイはその物語を聞いて存分に笑った。それは彼に、自身の少年時代の向こう見ずな悪ふざけを思い出させた。だがパウリンは小さな読み手の頭を黙って撫《な》でて、物思いにふけっているようだった。

湾から新鮮な潮風がさっと吹いてきた。母親はぶるっと震えた。それでウー・サンクェイは、ボートに帆を付けている最中だったが顔を上げ、ドアを閉めるようにとイェンに言いつけた。おちびさんは母親のかたわらに戻ってきたとき、彼女の膝《ひざ》につまずいた。

「ああ、かわいそうなお母さん！」と彼は叫んで、風変わりな言い訳をした。「悪いのはバカな足で、イェンじゃないよ」

「そうね」と彼女は腕を息子の首にまわして抱きしめながら言った。「悪いのはいつも足。たましいにとって足っていうのは、蝶にとっての繭《まゆ》みたいなもの。お聞き、幸せな蝶の歌をお前にうたってあげる」

彼女は古い中国の小唄を生き生きとした鳥のような声で歌い始めた。ウー・サンクェイは耳を傾け、彼女の歌を聞けるのを嬉しく思った。周りの誰もが楽しく幸せでいるのを彼は好んだ。それがディーン家の魅力だった。

ささやかな団欒《だんらん》がおしまいになる前に、船は完成した。イェンは最初、それを細かいところまで吟味するように見ていたが、それから大いに満足して眺めた。最後に彼はそれを持って部屋を立ち去り、爪やボールやコマといった宝物をしまってある戸棚のなかに注意して置いた。「あした学校が終わったら、これでいっしょに船出しようね」父の腕にかじりついて感謝しながら、彼はそう父親に言った。

サンクェイは小さな丸い頭を撫でまわした。この男の子と彼とは大の仲良しだった。


眠っていたサンクェイの目をはっと覚まさせたのは、何の音だったのだろう？　ちょうど昼夜の境界にあるような頃合いで、パウリンは通常は起きていない時刻だった。それでも、イエンの部屋から彼女の声が聞こえてきた。彼は上体を起こして耳を澄ませた。小さなリスたちと狩人《かりゅうど》についての子守唄を、彼女は柔らかい声で歌っていた。こんな時間にこんなふうに歌っているのは何事か、と彼は不審に思った。自分が寝ているところから、子ども用の寝床と、薄明りのなかでものも言わず身じろぎもせず横たわっている子の姿が認められた。まったく体を動かさないではないか！　一瞬の後、サンクェイは息子のかたわらにいた。

黒っぽい飲み残しがある空のカップが、事情を物語っていた。

彼が世界でいちばん愛していたもの――その快活さとかわいらしさで心の内奥に入り込んでいた大事な息子――その息子が自分から奪われてしまった――与えてくれた彼女によって。

サンクェイはよろめいて壁に寄りかかった。寝床のそばでひざまずいていた姿が、その身を起こした。彼女の顔は厳粛で、そして穏やかだった。

「あの子は救われたんです」と彼女は微笑んで言った。「新しい知恵から」

悲嘆はあまりに苦すぎて言葉にできず、父親はただうなだれて両手に顔を埋《うず》めた。

「どうして！　どうして！」戸惑ったように彼を見つめながら、パウリンはそう尋ねた。

「この子は幸せなのよ。脱ぎ捨てた繭のことを蝶は嘆いたりしないでしょ」

サンクェイは店を閉め、こんな短い手紙をアダー・チャールトンに宛てて書いた。

事故で息子を亡くしてしまいました。健康のため変化を必要としている妻と共に中国に帰ります。

☆1：中国系移民の相互扶助協会。
☆2：ボードビル・パフォーマーで後年に映画俳優になったリー・トン・フー（Lee Tung Foo 一八七五―一九六六）をモデルにしていると思われる。

“Its Wavering Image”

〈揺れ動くそのイメージ〉

1

パンは、白人と中国人のハーフの女の子だった。母親は亡くなってしまったので、デュポン通り[☆1]のオリエンタル・バザールを営んでいる父親と一緒に暮らしていた。彼女は生れてこのかたずっと、チャイナタウンに住んでいたが、彼女が周囲と違うところがあったとしても、そのことについてあまり意識したことがなかった。マーク・カーソンの出現によりはじめて、彼女は自身の存在の謎に悩まされるようになった。

彼らが出会ったのはシー・ヤップがサム・ヤップのボイコットをしている時期だった。[☆2]埃っぽく熱っぽく不快な空気のなか、ネタを探すために送りこまれたその若い記者は、チャイナタウンの大通りや横道を通って、涼しく奥行のある部屋へと足を踏み入れた。部屋には、乾燥した百合や白檀《びゃくだん》の香りが立ち込めていた。そして、彼はパンを見つけた。

彼女は彼に話しかけなかったし、彼もそうしなかった。彼の仕事の対象は、細い筆で茶色の紙に帳簿をつけ、そろばんの玉をはじいているような眼鏡をかけた商人だった。パンはつねに、白人たちから目をそむけていた。父親側の人々といると、彼女はいつでも自然体で安心することができたが、母親側の人々の存在を目にすると、彼女は不自然になり、緊張し、彼らに好奇の目で見られると、まるで鋭い刃先を突きつけられているかのように縮こまってしまうのだった。

事務所に戻ったマーク・カーソンは、彼を当惑させたその少女について質問した。彼女は何者だ？　中国人か、それとも白人か？　地方紙の編集長はそれに答えて、こう付け加えた。「彼女は驚くほど聡明な少女で、この都市《まち》のだれよりも、中国人についての物語をたくさん話してくれるだろう――もし彼女がその気になればの話だが」

マーク・カーソンは意志の強そうな顎と利発そうな目をしており、彼の声には、人の警戒心を解き、彼のことを容易に信用させる響きがあった。

記者室で彼は、「ネタのために魂を売る男」であると称されていた。

最初のころのパンの恥じらいは薄れ、自分に対して驚くほど自由で率直に話すようになったことに、彼は気づいた。彼は紳士としてのあらゆる本能（そのうち一つだけ欠けていたが）をもちあわせており、彼女に対しても凡人のように判断を誤ることはなかった。彼はパンにとってはじめての白人の友人だったのだ。彼女は生まれながらにしてボヘミアンであり、白人女性や中国人女性に押しつけられたさまざまな伝統的制約に縛られていなかった。東洋人《オリエンタル》であった彼女の父親は、自分の子どもに対する愛情に、亡くなった白人女性の娘に対するとても強い尊敬や信頼を込めていたので、彼女のなすことや言うことは彼にとってすべて正しかった。パン自身にとっても、それは同じだった！　白人女性が自分に対する侮辱を無視するのであれば、中国人女性はそれに気づきすらしない。けれどもパンは違う！　子どもじみた小さなパンを侮辱する男は、相当に胆力のある男に違いない。

マーク・カーソンの澄んだ目は、これらすべてを見通し、巧みな知略をもって幼い少女にある考えを教え込んだ。彼が現れるまで彼女は、人生を独りで生きてきたことに、気がつかずにいたのだと。彼女はこの教えをとても上手く習得したので、まるで白人としての自己が完全に彼女を支配し、中国人としての自己を踏みつけなければならないかのように思われた。

同時に、彼のことを完全に信じ、信頼していた彼女は、彼をチャイナタウンに案内し、さまざまな事物が秘めたさりげない謎や由来を紹介した。父親の人種を継ぐ者として、彼女はそれらを心から尊敬し、誇りに思っていた。彼女のおかげで彼は、中国寺院の黄色い法衣を纏った僧侶や占い宮殿の占星術師、その他にも保守的な中国人たちに、兄弟として受け入れられた。彼女が門戸を叩くと、水仙倶楽部も彼を招きいれ、華人限定の秘密結社も彼を名誉会員として認め、かつてアメリカ人は一人も足を踏み入れることのできなかった儀式を見学するだけでなく、参加することも許された。彼女が隣にいれば、彼はどこに行っても歓迎された。赤ん坊をあやしている中国人女性でさえ、優しい微笑みで彼を迎え、子どもたちは彼にもらったキャンディーを静かに食べ、童謡を繰り返し口ずさんで彼に教えてあげた。

彼はそのすべてを楽しみ、パンも同様だった。二人とも若くて、快活だった。そして、一緒に午後を過ごした後、彼らはいつも星の見える最上階の部屋で、中華茶碗にたくさんのお花を浮かべて、色とりどりの大きな燈籠の光のもと、優しい月明りに照らされて過ごした。

ときには、音楽もあった。階下にあるきらびやかなレストランでは、週に三回夕方に、中国の楽団の演奏があり、銅鑼《どら》や弦楽器の演奏の音が大きければ大きいほど、パンは喜んだ。レストランのすぐ下には、彼女の父親のバザールがあった。ときどき、マン・ユーは階段をそっと登ってきて、若いカップルの幸福を手助けするのに、何か必要なものはないかと尋ねるのだ。するとパンは答える。「お父さまがいればそれでいい」と。パンは彼女の中国人の父親を誇りに思っており、「白人よりも中国人の父親のほうがいい」とよくマーク・カーソンに話していた。ついこのあいだ彼女がそのようなことを口にしたとき、カーソンは、夫にするなら白人男性と中国人のどちらがいいかと尋ねた。するとパンは、彼と知り合いになってからはじめて、何も答えることができなかった。

2

その日の日中は暑かったが、夜は涼しく静かだった。空には新月が出ていた。

「天上はなんと美しく、下界はなんと醜いのだろうか！」と、マーク・カーソンは思わず叫んだ。

彼とパンは、彼らの隠れ家から、燈籠に照らされた、多種多様な人が行き交う広々とした通りを見下ろしていた。

「ここはそんなに美しくないかもしれない」とパンは答えた。「けれど、わたしが生きている場所はここで、これがわたしの家なの」彼女の声は少し震えていた。

彼は突然、彼女の方に身を乗り出して、手を握り締めた。「パン」と彼は叫んだ。「君はここの人間じゃない。君は白人――そう白人なんだ」

「違うわ！　そうじゃない！」とパンは言い返した。

「いやそうだ」と彼は言い張った。「君にはここにいる権利はないんだ」

「わたしはここで生まれたのよ」と彼女は答えた。「それに、中国の人たちはわたしを自分たちの仲間だと思ってくれてるわ」

「だけど、彼らは君のことを理解しちゃいない」と彼は続けて言った。「君のほんとうの姿は、あの人たちとはまったく別物だ。君がどんな本を読もうと――どんなことを考えようとも――そんなことに彼らはまったく関心がないだろう?」

「みんなはわたしに関心をもってくれているわ」誠実なパンは答えた。「お願いだから、二度とそんなことは言わないでちょうだい」

「それでも僕は言わなくてはならないんだ」と若者はなお言い張った。「パン、わからないのかい、君はどちらになるか――中国人になるか、白人になるか――を決めなくちゃならないって? 両方にはなれないんだから」

「やめて! 聞きたくないわ!」パンは言葉をさえぎって言った。「あなたがそんなふうに言うなら、わたしはもうあなたのことを愛さないわ」

小さな中国人の少年がお茶とサフランケーキをもってきた。彼の話し方は風変わりで、まるで絵のなかに出てくるような小さな子だった。マーク・カーソンは、彼と愉快に言葉を交わした。パンは、小さな両手で茶碗を抱えながら笑い、お茶をすすった。

再び二人きりになると、天の川と三日月が、彼らの観察の対象となった。とても美しい晩だった。しばらくすると、マーク・カーソンはパンの肩に手を置いて、歌った。

「そして永遠《とわ》に、そして永遠に
川が流れているかぎり
心に情熱があるかぎり
人生に苦難があるかぎり
月と歪んで映し出されたその姿
そして、その影が立ち現れるだろう
天上の愛の象徴として
そして此処には、揺れ動くそのイメージ☆3」

彼女の心を捉えて離さない、抗うことのできないその歌声に、少女は泣き崩れた。彼女はとても若く、とても幸せだった。

「顔を上げてごらん」とマーク・カーソンは言った。「ああ、パン！　パン！　君のその涙がまさに、君が白人だってことの証明なんだ」

パンは涙で濡れた顔を上げた。

「キスしておくれ、パン」と彼は言った。初めてのキスだった。

翌朝、マーク・カーソンは、何週間ものあいだ、新聞社に約束していた特集記事にとりかかった。

3

「あいつの先祖を祟《たた》ってやる」とマン・ユーは吠えたてた。

彼は娘の足元に新聞を投げつけ、部屋をあとにした。

これまでにないほど感情的な父の様子に驚き、パンは新聞を拾い上げ、明るく白々とした午後の光のもと、彼女の記憶のなかで一生の汚点となるようなその記事を読んだ。

「裏切られた！　裏切られた！　裏切られて裏切者にされてしまった！」

怒りが赤く燃え上がった。苦痛は言葉を発するだけでは鎮まることなく、涙で洗い流すこともできなかった。

日が落ちて夜になるまでそんな具合だった。それから、彼女は暗闇によろめきながら階段を登って、星々の見える階上の部屋へ行き、この一件についてじっくり考えようとした。誰かがわたしを傷つけた。それは誰だったのか？　彼女は伏せていた目を上げた。そこに浮かび上がったのは、「揺れ動くそのイメージ」だった。おかげで、彼女の頭は明晰さを取り戻した。あの人が傷つけたのだ。何も知らずにしてしまったということがあるのだろうか――あんなに残酷な一撃を？　ああ、彼は知っていたはずだ。他の者たちだけでなく彼女をも突き通した刀が、他の者たちすべての苦痛を、彼女自身の心にも届けるだろうことを。彼は誰よりもよく知っていたはずだ。自分が「白人の少女、白人女性」と呼ぶ彼女は、彼女の大切な人たちの神聖な秘密が残酷にも暴かれ、彼らを嘲笑う心無い外国人の眼前に無慈悲にも晒されるよりも、彼女自身の身体や精神が丸裸にされ、人前に晒されたほうがましだと考える女性であることを。そのことをあまりにもよく知り尽くしていたから、だからこそ、彼は図々しくもあの歌声で彼女の心を虜にし、彼の唇にキスをさせ、笑いながら彼女に背を向け、彼女を刀で突き刺したのだ。彼女はそんな仕打ちを決して忘れない人種に属しているのに。

4

二か月の不在の後、都市《まち》に戻ったマーク・カーソンは、パンのことを考えた。その夜、彼は彼女に会うことになるだろう。愛しい小さなパン、可愛くて、賢くて、愉快なパン。いつでも僕がやってくるのを素直に喜んでいたパン。僕の話していることを何でも熱心に聞きたがっていたパン。僕を元気づけてくれる、とても魅力的で、愛らしい存在。あの子もきっと、あの記事のことは忘れているだろう。白人の女がそんなことを気にするはずはない。ほんとうの彼女は、それよりはるかに超越した存在なのだから。一緒に過ごした数週間のあいだに、彼がそのことを彼女に教えたではないか。彼が最後に教えた教訓が、あまりにも厳しいものであったことは確かだ。彼女がそれをどう受け取るか、彼はわかっていなかったが、彼が彼女をどんなに手荒に傷つけ、怒らせても、その傷を癒す塗薬、魔法の香油があり、それをどう使うかを知り尽くしているのは、彼のほかにいなかった。

だが、こうした自らをなだめるような考えにふけっていたにもかかわらず、その奥底には、彼がパンのところに向かうのを妨げる感情が、とめどなく流れていた。彼はポーツマス・スクエア[☆4]に向かい、ロバート・ルイス・スティーヴンソン[☆5]を記念して作られた噴水の向かいにあるベンチに腰掛けた。数か月、仕事で街を留守にするからと、滞在先を知らせるメモを残したにもかかわらず、どうしてパンは返事をくれなかったのだろう。ロバート・ルイス・スティーヴンソンなら、その理由がわかっただろうか？　もちろん――そしてマーク・カーソンにもわかっていた。しかし、ロバート・ルイス・スティーヴンソンであれば、大胆にも、自分自身で質問に答えただろうが、マーク・カーソンは質問の答えを自分で考えるのをやめ、立ち上がって、丘をずんずん登っていった。

「あの人たちが君を責めたりしないって、僕にはわかっていたよ、パン！」

「そうね」

「それにパン、君にはあえて一言も知らせなかったんだ。君のためだけでなく、僕自身のためにも気をつける必要があったんだ」

沈黙。

「とにかく、そんなのは単なる迷信にすぎない。こういうことは、暴かれるべきだし、無くしていく必要があるんだ」

さらに沈黙。

マーク・カーソンは奇妙な悪寒を感じた。今晩のパンはいつもと様子が違う。外見もまるで彼女らしくない。彼はアメリカのドレスを着ている彼女の姿を見慣れていた。今夜の彼女は、中国人の衣装を纏《まと》っている。しかし、彫りの深い顔立ちでなかったなら、彼女は中国人の少女といってもよかっただろう。彼は身震いした。

「パン」彼は尋ねた。「どうして君はそんな服を着ているんだい？」

パンの小さな手は、袖のなかでもがいていたが、彼女の顔、そして声は落ち着いていた。

「わたしは中国人の女だもの」と彼女は答えた。

「君は違う」とマーク・カーソンは激しく叫んだ。「そんなことを言っちゃいけない、パン。君はもう白人の女——白人なんだ。その誓いとして、君は僕にキスしたんじゃないのかい?」

「白人の女ですって!」パンの声は頭上の星に届くかのように、高くはっきりと響き渡った。「わたしはどんなことがあっても、白人の女にはならないわ。あんたは白人の男。白人の男だったら、約束なんてどんなものでも破ってかまわないのね!」


彼女がじっとうずくまっていると、彼女のなかの火の要素がとても激しく荒れ狂っていたので、彼女の子どものような体は縮み上がってしまうかのようだった。そんな折、マン・ユーの家に、まだ言葉も話せないよちよち歩きの赤ん坊がやってきて、パンの座っているソファーのところによじ登り、弱っている少女の胸に小さな頭を押しつけた。その小さな頭の感触に、彼女は涙した。

「あらまあ!」と子どもの母親は言った。「あなたもいつか自分の子どもを産むことになるわ。そうすれば辛いことはすべて過ぎ去っていくものなの」

それで、中国人の女であるパンは、その言葉に慰められた。

☆1：サンフランシスコのチャイナタウンに古くからある通り。現在はグラント通りと呼ばれている。
☆2：シー・ヤップ（四邑会館）もサム・ヤップ（三邑会館）も、十九世紀半ばにサンフランシスコで結成された相互扶助組織。前者は新会・台山・開平・恩平の四つの地域の出身者によって設立され、後者は南海・番禺・順徳の三県の出身者によって組織された。十九世紀末になって、賃金労働者の多いシー・ヤップのメンバーと、サム・ヤップの富裕層との対立が激化した。
☆3：アメリカの詩人であるヘンリー・ワズワース・ロングフェロー（一八〇七―一八八二）作の詩「橋」からの引用。『ブルージュの鐘楼と他の詩』（一八四五）に収録されている。本短編のタイトルに括弧がつけられているのは、〈揺れ動くそのイメージ〉という言葉自体がロングフェローの詩からとられたものであるため。
☆4：サンフランシスコのチャイナタウンにある広場。
☆5：『宝島』や『ジキル博士とハイド氏』などの著作で知られるイギリスの作家（一八五〇―一八九四）。サンフランシスコは、スティーヴンソンがパリで出会った女性と再会し、結婚した場所である。ポーツマス広場の近くに住まっていたことから、現在でも広場には彼の記念碑がある。

リトル・ミーの贈りもの

The Gift of Little Me

その学校の教室は、さまざまな色で描かれた国旗や小旗で飾られていた。中国ふうのランタンが頭上で揺れていた。黄色い目をした大きくて緑色の陶器の蛙が、先生の机の真ん中にうずくまっていた。アザレア、ヒアシンス、シュロ、チャイニーズリリーといった、熱帯で育つ植物や自生の植物の香りで空気が満たされていた。

時は一八××年、中国の新年の前日のことだった。ミス・マクラウドの小さな生徒たちは、教室の飾りつけをすることで、奇抜な空想への愛着や美しいものへの理解を表現していた。みなそろって祝日の装いだった。ハン・ウェンティは空のような色合いの衣服を着ており、ゆったりと流れるような両袖には、黄色い龍が刺繍されていた。ハン・ウェンティの父親は、アメリカでは一族の長だった。アメリカ人らしくなった商人の息子であるサン・キーもいた。アメリカの既製服を着て、窮屈そうにしていた。女子生徒の側では、リトル・チョイが格子縞の入ったマントのようなマザーハバード[☆1]のガウンを自慢げに着ていたし、フェイとシーは金の花模様の入った明るい色の絹の民族衣装を着て、さながらハチドリのようだった。

ミス・マクラウドは、机の前にある三つの椅子の上に贈りものが山のように重ねられている、その向こうへと視線をさまよわせた。贈りものをしてくれた生徒たちの頭を飛び越えるようにして眼差しを向けると、後ろの席に青い綿の上着《チュニック》のおちびさんが座っているのが目に留まった。〈誰にも関心ありません〉といった様子で、底の白い靴をはいた両の足をぶらぶらさせている。

学校の仲間たちからリトル・ミーはほとんど罪人のように見られていた。学校の生徒のなかで彼一人だけが〈先生〉の祭壇に捧げものをしなかったからだ。そして、彼がお米と豆の汁よりましな食事ができない男の息子だという事実があっても、批判が和らぐことはなかった。他の生徒でも、マッシュルームやタケノコや生まれたての子豚の味を知らない者がいたが、それでも絶えず捧げものをしていたから。紙でつくった敷物、野の花、小石、変わった昆虫など、少なくとも何らかの情感を動かすという値打ちを有するものを贈っていたのだった。しかしほんとうのところを言えば、リトル・ミーは感謝の気持ちがないとか、愛情が薄いとか、そういった子ではない。プライドが邪魔をしていただけなのだ。チャイナタウンでいちばん裕福な商人の息子であるホムヒンやリー・チュウのような気前の良いやり方であげられなければ、彼にとってはあげたことにまったくならないのだった。

それでも、もし（スコットランド人の心をもった）ミス・マクラウドが自分の生徒のなかからいちばんのお気に入りを選んでみる気になったなら、それはリトル・ミーだった。何度も彼女はホムヒンやリー・チュウの両親から文句を言われた。そのぽっちゃりして満足げな顔をした息子たちが贈るプレゼントは、しばしばとても値打ちがあるものなのに、それを受け入れなかったからだ。裕福な親に大事にされ、髪を編んだ子どもたちが捧げものを持ってパタパタと足音を立てて自分の机に向かってくるとき、リトル・ミーの目が曇り、小さな両手が袖のなかに引っ込むのを、彼女は見ていたのである。

「みんな、よく聞いて！」とミス・マクラウドは言い、それからちょっとしたスピーチをした。そのなかで彼女は生徒たちに、自分に感謝と愛情のしるしを持ってきてくれることに対してお礼を述べたが、同時に次のようなことを強く言って聞かせた。金のボタンをつけることができる人をお父さんにもった男の子から、象牙や翡翠の彫像を贈られるのも嬉しいけれど、他に何も差し出すものがない男の子が自分自身の手で彫ってくれた木像を、わたしは同じくらい大切にします。たくさんの果樹園を所有している人のひとり娘から籠いっぱいのオレンジをもらうのも嬉しいけれど、孤児になってしまったアーモイからライチを一粒もらうのも、同じくらいわたしに元気を与えてくれる。とびきりの贈りものというのは値段に関わりありません。クリスマスのときにあなたたちに教えてあげたお話を憶えているでしょう。最愛のたったひとりの〈息子〉が、愛されし人々に与えられたっていうお話。世界じゅうのお金をかき集めたって、あの愛しい小さな男の子の値段をつけることなんてできなかったでしょう。あの男の子は値段のつかない贈りものだったの。

リトル・ミーは底の白い靴をはいた足をぶらぶらさせることをやめた。真剣な眼差しになり、眉を寄せ、彼はこのスピーチについて考えを巡らせた。

新年の最初の日は、終始みんな上機嫌だった。ランタンの下で楽しい時を過ごした。風変わりなセレモニーがとりおこなわれ、美味しいご馳走が出されたりした。フルート吹きはフルートを携え、バンジョー弾きはバンジョーを携え、バイオリン弾きはバイオリンを携えて、それぞれやってきた。どの子どもにも少額の金貨や銀貨が与えられ、砂糖菓子やゆるい皮のオレンジや西瓜の種などが、あたりにたっぷりとばらまかれた。音楽の調べが暗い路地を活気づかせた。そして打ち上げられた火の〈花々〉が老いた人々も若い人々をも活気づかせた。慈善文化団体は独自の演目を披露した。想像力と経験をもった団員たちは、ヒーローたちの勝利、恋人たちの絶望、孝行息子の運命に与えられる祝福、不孝者に降りかかる恐ろしい運命、といったものを表現する力量をそなえていた。日が傾き、没してからも長いあいだ、魅了された若者たちのグループは腰をおろして魔法と魅惑の物語に耳を傾けていた。

それらすべての真っただ中にいるリトル・ミーは、底の白い靴をはいてあたりを歩きまわり、別の物語のことを考えていた——あの〈幼な子〉の物語。

中国の新年の二日目、麻ひもでこしらえたバッグにお祝い用の小さな赤い包みをあふれんばかりに詰め込んだミス・マクラウドは、チー家の戸口の前で立ち止まった。ノックしても返事がなかったので、彼女は掛金をはずし、暗くした部屋に入った。部屋のいちばん隅っこにある長椅子のそばで、一人の女がひざまずき、うめきながら涙を流していた。リトル・ミーの母親であるチー・アーテイだった。リトル・ミーの本来の名前はチー・ピンなのだ。ミス・マクラウドはいたわるように彼女の肩に触れた。女は身震いし、低いうめき声は胸の張り裂けるような叫びとすすり泣きに変わった。先生はわたしの赤ちゃんが盗まれたことをご存じ？　どこかの悪霊が赤ちゃんに魔法をかけて連れ去っていったんです。わたしの夫は何人かの友だちと一緒に子どもを探しています。でもわかるんです、赤ちゃんを見つけることはないだろうって——絶対に。わたし、お香を焚いて〈母神さま〉を呼び出して、子どもたちの女神さま、どうかお助けくださいってお願いしたんですが、お祈りは無駄に終わりそう。なぜってうちの夫は今月、朝鮮人参や煮出し汁を買うためのお金をご両親に送ることをしなかったんですから。そのうえ夫は、賭け事に勝たせてくれるっていう虎の像に運を託して、それで失敗しちゃいましたから。夫も運が良かったら、ご両親はいつももらえる分の二倍は受け取れたでしょう。でもこんな調子で負けちゃいました。そしたら今度は、リトル・ミーの弟になる赤ちゃんもいなくなったんです。

「どんなふうにして起こったの？」とミス・マクラウドは尋ねた。

「二人きりだったんです――赤ちゃんとわたし」と母親は答えた。「うちの夫は人を訪ねている最中で、リトル・ミーは路地で遊んでいました。わたしは炊いたご飯をよそったお碗とお茶を入れた瓶を持って家の外に出て、お年寄りのシエン・タウに届けにいきました。わたしたち家族は満足なものを口にできるわけではないんですが、新年を迎えるためには、その次も新年を迎えられるかどうかわからない人たちに優しくするのがいいだろうと思って。いちばん最後に赤ちゃんを見たときは、眠っていました。わたしが戻ってきたときには、赤ちゃんが眠っているのか起きているのか、生者の世界にいるのか精霊の世界にいるのか、知るすべがありませんでした。狼――虎のように残忍な心をもった――狼だけにしかわからないことです」

　これはほんとうに同情すべき事件だった。ミス・マクラウドはできる限りのことをしてあげた。それでしばらくすると、チー・アーテイは腰を掛け、ある程度の希望を抱いて夫の足音が聞こえないか耳を澄ませた。夫はやっと現れた。疲れ切った、やつれた様子の男で、祝日にそぐわない服装をしていた。中国人の労働者が身につける青い綿のブラウスとパンタロンを着て、すっかり古ぼけてしまったアメリカのスローチハット[☆2]をかぶっている。その帽子に彼は自分の辮髪を巻きつけていた。彼に続いて同郷人の男たち数人も部屋に入ってきたが、彼らはそこにいた白人の女に疑うような眼差しを投げた。だが誰だかわかると、ひとりひとり前に進み出て、彼女に対してアメリカ式の丁重な挨拶をした。ミス・マクラウドと、チャイナタウンにいる他の白人教師たちとの間には幾つかの相違点があり、そのために彼女は生徒の親たちから特別な好意を得ることができていた。まず、彼女が自らの仕事を愛し、自分が受け持った子どもたちをこのうえない辛抱強さと心配りで教えていることは誰が見ても明らかだったが、抱きしめたりなでたりなど、過度に子どもを甘やかしたりしない女性だったこと。また、彼女が自分自身の言葉を教えようとする前に、骨を折って中国語を学ぼうとしたこと。三番目に、彼女はチャイナタウンに住みつき、その住人たちのなかにすっかり融けこんだこと。

夫が赤ん坊を連れてきていないのを見たチー・アーテイは、ひどく失望した。長椅子から立ち上がり、男たちが閉めておいたドアを開け放って、彼らひとりひとりを指差しながらこう叫び続けた。「わたしの息子を探しにいって！　わたしの息子を探しにいって！」

チー・ピン一世は憤然として彼女に向き直った。「おい、お前」と彼は叫んだ。「赤ん坊がいなくなったのはお前の落ち度だ。俺は自分の目と耳と舌と手足を使って捜しまわった。だがこれはまるで、海原《うなばら》の底に沈んでるピンを一本探すようなもんだよ」

母親は哀れっぽく泣き始めた。「あの賭け事の虎のせいだよ」、彼女はすすり泣いた。「そいつのためにあんたはご両親のことを忘れてしまって、だから悪運がやってきたんだよ。ああ、ああ、ああ。真っ黒になったお天道様《てんとうさま》みたいにわたしの心は重いよ！」

「何を馬鹿なことを！」口を挟む頃合いだと考えてミス・マクラウドは大声で言った。「あの子はそう遠くにはいないはずだわ。みんなで探しにいきましょう、それで誰がいちばん最初に見つけるか試しましょうよ」

大勢の男たち、女たち、子どもたちが戸口の外に群がっていた。そのほとんどが祝日の晴れ着を着ていた。教師のこの言葉を聞いて、口々に賛成する声が上がり、それから小路に突進したり、階段を駆け上がったり、ドアの後ろを探したりする次第となった。地下室、貯蔵庫、押し入れ、階段状の通路、バルコニーといったところを探すため、ランタンに灯がともされた。チー家の住居周辺のありとあらゆる穴ぐらは、例外なく念入りに点検された。富める者も貧しい者も、この捜索に加わった。寺院から出てきた黄色い衣《ころも》をまとった僧侶と、六協会の地区長の一人は、とりわけ大きな関心を示した。

ミス・マクラウドの後をついて歩いている母親は、ずっと哀れっぽく嘆き悲しんでいた。「ああ、ちっちゃい花のつぼみのような、翡翠の宝石のような、桃の花のようなわたしの赤ちゃん。若葉についたすじ模様のようなちっちゃい手。そよ風が息をしているような声。なんてことでしょう、運命がわたしの邪魔をするなんて！　あなたは可哀そうな母さんのもとからいなくなった。母さんには探す手立てもないし、足かせもはめられている。死ぬことができたらほんとうにありがたいのだけれど、そんなお恵みももらえない」

その日の時間はどんどん過ぎていった。夕暮れが次第に人々に忍び寄り、それから夜が訪れた。突風が吹いたが、月が昇って明るく輝いたので、暗い路地でも月明かりがいくぶんかあった。チャイナタウンの主要部はもう徹底的に捜索したので、今やパウエル・ストリート[☆3]に続く丘へとおおかたの注意は向けられた。ミス・マクラウドの部屋があるのは、丘の中腹にある共同住宅《テネメント》の最上階だった。楽しみが少ないと明らかにわかる周囲の環境にもかかわらず、小さいながら居心地の良い場所だった。湾から荒涼とした風が吹き始めると、自分の安楽椅子や愉しい暖炉の火があるところに早く戻りたいと彼女はつい考えてしまった。だがそれもほんの一瞬のことだった。赤ん坊が見つかるまでは休むことなどできないのだ。これら中国の人たちの苦しみは、彼女の苦しみだった。彼らの困難もまたそうだった。身内の者たちに見捨てられてしまったときに、これらの人々を自分の身内としたのではなかったのか？　ほんのちょっとした手助けであっても、彼らはありがたがって感謝してくれる。彼らは慎み深くはあっても心のこもった愛情を向けてくれる。そうしたことは、自分の若さや自分の力や自分の能力を捧げてきた人々からの無関心や感謝のなさによって、傷つき痛んでしまった心を癒してくれる、鎮痛剤のようなものだった。

突然、叫び声が聞こえた。中国人の商人で、チャイナタウンの高い方の側を捜索するべく派遣された一団の指揮を執っているワン・ホムヒンが、古ぼけた共同住宅の戸口に現れた——ミス・マクラウドが暮らしの拠点を置いた住宅だ——そして、ランタンの光の下で中国の旗を振った。子どもが見つかったというしるしだった。

大慌てで中国人たちは自分たちの国を表す旗に向かって駆けつけた。ミス・マクラウドを例外として、この捜索には、警官であったとしても白人は誰一人として呼びかけられていなかった。

殺到する群衆の先頭にいるのはチー・ピン一世。真ん中には息を弾ませているアーテイと白人女性の友人、そしていちばん後ろにいるのが、落ち着き払ってものも言わずにパタパタと歩いているリトル・ミーだった。いつもは両親にたっぷり目をかけてもらえるのだが、この日は、というより今晩は、すっかり忘れられているようだった。

上方の階段は何階にもわたたって、捜索者たちがひっきりなしに行き来していた。また各階のあらゆるドアから、男や女や子どもが顔を出し、いったい何事かと尋ねていた。大勢の人々に取り囲まれ、教師は自身の部屋の外で立ち往生してしまっていた。

　誰かが大声で興奮した調子で話していた。ワン・ホムヒンだった。その息子も同じ名前だが、その子は彼女の生徒になっている。またこの男は別の生徒であるリー・チュウの伯父でもある。何を言っているのだろう？　教師は耳をそばだてて彼の言葉を理解しようとした。何てこと！　彼はこのわたしが子どもを盗んだと声を大にして言っているのだ。赤ん坊はあの女の部屋にいた、あいつのベッドの上掛けで覆って隠してあった――いつわりの友情でもって巧みにわしらの心や家庭のなかに入り込んだあの女が実際には秘密の敵だった、その明らかな証拠だなどと言っているのだ。

「女をもう信用するな――このマクラウド、ジーンを」と彼は叫んだ。「こいつの微笑みは蜜のように甘いが、心は剃刀《かみそり》のようだ」

　このスピーチが終わると、不気味な沈黙が降りた。

　ワン・ホムヒンは尊大な男で、小ずるい白人たちのご機嫌取りによってうぬぼれが増長していた。外交に無頓着なスコットランドの女性とは違って、白人たちは金持ちの贈りものと貧乏人の贈りものの間に差をつけたのだ。にもかかわらず、睡蓮倶楽部の会長であり〈天の道〉協会の書記もしている彼は、チャイナタウンで影響をもつ人物だった。このことを教師が痛いほど思い知ったのは、チー・アーテイが身震いするような眼差しを自分に投げ、気を失って、後ろにいた肉づきのよい同国の女に抱きとめられたときだった。

　だがいま、スコットランドの族長の血がミス・マクラウドの血管のなかで脈打った。かつての自分の希望や夢を積み込んだ船が次から次へと失われてしまっても、荒れ狂う大波に負けないようにと自分の魂を元気づけ、荒れ狂いかつ不案内な海へと再び船を出航させる助けとなってくれたのが、まさにこの勇ましい血だったのだ。その船は幾多の強風をも切り抜けた。それを無事に港まで操縦することができたその後になって、沈没させることなどできるだろうか――港にいるというのに？ 決してできない！ その船は自分の女としての愛情とエネルギーのための貴重品保管所のようなものだったのだ。それが彼女に中国人のための仕事をもたらしてくれた――その仕事に彼女は慰め、安らぎ、そして幸福を見出したのだ。ホムヒンがこの船を沈めようとするならば、自分としてはそれを救うためにいささかなりとも奮闘しなければ気が済まない。

こうした考えに勇気づけられて、その恐れ知らずの女性は眼前の人の壁に割って入り、話をしている者のそばにたどり着いた。この騒ぎの真っただ中で赤ん坊はすやすやと眠っていた。その小さな手が頬《ほお》っぺたに添えられていた。あまりにかわいい様子だったので、緊張と興奮を感じているなかであっても、彼女は一瞬動きを止め、感嘆してほれぼれと眺めた。

それから彼女は、豪華な晴れ着を着た大柄の中国人に向き合った。彼女の小柄でほっそりした体は、これ以上は無理なくらいにぴんと伸ばされ、淡い青色の目は燃えるように輝いた。

「ワン・ホムヒン」と彼女は大声で言った。「あなたもよくわかってるでしょう、自分でも信じてないことをわたしの友人たちに信じ込ませようとしてるって！ あの可愛らしい赤ん坊がどうやってここに来たかは、わたしにはその母親と同じくらいわからないのよ」

中国人の商人は横柄な態度で肩をすくめてみせ、もう一度人々に言葉をかけ、自分たち自身で判断してみるよう求めた。赤ん坊は盗まれたんだ。この教師は捜索を手伝うふりをしていたけれど、赤ん坊が見つかった彼女の部屋へとみなを導いたのは、わたしであって彼女ではない。

その場のあらゆるところから低いつぶやき声が聞こえた。だがそれが静まったとき、友の顔を求めてあたりを見まわしたこの白人の女性は、多くの好意的な顔を見出して驚き喜んだ。彼女の意気が上がった。「その子が自分の部屋にいるってどうしてわたしにわかったというの?」彼女は憤然として問いかけた。「わたしは朝早くに家を出た。その後で、わたしの知らない誰かが赤ちゃんを連れてきたのよ」

ワン・ホムヒンはあざけるような笑いを浴びせながら立ち去った。これで自分の仕返しは完璧だ、と考えたのだ。

赤ん坊の父親は腕に抱えていた息子を持ちあげて、両腕を差し伸べて立っていた母親に引き渡した。さっと我が子をひっつかむようにして受け取った彼女は、恐怖に憑《つ》かれた目で教師を見据えた。

「友人のみなさん」白人の女性はこれが最後とばかりに声を張り上げて叫んだ。「あの男がみなさんの心をわたしから遠ざけるのを許されるのですか? どうして赤ちゃんがわたしの部屋に来たのかは説明できなくても、赤ちゃんをそこに連れてくるような罪は犯していない、そう信じられるくらいみなさんは長くわたしと知り合いだったのではありませんか? アーテイ」——と母親に呼びかけて——「わたしがあなたの赤ちゃんに髪の毛一筋でも危害を加えるって、信じられる?」

アーテイはためらった。目に涙がいっぱい浮かんだ。この教師を愛してはいたが、ワン・ホムヒンが毒の種を彼女の迷信深い心にまいていたのだ。ミス・マクラウドは彼女がためらうのを目にして、ほとんど絶望に近い心の沈み込みを覚えた。

とても年を取り、とても小柄な女が一人、不自由な片脚を引きずりながら近づいてきた。

「マクラウド、ジーン」と彼女は叫んだ。「あんたは心も魂も優しくて気高い性質をもってるから、こんな新年よりももっと幸せな新年を過ごす値打ちがある。ワン・ホムヒンの言葉は、このシエン・タウ婆さんを欺けないさ」

ああ！　スコットランドの女性は感謝を込めて中国人の老婆の手を握りしめた。喉がくすぐったいような感じになって、言葉を出すことができなかった。

するとアーテイが話しかけた。「先生、許してください」と彼女は懇願した。

そこで教師は答えとしてにっこり笑ってみせた。

大勢の男女が前に進み出て、教師の顔をのぞき込み、今まで親切にしてくれたことに感謝し、彼女への信頼を口にした。

「マクラウド、ジーン」とある老人は張りのある声で言った、「あんたは百人分の善意をもった女だよ」

これはジーン・マクラウドがこれまで受けたお世辞のなかで最上のものだった。

「あなたの言ったことは間違いね、おばあちゃん！」にこやかな顔をシエン・タウ婆さんに向けながら彼女は言った。「今日はわたしが経験したなかでいちばん幸せな日なんですから」

赤ちゃんの父親はこう明言した。「俺が値打ちのない人間だから、神様は俺からこいつを取り上げてあんたへの贈りものにしたんだよ」

すると、苦労して先生のそばに寄ってきたリトル・ミーが、彼女自らが教えた言葉を使って、かわいい声でこう言った。

「僕には弟がいる。弟のことはぜんぶ大好き。先生、赤んぼの男の子はいちばんの贈りものだって言ったね。だから僕は父さんと母さんが見てないときに、この子を先生にあげたよ。リトル・ミーはリー・チュウやホムヒンより、ずっといいものあげられる」

リトル・ミーが得意満面でかわいらしい告白をしたことで引き起こされたざわめきが静まるまで、しばらくの時間がかかった。みながそれを聞いたのだが、すっかり理解することのできたのは先生以外にいなかった。

注意して見守る人が誰もいないときに、リトル・ミーは赤ん坊をしっかりと抱きしめ、自分の家から先生が住む共同住宅の一室へと運び込んだ。そのことはこの子ども自身がみなに明らかにしたところである。だが、親としてはこんなことをした子どもに怒りを覚えるのは、明らかに当然のこと。だからミス・マクラウドの方で、自分の小さな生徒を救ってやるために、赤ん坊をかどわかした彼なりの理由を説明してやる必要があった。そしてこれを彼女はとても明快に、そして言葉巧みにやってのけたので、父親は最初に生まれた子を抱えて膝の上に載せながら、英語でこう朗らかに言った、「こいつを誇りに思うよ。こいつはナンバー・ワンの生徒だよ」そのあいだ、母親は愛おしそうに微笑んでいた。

リトル・ミーは母親の膝の上に載った赤ん坊を眺め、それから先生の方を見た。彼の眼は涙であふれていた。

「僕のあげたものが先生は気に入らないから、ずっと手元に置いておけないんだね」彼はすすり泣いた。

「そうじゃないわよ」とミス・マクラウドは慰めた。「わたしはこの子が大好き。だからお話のなかの赤ちゃんを大事にしてる自分の心のなかに、この子のこともしまってあるの。憶えていない？　物語のなかの〈お父さま〉が赤ん坊を与えた理由はそれだったでしょ。この子が〈お父さま〉のところに戻ってきた後も、みんなが心のなかで大切にしてあげるっていうことよ！」

「あっ、そうだね」顔をぱっと輝かせて子どもは応じた。「先生は心のなかで僕の弟を大事にするし、僕の方では父さん、母さんと一緒にいる家のなかで弟を大事にする。それが何よりいちばんだね！」

☆1：肩で合わせて留める、裾の長いだぶだぶの婦人用ガウン。
☆2：つばの広いソフト帽で、ふちが垂れている。
☆3：パウエル・ストリートはサンフランシスコを南北に縦断する通りで、チャイナタウンに接する。

The Story of One White Woman Who Married a Chinese

中国人と結婚したある白人女性の話

1

わたしが中国人のリュウ・カンギと結婚した理由？　まず何よりも、わたしはあの人を愛していたから。二つ目の理由は、働くことや苦しみながら世界と闘うことに疲れ切っていたから。三つ目に、わたしの子が家を必要としていたから。

最初の夫は、十五歳年上のアメリカ人だった。数か月は、あの人といてとても幸せだった。わたしはそれまでずっと働いてきた――速記者として。自分の家を持てたことに心から喜びを感じていた。ジェームズのお世話をして、あの人のためにささやかな夕食をつくって、彼に新聞や雑誌の切り抜きを読んで聞かせて、ちょっとした歌やメロディーを歌って演奏して過ごすのが幸せだった。数か月は、彼もとても満足そうに過ごしていた。三十四歳まで独身だったあの人にとって、わたしは目新しいおもちゃみたいなものだったのかもしれない。彼がわたしのささいな冗談に笑わなくなり、からかわれるのを嫌がるようになるまで、長くはかからなかった。わたしが興味のある話や話したいことを彼に聞かせようとしても、邪魔をするなと言うだけだった。わたしはあの人の変化にすぐ気づき、わたしたちの間にある大きな溝を悟った。それでもわたしはあの人を愛し、誇らしく思っていた。彼はとても聡明で博識だと思われていた。彼の両親は教育を受けていない労働者階級だったけれども、彼自身は公立学校の出身だった。社会主義や新思潮の本も貪欲に読んでいた。特に女性参政権運動については、それが趣味であるかのように夢中になっていた。あの人はわたしが持っている雑誌を手に取って、大きな声でわたしにコラムを読み聞かせた。男性の同志となって兄弟のように肩を並べて歩きたい、という野心のある女性に対して助言するコラムを。女性と足並みを合わせようとする男性のコラムは賞賛に値するけれど、わたしの目には、そのような男と女の関係は美しくないし、不自然なものに映ると、一度思い切って言ってみた。彼は顔をしかめ、お前は俺を理解していないし、お前の考えはばかげていると答えた。あの男はしばしば、わたしの関心を、優れたビジネス手腕をもった女性企業家についての新聞記事に向けさせようとした。聡明なビジネスウーマンなんかにはなりたくないと彼に伝えたこともあった。わたしもわたしの知っている周りの女性も、彼女たちは優しくもなければ、寛容でも協力的でもないし、日々つつましく働いている普通の働く女《ワーキングウーマン》たちと違うと思っていたから。それはわたしの子どもじみた嫉妬だ、と彼は片づけた。

けれど、あの男の不親切な発言やあからさまなわたしへの軽蔑にもかかわらず、わたしは彼を喜ばせようとした。わたしの夫で、愛していたから。午後になって、すっかり家事を済ませたときには、労働問題、社会主義、婦人参政権運動、野球など、夫が興味のある事柄についての知識を身に付けようと時間を割いた。

どんなに骨が折れても、わたしは辛抱強く続けた。わたしたちの結婚から六か月ばかり経ったあの日までは。夫はいつもより少し早めに帰宅し、わたしが足し算引き算の問題を解こうとしているのを見つけた。彼は嘲笑い「あきらめろ、ミニー」と言った。「あいにく、お前は子どもの世話をする以外のことには向いていないんだ。まったくね！　でも俺の仕事場には、数字に強くて、ひと月に数百ドル以上稼ぐ女もいる。ああいう女の夫は、きっと自分を成長させる機会に恵まれていることだろう」

この言葉にわたしは傷ついた。ジェームズが社会改革についての本を書きたいという野心をもっていたことを、わたしは知っていた。

次の日、夫に知られないようにして、結婚前に速記者として働いていたときの雇用主の妻のもとを訪問し、わたしがかつての仕事に復帰できると思うか、と彼女に尋ねた。

「でも、あなた」と彼女は驚いて叫んだ。「あなたの旦那さまはお給料がいいのに！　どうして働く必要があるの？」

夫は社会改革についての本を書こうとしているので、その出版に向けた費用を稼ぐことで、彼が望みを叶える手助けをしたいのですとわたしは答えた。

「社会改革！」と、彼女はわたしの言ったことを繰り返した。「妻を支える能力がじゅうぶんにあるのに、妻を働かせるなんて、それでも社会改革者といえるのかしら！」

さっさと家にお帰りなさい、会社で働くなんてことを考えるのはおやめなさい、と彼女は言った。わたしはがっかりした。「ああ、ジェームズのためにお金を稼げたら、どんなにいいか。わたしがお金を稼げば、彼がわたしを愚かだと思うことはないでしょうに！」とわたしは漏らした。

「ばかだなんてとんでもないわ！　あなたはわたしの知る限りもっとも聡明な女性の一人よ」と、ロジャーズ夫人は親切に慰めの言葉をかけてくれた。

だがそうではないとわかっていたので、自分は夫がどれだけ稼いでいるか計算もできないし、政治や労働問題、女性参政権、社会改革などにも無関心だ、とわたしは続けて彼女に言った。「ああ！」とわたしは嘆いた。「わたしって心の狭い女だわ。わたしが気にかけているのは、夫に愛してほしい、親切にしてほしいってことだけ。楽しく楽に生きたいだけ。それでほんのちょっとだけ、周りにいる貧しい人や病気の人を助けられたらそれでいいの」

ロジャーズ夫人はとても真剣な顔をして、わたしに言った。「心の狭さ」という言葉の意味について自分は異なる意見をもっているのだと。たいていの男たちは、妻たちをややこしいビジネスに引きずり込むなんて望んでないし、自分たちと似た女よりも自分たちと違う女といる方が、気が休まるのだと。その日の朝、彼女の夫は彼女にこう言ったところだった。「男の考えていることにいちいち入り込んできて、すぐそばで仕事に延々と干渉してくる女は好かん」

夫人の言葉に慰められ、わたしは家に帰った。もしかしてジェームズもしばらくしたら、ロジャーズ氏と同じように感じるようになるんじゃないかしら。無駄な望みかもしれないけれど！

子どもが生後六週間になったころ、わたしはラザフォード＆ラザフォードの事務所に再就職し、再び速記者として働きはじめた。わたしの稼ぎは月給五十ドル——これは以前より高額で、長いあいだ職を離れていたわたしが稼ぎのよい職場を見つけるのは厳しいだろうと考えていたジェームズは、わたしの就職を喜んでくれた。わたしの五十ドルは、家賃以外にはわたしたちの生活費にすべて消えたが、そのおかげでジェームズは本を出版するときに備えて、自分の持ち金を貯蓄することができた。

彼は自分の本を書き始め、彼の職場で帳簿係をしている若い女性であるモーラン嬢が共同作業をすることになった。彼らは、週に三回、ときには四回、夜に仕事をした。ある晩、赤ん坊が病気で、ジェームズが医者を呼びに行っているあいだに、彼女がやってきた。彼女は子どもに対する愛情や理解に欠けているかのような、物珍しげな眼差しで子どもを見ていた。「子どもが病気でも、どうしようもないわね」と彼女は言った。「どこかに欠陥があるのだろうから」わたしが答えられずにいると、彼女は続けた。「罪、哀しみ、病気はすべて同じ。わたしたちが病気になるのは、それなりの理由があるからで、何か問題が起きたら、それはわたしたち自身のせいなのよ」

わたしは反論しなかった。できないとわかっていた。けれど、自らの人生と権力の最盛期にある女性が、大きな肩で男らしく立っている様は、わたしには冷たく思えたし、これまで嫌いになった誰よりも彼女のことを嫌いになった。わたしの父は、内科医や外科医としての義務を果たしているなかで罹ったひどい病気に長年苦しんで亡くなった。それに、罪のないわたしの子についてはどうだろう！　はしかにかかったことと罪と、どう関係があるというのだろう？

ジェームズがやってくると、彼女は彼と午後にあった野球の試合の話をした。彼女が前日の晩に参加した女性参政権についての会合についても語り合った。

彼女が帰ってからもあの男は上機嫌で、「大した女だ！」と感嘆した。

「わたしはそう思わないわ！」と答えた。「これからの幸せを願って哀しみ苦しむ存在を何とも思っていないし、それどころか憎悪や軽蔑の対象とみなして、この世での裁きを与えようとするのは、大した女じゃないいし、わたしにしてみれば女ですらないわ」

彼は新聞を手に取って、別の部屋に入っていった。

「あなたはどう思う?」わたしは彼に叫ぶようにして問いかけた。

「俺が何を言っても意味がないだろう」と彼は答えた。「お前には理解できないんだから」

あのころは、わたしの子が恋しくて仕方がなかった! タイプライターの前に座っていても、娘が母親を求めて泣く声が聞こえるようだった。幼いのに病気になってしまったかわいそうな子は、知らない女性に見守られ、適切な栄養を与えられないでいた。雇用主の話す内容を書き取っている最中も、娘のことばかり考えてしまった。その結果、当然ながら職を失った。夫はそれに対する不満をさまざまな形で示した。数週間経っても、わたしが次の仕事を見つけられずにいると、彼はわたしに対してより冷淡で無関心になった。彼は酒を飲んで暴力をふるうたぐいの男ではなかった。けれども、わたしを残酷に切り捨てる言葉を何度も浴びせたので、それを聞くように強いられるなら、何百回も殴られ、虐げられる方がましだった。彼はわたしに、女であり母であることは不名誉なことだとさえ思わせた。彼は一度こう言った。「もしお前にしかるべき熱意があったなら、速記者としての自分を極めることで、裁判での仕事をこなすくらいになっていただろうに。あの仕事で結構な収入があるっていうのにな」

わたしは離婚の裁判を担当した女性の速記者と知り合いで、彼女からその仕事について聞かされていた。それでわたしはこう答えた。「裁判所で男たちにじろじろ見られながら、離婚訴訟の報告をするぐらいなら、赤ん坊を抱きかかえながら飢え死にしたほうがましよ」

「お前と同じように優秀な他の女たちも、その仕事をしてきたし、今もそうしてるよ」と彼は言い返した。

「他の女性たちはきっとわたしより優秀なんでしょう。だから仕事をしてきたし、今もそうしてるのよ」とわたしは応じた。「でもすべての女性が同じとは限らないし、わたしはそんなタイプじゃないわ」

「そのとおり」と彼は言った。「彼女たちは現代的な女性で、お前は時代遅れなんだ」

ある晩、わたしは仕事に夢中になっているジェームズとモーラン嬢を家に残して、通りの向こう側に住む病気の友人のお見舞いにいった。そこから帰ってきたとき、わたしは寝かしつけていた赤ん坊が目を覚まさないよう、そっと家に入った。玄関に入ると、居間から夫の声が聞こえた。彼はこう話していた。

「俺は孤独な男だ。俺と妻の間には何も通じるものがない」

「話にならないわ!」とモーラン嬢は答えた。わたしには少し苛立っているように思われた。「ねえ、この段落を見てちょうだい。『これらの偉大な原則』という言葉で始まる段落ではなくて『最終的一致』で終わる段落のすぐ後に、これを続けてもってくる、というのはどうかしら」

「今晩は仕事に心が定まらない」ジェームズは疲れきったかすれた声で答えた。「君と話をしたいんだ——君の共感を——君の愛情を勝ち取るために」

椅子を後ろに押しやる音が聞こえた。モーラン嬢が立ち上がったのだとわかった。

「失礼するわ!」と彼女が言うのが聞こえた。「この仕事を終わらせたいのはやまやまだけど、もう来ないわ!」

「ちょっと待ってくれ! ここにきて今さら仕事を投げるなんてできないだろう」

「わたしにはできるし、そうするのよ。通してちょうだい」

「もし俺の首に石臼がくくりつけてあるんじゃなかったら[☆1]、そんな声で『通してちょうだい』なんて言わないだろう」

次にわたしが耳にしたのは、何かがどさっと倒れる音だった。モーラン嬢が体の大きなわたしの夫を突きとばしたのだった。

わたしはドアを開けた。モーラン嬢は冷静沈着な様子で手袋をはめていた。ジェームズは立ち上がろうともがいていた。

「あらまあ、カーソン夫人！」とモーラン嬢は大声で言った。「あなたの旦那さんが椅子から落ちたのよ。彼ったらおっちょこちょいね！」

当然のことながら、わたしはジェームズを棄てて、六か月後に離婚が成立した。あの人は子どもについては要求しなかったので、わたしは子どもを手元に置くことを許された。

2

わたしは赤ん坊を抱きかかえて、波止場に向かった。わたしは速足で歩いた。重荷が二倍になったとしても、それを感じることができなかっただろう。それくらい切羽詰まった精神状態だったのだ。埠頭に続く丘を下ったところで、だれかがわたしの腕に触れ、話す声が聞こえた。

「ご婦人、失礼ですが、赤ちゃんの靴を落としましたよ！」

「ええ、どうも！」とわたしは答えた。伸ばされた手からさっと靴を受け取り、歩き続けた。

埠頭にひたひたと打ち寄せている波の音を聞いていると、再びわたしの耳元に話しかける声が聞こえた。

「ご婦人、それ以上進むと、水のなかに落ちてしまいますよ！」

わたしは一歩前に進み出た。それが答えだった。

その手はわたしの腕を力強く引き止め、わたしは意思に反して、くるりと振り向かされた。

「かわいそうな赤ん坊」と言ったその声は、男性の声とは思えないほど柔らかかった。「僕にだっこさせて！」

その声にしたがい、わたしは赤ん坊を渡した。

「どこに歩いていくのか見えるように、光のあるところに来た方がいいよ！」

言われるままに、わたしは光のあるところへと導かれていった。

こうしてわたしは、後にわたしの夫となる中国人、リュウ・カンギに出会った。初めて会ったときから、わたしは彼についていき、彼に従い、彼を信頼していた。崖っぷちのわたしを救助してくれた男がどんな人物か考えようなんて、露ほども思わなかった。私にわかっていたのは、彼が男であり、父が亡くなって以来これほど気にかけてくれる人がいないくらいに、わたしが大事にされていることだけだった。そして、自分に対して残酷であり続けた世界から去ろうという恐ろしい決心はどこかへ行ってしまった——すると、その代わりに、わたしは不思議なほどに落ち着いた、満ち足りた気持ちになった。

「君を僕の友だちの家に連れていくよ」赤ん坊を抱きかかえ、わたしを連れて丘を登りながら、彼は話した。

「中国人と暮らすのは気にならないかい？」と彼は付け加えた。

歩いているわたしたちの頭上にある電灯が、彼の顔をぱっと照らし出した。

わたしはひるむことはなかった――最初に姿を目にしたときでさえ。それは彼がアメリカ人の服を着て、髪の毛を切って、アメリカ人のわたしから見てもハンサムな若い男性だったからだろう――あるいはわたし自身が悩みごとで手いっぱいだったせいかもしれない。理由がなんであれ、わたしは彼に本気でこう答えた。「アメリカ人よりも中国人と住む方がいいわ」

彼は理由を尋ねなかったし、わたしがあの人に話したのはかなり後になってからだった。不幸な結婚の話、同じ屋根の下で暮らせなくなりわたしが棄ててきた男、離婚したことによる恥、かつての友だちがわたしにそっぽを向いたこと、世界の残酷さ、わたしと赤ん坊が生きていくための恐るべき苦闘、病気とそれに続く絶望。

あの人がわたしに会わせてくれた中国人一家は、とても優しく素朴な人たちだった。父親はアメリカに二十年以上住んでいた。その家族には、妻、年頃の娘が一人と、小さな息子と娘が数人おり、全員がアメリカ生まれだった。彼らはわたしを温かく迎えてくれ、赤ん坊もかわいがってくれた。父親のリュウ・ジュソンは、宝石職人だったが、事故により片手が不自由になり、思うように仕事ができなくなっていた。そのため、家族の家計は主に、わたしを彼らのところに連れてきた中国人で親戚のリュウ・カンギにかかっていた。

「わたしたちはおじさんが大好きなの」小さい女の子の一人が、ある日わたしにそう言った。「わたしたちにいろんなゲームを教えてくれるし、おもちゃやお菓子をいっぱい持ってきてくれるから」

リュウ家に受け入れられてから、わたしは一か月以上、神経衰弱で臥せっていたが、回復するとすぐに、自分自身と子どもが自活していくための計画を頭のなかで思い描きはじめた。ある朝、わたしは帽子と上着を身に付け、いくつかの事務所で速記者の仕事に応募するために街中《まちなか》に行ってくるとリュウ夫人に告げた。彼女はわたしにあと一週間待つように——彼女の言葉を借りるなら、「手足にもっと力が入るようになるまで」——と頼んだ。けれど、わたしはもう仕事ができるまでに回復していると自分の考えを伝え、この家にいるあいだの費用を少しでも返さなくては申し訳ないのだと彼女を説得した。

「わたしたちがあなたにかけた費用はすべて」と彼女は答えた。「いとこが二倍にして払ってくれているのよ」

「お金では、あなたたちがわたしと子どもにしてくれた親切に報いることはできません」とわたしは返した。「でももし、わたしがここでの滞在費をお返しすべきなのが、あなたのいとこに対してであるのなら、その恩に報いなければ、わたしはなおさら心苦しく感じてしまいます」

その晩、職探しにすっかり疲れ切って帰宅したわたしは、玄関先でリュウ・カンギが幼いフォンとボール投げをしているところを見つけた。

リュウ夫人はそそくさとわたしを迎えにやってきて、母親のように叱り始めた。

「もう、どうして体がじゅうぶんに回復していないのに、街中に出ていくの？　ごらんなさい！　また体調が悪そうじゃない！」と彼女は言った。

彼女はリュウ・カンギの方を向いて、中国語で何かを話した。彼は男の子にボールを投げ返して、わたしのところにやってきたが、深刻そうな顔でわたしを心配していた。

「お願いだからいとこの忠告に素直に従って欲しい」彼はそう促した。

「わたしはもう働けるぐらいに元気になったわ」とわたしは答えた。「それに、これ以上あなたに借りをつくるわけにはいかないの」

「そんな必要はない」と彼は言った。「君が一日じゅう子どもをほったらかして心身をすり減らさなくても、僕にすぐにつけを返して、生活にじゅうぶんな稼ぎを得る方法ならある。いとこの話では、君はシルクやビロード、リネンの布に、美しい花を刺繍することができるんだって？　それなら僕の店のために、その仕事をすればいいいじゃないか。君がつくったものは、すべて僕が買い取るよ」

「まあ！」とわたしは叫んだ。「そんな仕事ができるなら、わたしにとってもこんなに嬉しいことはないわ！　でもほんとうにわたしがそれで生活ができると思う？」

「もちろんできるさ」というのが彼の答えだった。「僕には刺繍のできる人が必要だし、もし君が僕のために仕事をしてくれるなら、それに見合った金額を払うよ」

こうして、わたしはオフィスでの仕事を探すのを喜んであきらめた。わたしはリュウ・ジュソンの家に住んで、リュウ・カンギのところで働いた。数日、数週間、数か月が、何事もなく幸せに過ぎていった。芸術的な針仕事はつねにわたしの好きな仕事だった。楽しんで報酬を得られるのなら、人生も生きる価値があるように感じるようになった。自分の子が中国人の子たちと一緒に育っていく様子を満足して見守った。わたしは生活上の経験から、美徳は白人だけのものではないという教訓を得た。リュウ家に関することならすべてに興味をもったし、彼らの友人全員と顔見知りになり、自分を養ってくれる外国人に対する偏見はすべてなくなった。

そうして一年以上が経ったある午後、絹布と繭綿《まゆわた》を腕に抱え、よちよちと歩いている小さな娘を連れてカーニー通りにあるリュウ・カンギの店から家へと歩いているとき、わたしはジェームズ・カーソンにばったり出くわした。

「おや、おや」あの男はわたしの前に立ちはだかって言った。「どうやら、元気でやっているようだな。生活はうまくいっているかい?」

わたしは子どもを抱きかかえて、無言で彼の前を通りすぎた。リュウ家に着いたとき、わたしの手足は震えていた。かつて夫だった男に対する嫌悪感や恐怖心はそれほど強かった。

一週間後、わたし宛てで家に手紙が届いた。

ブキャナン通り二〇四

ミニーへ――もしお前が過去を忘れてやり直すつもりでいるなら、俺もそうしたい。このあいだお前に会ったときは驚いたよ。以前よりも綺麗で――ずっと女らしくなった。なるべく早くそっちの気持ちを知らせてくれ。

愛する夫　ジェームズより

わたしはこの手紙を無視したけれど、恐怖は重くのしかかった。手紙を受け取った日の晩にやってきたリュウ・カンギは、わたしに挨拶しようとしたときすぐに、わたしの様子がおかしいことに気づき、花の刺繍が原因でないといいけど、と声をかけてくれた。

「大きな帽子で影ができているせいね」とわたしは努めて平静に答えた。長女の嫁入り道具を準備しているリュウ夫人の付き添いのため、わたしは街中に行くため身支度していた。

「いつか」とリュウ・カンギは真剣な顔で言った。「君が心の内のすべてを、僕に話してくれるのを待ってるよ」

あの人の優しい顔を見ると、わたしは安心感をおぼえた。

「わたしが戻ってくるまで待っていてくださるのなら、今夜にでもすべてをお話しします」とわたしは答えた。

わたしはもう一年以上、リュウ・カンギのことを知っていたのに、なぜかおかしなことに、あの人と二人きりで話したことはほとんどなかったし、彼がわたしについて知っていることは、すべてリュウ夫人から聞いたことだった。彼が知っているのは、わたしが離婚した女性で、自暴自棄になって助けられたときには、家もなく飢えた状態だったことぐらいだった。

けれどあの夜、あの人はわたしの話を聞いて、自分の妻になってくれとわたしに頼んだ。「僕は君を愛しているし、すべての困難から君を守ってあげたい。君の子どもは僕の子どもになればいい」と彼は言った。

「あなたの愛情と親切はありがたいけれど、まだ返事はできないわ。もう少しだけ長くお友だちでいてほしいの」とわたしは返事した。

「僕に対して愛情を感じているかい？」彼は尋ねた。

「わからないわ」とわたしは率直に答えた。

手紙がもう一通届いた。最初の手紙とは違う心持で書かれたもので、子どもに関しての脅迫が含まれていた。

わたしにはただひとつの打開策しかないように思えた。それは、中国人の友人たちのもとを離れることだった。わたしはそうした。悲しみや悔いを大いに感じながら彼らに別れを告げ、リュウ家の人たちと住んでいた家のあるチャイナタウン周辺からは遠く離れた都市部に住むことにした。わたしの娘は中国人の遊び友だちを恋しがったし、わたしも見知らぬ場所で孤独を感じた。それでも、子どもと一緒にいたいのなら、友人たちとこれ以上一緒にいることができないとわかっていた。

わたしはまだ、リュウ・カンギのための仕事を続けていた。晩になって子どもを寝かしつけてから、彼の店に刺繍を持っていった。あの人はたいてい、家までわたしに付き添ってくれた。けれど、わたしのところを訪問したり、さらに家のなかに入ったりしてもよいかと、あの人がわたしに尋ねたりすることは決してなかったし、わたしの方でも誘ったりすることはなかった。わたしは若い女でしかも独り身だったし、ジェームズ・カーソンと離婚してから、スキャンダルで苦しんだため、わたしは賢明になっていた。

その日は十一月の寒くて湿っぽい日だった。あの男はまたしてもわたしに声をかけた。わたしはわたしの住んでいる区画の近くの角にある惣菜店《デリカテッセン》に立ち寄っていた。店から出ると、彼のいかつい姿が暗がりのなかにうっすらと浮かび上がった。わたしは驚いて小さな叫び声をあげ、後ずさりした。けれど、あの男はわたしの腕をつかんで離さなかった。

「人目をひきたくなければ、黙ってついてこい」と彼は言った。「もし言うことを聞かなければ、今夜にでも子どもを連れていくぞ！」

「そんなことさせるものですか！」わたしは反論した。「あなたは娘に対して何の権利もないわ。あの子はわたしの子で、この二年間わたしが一人で支えてきたんだから」

「一人でだって！　俺があの中国人のことを判事たちに話したら、彼らは何て言うかな？」

「判事がどう言うかですって！」とわたしは相手の言葉を繰り返した。「その人たちが何を言うというの？　中国人の商人のところで働いて、働いた分の給料をもらうのが恥ずかしいことなの？」

「そのうえ、夜にも一緒に出歩いて、一年以上あいつが家賃を払っている家に暮らしていただろう。ハッハッハ！　ハッハッハ！」

あの男は低い声で嘲笑った。彼がリュウ一家について調査をし、しかもしばらくのあいだ、わたしを監視していたことは明らかだった。かつて愛した男を女がこんなにも忌み嫌い、憎むことができるなんて！

わたしの下宿先に近づいてきた。もしかすると子どもは目を覚まし、わたしを探して泣いているかもしれない。それでも、彼がドアのところで立ち止まり、押し開けなければ、わたしは家に入ろうとはしなかっただろう。

「上の階に連れていけ」とあの男は要求した。「子どもに会いたい」

「そんなことはさせない」とわたしは泣きながら言った。やけになって、あいつの手をふりほどき、階段をふさぐようにしてあの男の前に立ちはだかった。

「もしも暴力をふるったりしたら」とわたしは言い放った。「下宿人たちがわたしを助けにくるわよ。わたしのことはみんな知ってるんだから」

あの男はわたしの腕を放した。

「ふん！」と彼は言った。「子どもには用はない。俺はお前と仲直りしたいんだ。ミニー、わかってるだろう、一度夫になったら、ずっと夫なんだって。このあいだ偶然通りでお前に出会ってから、以前よりももっとお前にぞっこんになってしまったんだ。すべて忘れて一からやりなおそう！」

　彼の声の調子は柔らかになったけれど、彼に対するわたしの恐怖はさらに増大した。彼が再びわたしの腕をつかまなかったら、逃げ出して階上に行ってしまっただろう。

「さあ、答えてくれ」とあの男は言った。

恐怖を感じていたけれども、わたしは彼の手を振り払って、こう答えた。「法律的にも、道徳的にも、あなたはわたしの夫なんかじゃない。それにあなたに対する感情は、軽蔑以外に何もないわ！」

「ああ！　お前はすっかり堕落してしまったんだな！」と言った彼の表情は邪悪だった。「脂ぎったちっぽけな中国人《チンク》がお前を勝ち取ったわけだ」

　わたしはもう、あの男を恐れなかった。

「勝ち取ったわよ！」誰かに聞かれていても気にせずに、わたしは叫んだ。「そうよ、正々堂々と男らしくね。彼のような人を嘲笑うなんて、あなたは何様のつもりなの。いくら身長が六フィート[☆2]あっても、あなたの小さな心は彼の大きな心にはおよばないわ。あなたは妻だった女も、自分がこの世に送り出した子も、守ろうとしなかったし、気にもかけなかったじゃない。でも、あの人は見知らぬ女が困っているところを救い出し、一人の女性として扱い、心から敬意をもって接してくれた。子どもに家を与え、わたしたち親子を自立させてくれた。あの人からも他人からもね。あなたがあの人のことを陰に隠れて悪く言うのを聞いて、わたしはやっと今まで気づかなかったことに気づいたわ――わたしが彼を愛してるってことに。わたしがあなたに言うべき言葉はこれだけよ――出てって！」

それで、ジェームズ・カーソンは出ていった。その後、わたしがあの男について聞いたのは、一回きり。体育館で運動中に卒中で亡くなったという新聞記事だけだった。

リュウ・カンギを愛するようになり、わたしはあの人の妻となった。そんなふうになったわたしのことを見下すアメリカ人がたくさんいたことも確かだけれど、わたしは決して後悔しなかった。売春をしている女に向けるような目で男たちに見られるときであっても。わたしはアメリカで、つつましい中国人のアメリカ人妻としての運命を受け入れている。わたしのことを愛してくれる男の幸せは、わたしが暗いどん底の日々を過ごしていたときに、犬のようにわたしを見殺しにした人たちからの承認や否認よりも、ずっと意味のあるものだ。わたしの中国人の夫には欠点もある。彼は短気で、ときには気まぐれな態度もとるけれど、いつでも男としてわたしに接し、わたしから女であることの特権を奪ったりすることは決してない。わたしは彼に寄りかかり、信頼することができる。わたしはあの人が後ろでわたしを守り、気にかけてくれているのを感じる。わたしのような普通の女にとって、それは何より大切なことだ。

リュウ・カンギの息子がわたしの胸にその小さな頭をもたせかけるときだけ、わたしは自分の選択が賢いものであったのか、自分に問いかける。中国人男性の息子であるわたしの子は、子どもながらに叡智を集めたような存在で、そのことがわたしを涙させる。この子は父親とわたしの間に立つ存在であり、わたしたちと似ていたり似ていなかったりする。それと同じように今から何年も経ったら、彼の父親の側の人々と母親側の人々の間に立つこととなるのだ。もしも両者の間に親切心や理解がなければ、わたしの坊やの運命はどうなってしまうのだろう?

☆1:自分が妻帯者でなかったらという含意。
☆2:約一八〇センチメートル。

Her Chinese Husband

彼女の中国人の夫

中国人と結婚したある白人女性の話の続編

リュウ・カンギがわたしのそばにいなくなった今、彼との思い出を記録すれば、わたしの心も和らぐだろうと感じている——もしそんなことができるなら。ところが、いざやろうとしても、簡単にできるものではない。わたしの記憶には、彼のわたしへの愛情を示すゆるぎない証拠や、彼が言ってくれたことやしてくれたことがあまりに多く集まりすぎるから。彼の記憶はあまりにも鮮明で、拭い去ることはできないし、わたしの彼への思いはとても穏やかなものだから。

どんなに困難で戸惑わせるようなことがあっても、わたしは自分の中国人の夫のところにかけつけることができた。あの人になら、どんな時代であっても女たちが好んで話すことがら——つまり、宗教や生死の神秘について、話すことができた。あの人となら、そんな話をすることができた。あの人といるとわたしは、きまりが悪くなったり、心細くなったりすることはなかった。わたしの中国人の夫は、好みが単純だった。彼はよい物語を聞くのが好きで、いわゆる教育を受けていなくとも、文学の良し悪しを判断することができた。それは彼の中国での教育の賜物だった。ある日彼は、聖書の物語のいくつかは、アメリカよりもむしろ中国の物語のようだと話した。そしてこう付け加えた。「君がその物語について知っていることを話していなかったら、僕はきっと中国人が書いたものだと思っただろう」音楽は彼にさほど大きな影響を与えなかったけれど、心を安らかにしてくれるものだった。心を大きく動かすことはなくとも、美しい絵画を観るのと同じように、彼は音楽を楽しんだ。わたしは手工芸に関心があったので、彼も興味をもった。ある日とりかかっていた刺繍にわたしがインクをこぼしてしまったものだから、真剣に心配してくれた、そんな彼の表情が目に浮かぶ。晩に帰宅した彼が、わたしが疲れて元気がないのに気づいたときは、自分で料理をし、料理人としての腕前をわたしに自慢するのを喜んでいるかのように振る舞い、わたしに気を遣わせないようにしていた。翌日の晩、わたしがきちんと食事の支度をしているのを見ると、君の具合がとても良くなって大いに失望したよ、と冗談めかして言うのだった。

そんなときに、ジェームズ・カーソンとの暗い記憶が蘇るのだった。同じような機会に示される彼の冷ややかな怒り、そして軽蔑が、どれほどかつてのわたしを委縮させたことか。そんなときは――二人の男が、恋人として、そして夫として、どんなに違うか、つくづく思い知るのだった。

ジェームズ・カーソンはリュウ・カンギよりも、はるかに情熱的な恋人だった。本心であれ偽りであれ、わたしを浮き立たせたのは、実際のところ、彼の情熱だった。彼がわたしに求愛していたときは、君は冷たくて無感情でまるで大理石の彫刻のようだと言って、わたしのことを絶えず責めていた。そうすると、貧しく無知な少女だったかつてのわたしは、自分は違うように感じているのにどうしてそう見えるのか、不思議に思ったものだ。というのも、ジェームズ・カーソンにわたしは初恋を捧げていたから。これまで他のものに感じたことのないほど、わたしの人生すべてをあの男に集中させていた。それなのに――!

わたしの中国人の夫には、まったく偽りはなかった。彼は結婚前と同じように、結婚後も素朴で誠実だった。わたしとジェームズ・カーソンとの結婚が、惨めで辛く息苦しいものであったのならば、リュウ・カンギとの結婚は、総じて幸せで健やかで、発展的なものだった。それでもアメリカ人の考えでは、前の夫の方が、教養があって心の広い男であり、もう一方はただの普通のチャイナマンにすぎなかった。

わたしがあなたたちに知ってほしいこの普通のチャイナマンは、子どもや鳥、動物、そして場合によっては、女性に愛されるような人だった。毎朝、彼が窓のところに行って、鳩を呼びよせると、鳩は彼のまわりに集まり、彼の口笛や鳴きまねを聞き、それに応えていた。わたしたちの住んでいた部屋は、彼がアメリカに来てからずっと住んでいた部屋だった。部屋は彼の店の上にあり、広くて涼しかった。家具は中国から運び込んできたものだったけれど、安っぽいものではなかった。漆黒に近いダークウッドであったり、装飾が施されたアンティークであったり、なかには螺鈿《らでん》細工のものもあった。奥の部屋の壁際には、本箱と先祖の位牌があった。わたしはリュウ・カンギが敬意をもって位牌に触る姿をよく目にしていたが、その前でお辞儀をするほど彼の信心は強くはないようだった。初めて彼の部屋に連れてこられたとき、わたしはその素朴で優雅な佇まいにとても驚いた。それから、窓のそばにしばし立ったままでいる彼をわたしは見た。一羽の鳩が彼の顔をのぞき込んでいたけれど、その鳩はきっと、自分から友人をとりあげた女の正体について考えていたのかもしれない。彼はこの国に来てから、二十歳から二十五歳までのあいだを、こんな具合に——誰にも邪魔されずに密やかに——この部屋で過ごしてきたのだった。わたしは自分が侵入者のように感じられた。この少年——こんなに熱烈な気持ちを示してくれると、わたしには彼がそんなふうに幼く見えるのだ——に対する憐れみの感情がわたしの胸のうちに湧きあがった。どうしてわたしは彼の平穏な暮らしを滅茶苦茶にしにきたのか？　彼の言うように、そうなる定めだったのか？

わたしの娘は、わたしよりもあの人の方が好きだった。彼は娘と楽しそうに遊んだり、指で彼女の髪の毛をカールさせたり、飾り帯をつけてあげたりといった、他の男性がしようとしない単純なことも進んで引き受けた。

ある日、赤ちゃんがネズミとりの仕掛けに手を出して、少しでも動いたらバネが跳ね返って、冷酷な鋼《はがね》がその子の柔らかい腕にずぶりと突き刺さってしまいそうな状態になった。そんな子どもを、カンギの目とわたしの目が同時にとらえた。わたしは恐怖で動けず、立ち尽くしていた。カンギはゆっくりと子どものところに歩み寄り、あの子からネズミとりを取り上げた。彼はそれからわたしに、自分の手から仕掛けを外すようにと言った。それを目にして、わたしは気絶しそうになった。「こうするしかなかったんだ」と彼は言った。わたしたちは医者を呼び寄せたが、もし放っておいたら、彼は敗血症になるところだった。

人々がこのリュウ・カンギのことを優れた商売人だと言うのを聞いたことがあるが、実際にそうだったのだとわたしは思う。けれどわたしは彼と商売の話をしなかった。わたしにとっての関心は、綺麗なものや、彼のところにやってきて、一緒に冗談を言いあっていた女たちだけ。彼は冗談も言えた。もちろん、彼女たちは、わたしが彼の妻であることを知らなかった。あるとき、裕福な身なりの女性が彼に名刺を渡し、訪問するようにと誘ったことがあった。彼女が去ってから、彼はわたしに名刺を渡した。わたしはそれを引き裂いた。彼もそうしたことを当然だと考えていたし、何とも思っていなかった。「チャイナタウンで生活すると、よくあることだ」と彼は説明した。

彼は、中国人向けの社交クラブである改革倶楽部《リフォームクラブ》、そして中国人商工会議所の会員だった。商売に関することや中国とアメリカの政治について、同郷人と話すことが好きで、わたしのところに戻ってこないで一夜を楽しむこともあった。それでもわたしは、彼の心配をする必要はなかった。

リュウ・カンギは心の広いところもあったけれど、偏狭な部分もあった。たとえば、わたしの健康に何がいいかなどの純粋に個人的な事柄については、自分の方がよくわかっていると考えていたし、お互いの考えが対立したり食い違ったりした場合には、とても熱心に、彼の言うところの「女の愚かさ」を非難するのだった。もし彼が気に入ったドレスがあったら、どんな機会であっても、わたしにそれを着るようにさせ、その服装がいつも適切であるとは限らないことを理解しないようだった。

「銀色の縞が入ったドレスを着るんだよ」ある日、彼はわたしに偉そうな態度で言った。わたしは外出用に着飾っていたが、彼のお気に召さなかったようだ。銀色の縞のドレスは、屋根なしの車で、長時間砂埃だらけの道のりを行くには不向きだと、わたしは答えた。

「そんなことは気にしなくていい」と彼は言った。「不向きであろうとなかろうと、君にそれを着て欲しいんだ」

「いいわよ」とわたしは言った。「着てあげる。でも家から出ないわよ」

結局、わたしは家で過ごし、彼もそれにならった。

その他にも彼は、わたしが彼の同郷人の前である意見を口にしたことについて、非難したことがあった。

「そんな口のきき方をするもんじゃない」と彼は言った。「あいつらに君が悪い女だと思われてしまうだろう」

するとわたしのなかの白人の血がカッとなり、今思い出しても後悔するような態度で言い返してしまった。カンギにはわたしを侮辱したり、傷つけたりするつもりはなかったのに。彼は自分勝手な性質をもっていたので、考える前にしゃべってしまうことがよくあったのだ——それに、彼はただ自分の同郷人の前では、わたしにいちばん輝いた姿でいてほしい、と少年のような心で思っていただけだった。

他にもいろいろなことがあった。一種の子どもじみた嫉妬や猜疑心は、なかなか収まらなかった。けれども女は男を大目に見てあげることができるものだ。その男の誠実さや強さが、女の抱く嫉妬心を、たとえそれが根拠のあるものであっても、取るに足りない卑屈なもののように思わせるのだ。

もちろん、リュウ・カンギとの生活には、苦しい試練も伴った。彼のアメリカでの生活は常に不安定なものだったし、白人女性が中国人の夫を愛するはずがないという白人男性の思い込みやそれに付随する彼らの行動、それに嘲笑や不快な言葉が、常に彼を苛立たせた。リュウ・カンギの側も、わたしは妻ではあっても支配的な人種に属しているため、彼のものではない、という意識が強かった。支配的な人種なるものは、公然とわたしを見下すようなしろものだったが、それでもそんな意識が顔を出してしまうのだ。このような意識が言葉や振る舞いにはからずも表われて、わたしの心のなかを苦痛や屈辱で燃え上がらせた。「カンギ」とわたしは厳しい口調で言ったが、それは愛しい気持ちを包み隠すためだった。「そんなふうにわたしに話すのはやめて。わたしよりあなたの方が優れているのだから…もしそうじゃなかったら、わたしがあなたを好きになるはずがないでしょ」

でも、わたしがどんなに言っても、何をしても、わたしたちの間には何かが横たわっていた。見えない違和感のようなもの——それはなんだろうか？　人種の壁のようなもの——それを意識すること？

彼が中国に帰ることをほのめかすこともあった。それを考えただけで、わたしは恐怖でいっぱいになった。妾《めかけ》についての噂を聞いたことがあったからだ。ある午後、わたしがかつて一緒に住んでいたリュウ・

カンギのいとこがわたしのところにやってきて、アメリカで生まれて十歳までアメリカで育った中国人の少女が送ってくれた手紙をわたしに見せた。手紙の最後の段落にはこう書いてあった。「エマとわたしはとても悲しんでいて、アメリカに帰りたいと願っています」カンギのいとこが説明するには、少女たちの父親には息子がおらず、別の妻を娶《めと》ったため、彼女たちは自分たちの母親だけでなく、父親の新しい妻とも一緒に暮らしているという話だった。

その話を聞いたのは、わたしの息子が生まれる前のことだった。その晩にわたしは、一緒に中国に行くなんて、絶対に期待しないでね、とカンギに告げた。

「わかってるでしょ」とわたしは切り出した。「あなたはわたしのものだと思ってるんだから」

彼はわたしにそれ以上は言わせなかった。しばらくして彼はこう言った。「確かに中国では、男が二人目の妻を娶ることもあるけれども、それは一つの慣習にすぎないよ。最初の妻が息子を産めなかったことだけではなく、本人が一人前の男になる前に両親や後見人が最初の妻を選ぶことが原因でもある。もし中国人が愛のために結婚していたら、彼の人生は満たされ、二番目の妻が欲しいなんて考えないだろう。そう、たとえ息子が欲しいとしても、そんなことはしない。君の立派な夫である僕がいい例だよ」

あなたの振る舞いや見た目はまるで男の子のようね、とわたしはときどき言っていた。そのような理由で、彼が上機嫌になったとき、自分自身を「立派な夫」などと呼んでいたのだ。といっても、いつもこんなに子どもじみた態度をとるわけではなかった。身内の問題や一族の口論、その他の責任を一身に背負っているときに目にする彼の姿は、行動においても見かけにおいても、実年齢より二倍以上のしっかり者に見えた。

だが、夫の側の人々には結婚に関するおかしな慣習があるにもかかわらず、彼らは大多数のアメリカ人よりも、よほど道徳的な生活を送っているように思われた。わたしがそう考えを述べると、リュウ・カンギはこう返答した。「アメリカ人は高尚なことを考えているんだ。もしもっとたくさんのアメリカ人が、その考えに従って行動したら、中国人も彼らの指導に従おうとして混乱することはないだろうに」

自分の子どもの誕生をあれほどまでに喜んだ男は、リュウ・カンギしかいない。わたしたちの息子は、顔をヴェールで覆われて、生まれてきた。「預言者だわ！」わたしの看護をしていた混血《ムラート》のユダヤ女性は叫んだ。「未来を予言するお方がこの世に誕生したんだわ」

子どもを見にきた父親に、彼女がこのことを告げると、彼はこう答えた。「この子は僕の息子だ。それだけでじゅうぶんだ」だが彼はとても喜んで、二週間以上も中国人の友人たちと祝賀会をし続けた。ある晩彼はやってきて、わたしが幼い息子を気の毒に思い、しくしく泣いているのを見つけた。そのときの彼の表情は、いつになっても忘れないだろう。

「まったく、恥ずかしくないのか！」とささやきながら、彼はわたしの頭を自分の肩に引き寄せた。「いったい何を泣くことがあるんだ？　こんなに美しい子なのに！　この子は自分の心で感じることも、自分の頭で考えることもできる。だから、中国人の血筋をもっていることを誇りに思えるように育てよう。この子は何も怖れることはないし、この子の将来には、混血児《ハーフ・ブリード》という名前はもう軽蔑を示す言葉じゃなくなるんだ」

若いころにカンギは香港の学校に通っていて、そこにいるあいだに、何人かの中国人とイギリス人の混血児と知り合いになった。「彼らは群を抜いて優秀だった」と彼はわたしに言った。「けれども、自分たちの中国人の血を恥じ入り、無視することによって、自分たち自身を貶めているように、中国人の目には見えたよ」

したがって、彼の理論は、自身の半分が中国人であることを恥じるのではなく誇りに思うように息子を育てられれば、その息子は偉大な男になる、というものだった。

もしかすると彼は正しかったのかもしれないけれど、彼はアメリカ人の女であるわたしのように、わたしたちの息子が直面するであろう葛藤には気づいていなかった。

カンギの息子が生まれて一か月が過ぎ、わたしたちは信頼できる女性を見つけて、その世話をさせた。それからは、その子の父親はこれまで以上にわたしをいろんなところに連れていくようになり、人生はより一層楽しいものになった。わたしたちはよく彼の友人が経営する中華料理店で夕食をとり、それから劇場やコンサートやその他の娯楽施設に足を運んだ。彼が商売を通じて知り合ったアメリカ人に会うこともよくあった。彼は目を輝かせながら、誇らしげにわたしを彼らに紹介した。最初の一年間に彼を苛立たせたささいな嫉妬や疑いはもうなくなった。わたしはまだ見知らぬ人の視線に萎縮することはあったけれど、わたしの中国人の夫は、数年間はとても幸せな男だったと、わたしにはわかっている。

そろそろ話を締めくくらなければならない。ある朝、彼が家を出るとき、幼い娘と息子が門のところまで見送った（わたしたちは郊外の家《コテージ》に引っ越していた）。

「赤いボールを持って帰ってきてね」と娘はおねだりした。

「じゃあ僕も」と息子は叫んだ。

「わかったよ、おちびさんたち」と、彼は子どもたちに手を振りながら返事した。

その夜、彼は家に運び込まれた。頭を撃ち抜かれていた。アメリカ人だけでなく中国人のなかにも、あらゆる進歩に反対し、より進歩的な考えを広めようとする人やそんな考えの影響を受けたいと望む人を激しく憎悪する者がいるのだ。

けれども、それについて長々と書き綴る気持ちはない。わたしの中国人の夫が運び込まれたときに、彼のポケットには赤いボールが二つ入っていたことだけは憶えている。リュウ・カンギはそんな人――真の男だった。

The Americanizing of Pau Tsu

パウツのアメリカ化

1

中国のさまざまな港で順調な事業を行なっている商取引の支店を開設しようと、ワン・ホムヒンがシアトルにやってきたとき、当時十八歳だったワン・リンフォという甥を連れてきていた。ワン・リンフォは教育を受けた中国の若者で、明るい目と良い耳をもっていた。二、三年のうちに、年上のパートナーたちに負けないくらいに商売についての知識を身につけることになった。そのうえ、彼はアメリカの言葉を話したり書いたりするのがとても上手になったので、白人の誰かが質問してくることはときにあったが、そんな場合でも答えに窮することは決してなかった。しかし、「仕事ばかりで遊びはなし」というのは、アメリカの若者と同じくらいに中国の若者の主義に反することで、ときどきリンフォは中華料理店の階上にある中国文学倶楽部で晩を過ごし、気の合った仲間数人と共に中国の賢人の著作や長所について議論をする——などといったことをした。新年の日には、というより実際には一週間ばかりだが、彼は商売のことは忘れ、「雨上がりの空の青」の色をしたとびきり上等な絹の民族衣装を着て、中国人かアメリカ人かを問わず友人宅を訪問し合い、訪れた家庭の年少の者たちに銀貨や金貨を気前よくふりまいた。

このような新年の訪問の折にワン・リンフォは、職場の寡黙なアメリカ人パートナーであるトマス・レイモンドの家族に対して、自分が婚約していることを初めて知らせたのだった。それはこのような次第だった。この家には若い女性たちがいたが、そのうちの一人はきれいで、表情に表裏がなく、人なつこくて快活な態度をしていた。その彼女がお茶のカップを差し出しているときに、リンフォが物言いたげな眼差しをしているのに気づいて、どうしてなのかと質問した。

「アダーさん」とリンフォは応え、「お話ししてもよろしいですか?」

「もちろんよ、ワンさん」と若い娘は答えた。「あなたの物語を聞くことをわたしが楽しみにしてるってこと、おわかりでしょ」

「でもこれは物語ではないんです。アダーさん、あなたのおかげで僕のなかで愛が芽生えました――」

アダー・レイモンドは思わずぎくりとした。ワン・リンフォはゆっくりと話していた。

「僕が婚約している、中国にいる女の子に対する愛です」

「ああ、ワンさん! それは素晴らしいニュースだわ。でもそれがわたしと何の関係があるの?」

「こういうことです、アダーさん! 僕がこの家に来るといつもあなたにお目にかかります。とても親切で、とても美しくて、お茶も幸せも周りの人に分け与えてくださいます。それでこんなふうに思うんです。もし同じように親切で美しい人が僕の家にいて、ずっと僕のそばにいてくれたら、僕の人生はどれほど幸せに恵まれたものになるだろうかって!」

「わたしにお世辞を言っちゃだめよ、ワンさん!」

「僕の言っていることはすべて心からのものです。でも僕はあなたのことを話すつもりじゃないんです。

パウツのことを話すつもりなんです」

「パウツ?」

「そうです。それが僕の妻になる人の名前です。真珠という意味です」

「なんてきれいなんでしょう！　その方のことについて聞かせて！」

「パウツとは、中国を離れる前に婚約しました。僕の両親が彼女を僕の妻にするために、家に迎え入れたんです。思い出します、彼女は輝くような眼をして、頬が幸運の色に染まっていました。唇は赤い蔓草《つるくさ》の葉っぱのような色をしていましたし、眉の曲がり具合も絶妙でした。柳のように細い体つきをしていて、彼女が口を開くと、その声はとても甘美なメロディーになって、明るい調子で歌が次々にうたわれているようでした」

アダー・レイモンドは軽く両手を打ち合わせた。

「ああ！　あなたはもうその時分から、その人に恋してたのね」

「いいえ」とリンフォは考え深げに答えた。「僕は恋をするには若すぎました——十六歳でしたから。パウツは十三歳でした。でも、さっき告白したように、あなたのおかげで彼女のことを思い出して愛するようになったんです」

アダー・レイモンドは自意識過剰な娘ではなかったが、リンフォの話に対してどう答えていいか、皆目わからなかった。

「僕は今、二十二歳です」と彼は続けた。「パウツは十八です。明日、僕は両親に手紙を書いて、春のお祭りの頃に彼女を寄こすよう説得するつもりです。兄が昨年結婚して、そのお嫁さんが今僕の両親と一緒に暮らしています。だから、長年この一家の娘だったパウッは、もう僕のもとに来てもいいわけです」

「とっても可愛い方に違いないわね」とアダー・レイモンドが考えを口にした。

「彼女に会ったら、やはりそう言われると思います」とリンフォも誇らしげに返した。「彼女はいつも幸せそうにしているって、両親が言っています。鳥でも花でも露のしずくだろうと、何であっても彼女はそこに嬉しい意味を見つけるんです」

「その人と知り合うのが待ち遠しいわ。英語は話せるの？」

リンフォは残念そうな顔をした。

「いいえ」と彼は返答した。「でも」――と明るくなって――「彼女がこちらに来たら、僕が教え込んで、あなたみたいに話すようにさせます――そして、あなたみたいな人にするんです」

2

パウッは春と一緒にやってきた。そしてワン・リンフォは、とびきり幸せで鼻の高い花婿だった。小柄な花嫁はほんとうにとてもきれいだった――アメリカ人の目から見てさえも。桃や李《プラム》の色をした衣装を着て、小さな腕や手に宝石を輝かせ、輝くような黒髪を見事な櫛や髪留めで飾った彼女は、西洋の光と色調のただなかにそっと添えられた東洋ふうの色合い、といった風情だった。

リンフォは忘れられてはいなかった。伏し目がちな彼女だったが、船のデッキで若い中国人の商人たちの一団に混じって待っている彼をすぐに見つけたのだった。

彼女のために用意していたアパートメントは、アメリカ式にしつらえられていた。それで、東洋ふうのドレスを着た彼女の小鳥のような姿は、最初は場違いに見えた。しかし、彼女はそれからほどなくして、海を越えて持ち込んだ大きな箱から、衝立や扇、壺、屏風、中国の敷物、人造の花や鳥、そして数多くの精妙な彫刻物や古い磁器、といった品々を取り出した。これらを使って彼女は、アメリカ式の住まい《フラット》を東洋婦人の私室に変貌させた。寝室に小さな祭壇《チャペル》をこしらえることさえしたが、そこには観音様の像や、先祖を祀る銘板二つなど、父祖たちの神様に対する信仰の象徴となる物を納めた。

レイモンド家の若い娘たちが、到着して間もない彼女を訪問したが、彼女は微笑み、嬉しそうにしていた。彼女は恥ずかしそうにそれぞれの娘たちに中国のカップと受け皿をプレゼントした。また、対になった古い花瓶も贈り物にしたが、そこには風変わりな絵が描かれていて、リンフォは力を入れてその説明をした。

若い娘たちは贈り物に大喜びし、彼女ら自身の言い方を借りれば、この小さな花嫁さんに惚れ込んでしまったので、次の水曜日に歓迎会をレイクワシントン[☆1]で開こうと考えていますが、ご主人と一緒にいかがですか、と誘いをかけた。

リンフォは自分と妻のためにこの招待を承諾した。彼はアメリカ人と一緒にいるととてもくつろげるし、若い男性だったので、彼らが自分のことを教養のある中国人として褒めそやしてくれるのを楽しんでいた。そのうえ、アメリカの若い女性たちと一緒にいることが、そこでひと財産こしらえたいと夫が願っている国の作法や言葉をパウツが身につける助けになってくれるのではないか、という意見を彼はもっていた。

ワン・リンフォは中華帝国の真の息子であり、その影響から遠く離れたところで生まれた者たちすべてを密かに憐れんでいた。だがアメリカ人には、賞賛するところが多くあった。自室に掲げた金言には「ローマにあってはローマ人がするようにせよ」という言葉が書きつけられていたが、この金言に対する尊敬の情を彼は抱いてもいた。

「この国では、男性にとっていちばん良いことは女性にとってもいちばん良いことなんだ」彼がパウツにそう言ったのは、白人女性から英語のレッスンを受けてはどうかという彼の意見を聞いて、彼女が泣き出したときだった。

「通りを歩く男の人だったら」と彼女はすすり泣きながら言った。「新しい言葉を学ぶのはいちばん良いことかもしれません。でも、家のなかと夫の心のなかだけに住まっている女にとって、どれほど大事だというのですか?」

しかし、めったに彼女はリンフォの願いに逆らうようなことはしなかった。彼女の義理の母親が言ったように、彼女は従順で、喜んで何でもする性分の娘だった。そのうえ、夫を愛してもいた。

だが、これまで中国の家庭で子としての義務を果たしながら、刺繍をしたり弦楽器《リュート》を奏でたり、優しい女の仲間たちとお茶を飲んでおしゃべりしたり、といったことをして静かに引きこもるような生活をしてきたこの若い花嫁は、何日も何週間も経つうちに、自分が突然投げ込まれた新世界の珍奇さや喧騒にとても困惑するようになった。リンフォの説明にもかかわらず、どうして異国の人の言葉を学んでその慣習に合わせなければならないのか、彼女にはわからなかった。夫が使う言葉は彼女自身と同じだった。彼女が使っている年若い女中も同様だった。自分自身にはまだ意味をなさない光景や音——そういうあれこれを、いつも見たり聞いたりしなければならないので、彼女は困惑した。それから、どうしてほとんど毎晩のように訪問客を迎える必要があるのだろう——自分のことが理解できないし、自分も相手と意思の疎通がはかれない、そんな訪問客たちを。客たちは独特の奇妙な微笑を浮かべてじっと見つめてくるのだが、それに対して彼女は、第二のワシュティ[☆2]——いや、むしろエステル[☆3]か——であるかのように、ただ耐えるのみだった。それにどうして、ああ！　どうして彼女は食事をするとき、自分自身のエレガントで簡単に扱える象牙のお箸ではなく、不格好で、人殺しでもするのかと思わせるアメリカの道具を使わなければならないのか？

　リンフォからの頼みでこの家をしばしば訪れるようになっていたアダー・レイモンドは、パウツの小さな顔が日ごとにより小さくなり、やつれてきてもいることを見逃さなかった。そして、パウツはいつも変わらず微笑《ほほえ》んで自分を迎えてくれるのだが、優美なものではあってもその微笑みにいくぶんか憂鬱さが込められていることもアダーは気がついた。彼女は持ち前の女性としての本能で、何かがおかしいと思ったが、それが何なのか、自分の内にある光に照らしてみて発見することができなかった。彼女はパウツに向かって両腕を差し出し、堅い意志をもった白い手で相手の小さな震えている指を包み込み、愛情と同情を抱きつつ、しっかり握りしめようとした。すると小柄な中国の女性は、自分に向けられた相手の美しい顔を見上げ、こう考えるのだった。「夫がわたしに、この女《ひと》のようになってほしいと考えるのも無理はない！」

　もしアダー・レイモンドが辞去する前にリンフォがやってくるようなことがあれば、彼は訪問客と明るく活発な調子で会話をした。この西部の発展しつつある都市でそれなりの期間を過ごしてきた若い人々の場合はいつもそうだが、二人には話すべき共通の話題がとてもたくさんあった。だが、お茶を注ぎ、甘いお菓子を配っているパウツにとっては、二人の会話はまるでギリシャ語を聞いているようなものだった[☆4]――実際にはアメリカの言葉でのやり取りだったのだが。

「素敵な君に贈り物を持ってきたよ、ごらん」ある日の午後、リンフォは妻の居室に入りながらそう言った。使いの男の子が続いて入り、部屋の真ん中に厚紙でできた大きな箱を置いた。

驚き、また不思議がってつぶやきながら、パウツは近くに寄った。使いの男の子は引き下がってしまったので、リンフォが紐を切って、美しいレースのイブニング・ドレスと紺青《こんじょう》の外出着を取り出した。どちらもアメリカ式でこしらえられていた。

しばしのあいだ、部屋に沈黙が降りた。リンフォは驚いて妻を見た。彼女の顔は蒼白で、小さな体が震えていた。その手は袖のなかに引っ込められていた。

「おや、パウツ！」と彼は叫んだ。「君に喜んでもらえると思ったんだが」

その言葉を聞いて、若い娘は薄いレースのドレスに身をかがめ、袖口の縁飾りを手に取って膝の上で優しく撫でた。それから顔を上げて微笑みながら夫に向かってこう応えた。「ああ、あなたはとても親切ですね、このパウツにはもったいないくらいお優しくて。言葉がなかなか出てこないのは、幸せでいっぱいになってしまったからなんです」

それから歓びと賛嘆の叫びをあげて、彼女は箱からドレスを引っ張り出し、丁寧に長椅子の上に置いた。

「僕たちが外出したり客を迎えたりするときには、君にアメリカの女のような恰好をしてほしいんだ」と夫は言った。「アメリカではアメリカ人がするように振る舞うのが正しい。それでね、これから君も気がつくことになると思うんだけど、僕が祖国の衣装を着て辮髪をつけるのは、新年と祖国の祝日のときだけさ。妻はあらゆることで夫のすることに倣《なら》わなければならないんだよ」

さざ波のような笑いがパウツの唇から漏れた。

「そのドレスを着たら」と彼女は外出着を手で触れながら言った。「わたしはあなたのお友だちのレイモンドさんみたいに見えますね」

彼女ははしゃいだように手を打ち合わせたが、夫が仕事に出かけていくと、うなだれて床に身を投げ出し、哀れな様子で泣きじゃくった。

3

雨季のあいだ、パウツはとてもひどい咳に悩まされた。中国南部出身の娘であったので、冬のピュージェット湾の冷たくて湿った気候は、彼女のデリケートな肺にとてもこたえた。リンフォは彼女の健康状態をとても心配していて、ある日の午後に通りでアダー・レイモンドに出くわしたとき、自分が心配していることを話した。親切な心根のこの女性は、すぐに彼と共に家に取って返した。パウツは長椅子に横たわっていたが、熱があり、荒い息をしていた。アメリカ人の若い娘は彼女の手と頭に触ってみた。

「お医者に診てもらわないと」と彼女は言って、自分の家のかかりつけ医の名前を挙げた。

パウツは震えあがった。彼女はこの頃には多少の英語を理解できていた。

「だめ！　だめ！　男の人はだめ！　男の人はだめ！」と彼女は叫んだ。

アダー・レイモンドはリンフォの方を見た。

「そうよね」と彼女は言った。「この町には女医が何人かいるわ。そのなかの一人を呼びにやりましょう」

だが、リンフォは毅然とした顔つきになった。

「だめだ！」と彼は強い語調で言った。「僕たちはアメリカにいるんだ。パウツはあなたのお医者さんに診てもらいます」

アダー・レイモンドがこの決めつけるような言葉に抗議しかけたそのとき、やはりそれを聞いていた病気の妻が、彼女の手にそっと触れ、こうささやいた。「わたし、もうかまわない。男の人、だいじょうぶ」

それで相手の女性は口を閉じた。もし妻が夫の意志に異議をさしはさみたくないならば、自分もそうする立場にはない、と感じたから。だが、聴診器を当てるために手を貸してパウツの胸をあらわにしたとき、彼女の心は同情で痛んだ。

「まるで子羊を屠殺する用意をしてるみたいだったわ」と後になって彼女は姉に言った。「お医者さんがいるあいだ、パウツはまったく動かずに、目を閉じて、口をきっと結んでた。でも、お医者さんが出ていってわたしたち二人になったら、あの人、気がおかしくなった人みたいに体を震わせてうめきだした。あの小さな中国の女の人にとって診察は死ぬことより悪いって、本心からそう思う。わたしが彼女の絹の衣服《チュニック》をゆるめて上半身を見えるようにしたとき、何世代も続いてきた慎み深い母方のご先祖たちを十字架にかけてしまったようなものよ」

医者の訪問から一週間が経った。咳は治療のおかげで収まったものの、良好というにはほど遠い状態のパウツは、弦楽器《リュート》をつま弾きながら短い歌をささやくように口ずさんでいた。その歌というのは、古代中国の皇帝に向けて、数ある妻たちの一人が扇に書いて差し出したものだといわれている。

まっさらな絹でつくられ、
雪のように真っ白、
中秋の満月のように丸い、
純粋さと愛の証《あかし》。
小さいけれどありがたい宝物。

夏が続いているあいだ、
手に取られたり、
畳まれてあなたの胸に当てられたりする折に、
それはあなたの燃えるような額を優しく癒し、
また、あなたを魅了し憩わせる。

でも、ああ、秋のひんやりした風が吹き、
日中でも荒涼として寒くなると、
もう求められず、もう愛されず、
埃《ほこり》と黴《かび》にまみれて捨て置かれる。

かたじけなくも、このような絹の扇をお受け取り下さいますように。
これは、わたくしの悲しき運命を表す品。
短いあいだ、愛撫され大事にされるけれど、
それから、あっという間に忘れ去られてしまう。

「君、どうしてそんなに憂鬱そうなんだい？」と通りからやってきたリンフォが尋ねた。
「鳥がこれから死のうとするとき、その鳴き声は悲しいものになるのです」とパウツが返した。
「でも君は死ぬわけではない――生き続けるんだよ」リンフォはそう強い語調で言って、彼女を自分の方に引き寄せ、日に日に薄く透き通るようになってきたその顔を覗《のぞ》きこんだ。

4

中国人の使い走りの少年が通りを走って、ワン・ホムヒン商会の店に入ってきた。そして年下のパートナーはいるかと尋ねた。リンフォが進み出ると、きちんと折りたたまれ、宛先が書かれ、花模様のつけられた優美な手紙を彼は手渡した。受け取り手はそれを開いて読んだ。

愛し尊敬する夫《あなた》へ――あなたにとって値打ちのないわたくしパウツには、目の前にある試練に向き

合う勇気がありません。そのため、あなたのもとを立ち去りましたので、アメリカの慣習にしたがって離婚してくださいますようお願いします。そうすることであなたも、あの美しい人と共にお幸せになれますので。あの人の方がこのパウツよりずっと優れていることは、わたくし自身も認めるところ、なぜならあなたの目をお借りして眺めれば、美しい人は星のように輝いているのですから。そうでなければ、どうしてあなたはこのパウツに、あの人のようになることを求めるのでしょう？ わたくしはあなたの意志に従って、アメリカの女のようになろうと努めてきました。でも、もうとても疲れてしまって、これから待ち受けていることが怖くなり、挫《くじ》けてしまったのです。

あなたの愚かな足手まとい

パウツ

機械的にリンフォは手紙を折りたたみ、胸ポケットのなかに突っ込んだ。客の一人が彼に向かって、漆《うるし》塗りの盆の値段を尋ねた。「ごきげんよう」と彼は応え、手を伸ばして帽子を取った。客と店員たちは、店を出ていく彼の後ろ姿をあっけにとられて見つめていた。

運命の巡り会わせか、通りで彼はアダー・レイモンドに出くわした。もし彼女が話しかけなかったら、彼は知らん顔をしていただろう。

「いったいどうされたの、ワンさん？」と彼女は尋ねた。「ずいぶん取り乱していらっしゃるようだけど」

「僕がどれほど困っているか、あなたには理解できませんよ」と彼は答えて、足早に離れていこうとした。

だがアダー・レイモンドは引き下がらなかった。パウツのことをこのところ心配していたのだった。

「あなたの奥さん、どこか様子がおかしいわね」と彼女は語気を強くして言った。

リンフォはくるりと振り向いた。

「妻がどこにいるかご存じなんですか?」たちどころに疑いを起こして彼は尋ねた。

「いいえ、とんでもない!」と若い娘は驚いて叫んだ。

「実はですね、僕のもとから出ていったんです」

アダー・レイモンドはしばしのあいだ、信じられないといった様子で立っていたが、それから怒ったような眼差しで、見捨てられた夫と向き合った。

「当然の報いよ!」と彼女は叫んだ。「このところしばらく見てたのよ、世界でいちばん素敵でかわいい人を、あなたが残酷で勝手なやり方で扱っているのを」

「ちょっとすみません、アダーさん」とリンフォが応じた。「僕には理解できません。パウツを僕は心から大事にしています。そんな彼女をどうして残酷に扱えるというのですか?」

「ああ、馬鹿ね、あなたは!」と若い娘は大きな声で言った。「あなたは中国人だけど、馬鹿さ加減はほとんどアメリカ人と変わらない。あなたが残酷なのは、パウツを無理やり変身させようとしたことよ——本来の彼女とは違ったものに——アメリカの女性に。たかだか数か月でわたしたちのしきたりや慣習を取り入れて慣れさせようとしたことも残酷よ。ずいぶん前からわかっていたけど、パウツはあまりに優しくて従順すぎて、ご主人の言うことが変だって思わなかった、だからわたしは、彼女の目を——というかあなたの目を——開かせようっていう気になれなかったの。はずれじゃないでしょ、彼女があなたのもとから出ていったのは、こんな理由があるからだって？」

「ええ」とリンフォはつぶやいた。彼は完全に打ちのめされていた。「それに他のこともあります」

「他のことって？」

「彼女は――恐れているんです――つまり――あの――医者を」

「そうよ！」――激しい口調で――「あなたは恥を知るべきだわ！」

リンフォはまた歩き始めたが、娘はそのかたわらにくっつくようにして話し続けた。

「あなたは奥さんに対してアメリカの女になることを求めた、自分自身は中国人のままなのに。わたしたちアメリカ人のしきたりに上手に合わせることができても、あなたは完全に中国人の男性。あなたが奥さんを扱うようなやり方で、アメリカ人は自分の妻を扱うと思ってるの？」

ワン・リンフォは返事をしなかった。優しいパウツがこの怒っている女のようになってほしいなどと、どうして自分は望むことができたのかと不思議に思っていた。今やパウツは出ていってしまった。苦悩のために彼は同行者がいることを忘れ、彼女が言っていることもうわのそらだった。彼が黙っていることで、このアメリカの娘の気持ちも和らいだ。結局のところ男性というのは、中国人男性でさえ、なりは大きいがぶきっちょな男の子にすぎないのだ。そして彼女は、倒れてしまった男をさらに蹴りつけるようなことはしたくなかった。

「でも、元気を出して。あなたはきっと彼女を見つけられる」言葉の調子を突然変えて、彼女はそう言った。「たぶん彼女の女中にはチャイナタウンに友だちがいて、その人が二人の面倒を見ているのじゃないかしら」

「もし彼女を見つけることができたら」とリンフォは熱意を込めて言った。「アメリカの言葉を一言も話さなくても気にしません。そして彼女を連れて中国に旅行します、天が愛する国で息子が生まれるようにするために」

「彼女が苦しんだことに対しては、どれほど償っても償いすぎにはならないでしょう。パウツをアメリカ人にすること——それには時間が必要ね。仮にわたしがあなたの国に移住させられて、二、三か月のあいだに中国人の女になれって命令されても、誰であれそんな望みをわたしにかけた人をとてもがっかりさせることは、絶対に間違いないから」

行方をくらませた人についての手掛かりが少しでも見つかるまでに、何時間も経過した。愛しいパウツの友人知己には知る限りすべてを訪問して、質問した。だがもしそのような人々が若い妻の隠れ場所について知っていたとしても、打ち明けてはくれなかった。名状しがたい怖れでリンフォは深刻な顔つきをしていたが、彼に人々の同情が向けられていないのは明らかだった。

探し回っていた二人が絶望して捜索をあきらめようとしたちょうどそのとき、青いビーズ玉をいくつも糸で繋いだものを両手からぶらさげている男の子の姿が、若い夫の注意をとらえた。そのネックレスがパウツから女中のアートイにあげた贈り物であることが、彼にはわかった。彼自身が買ったものだったから。呼び止めて問い詰めることで、実に嬉しいことに、妻とその女中がこの男の子の家にいること、男の子の祖母で薬草の知識に明るい女性の世話になっていることを彼は知った。

アダー・レイモンドは、連れの男が明らかに大いに安堵したことに共感し、微笑んだ。

「もう万事うまく運んでくれるはずよ」少年が指差した家に向かっていくリンフォの後を追いながら彼

女は言った。到着すると、夫のあなたがまず一人で入ってみては、と彼女は提案した。自分はしばらく待つつもりだった。

「アダーさん」とリンフォは言った。「ほんとうに申し訳ないのですが、また別のときにわたしの妻に会いにきていただけませんか——今日ではなく?」

彼はためらい、困惑し、恥じ入っていた。

一瞬の沈黙があり、それからアダー・レイモンドには、今朝からのトラブルの意味が呑み込めた——パウツの悲しみのすべてが了解できた。

「神さま、わたしたち人間ってなんてお馬鹿さんなんでしょう!」一人で家に向かって歩きながら、彼女はそう独白した。「わかっているべきだった。パウツが他に何を考えられるっていうの?——女が夫以外の男の友だちをつくれないような国から来たんだから。外目には微笑んでも、とても苦しんだに違いない! 可哀そうな、でも心の強い可愛い人!」

☆1:レイクワシントンは、ワシントン州西部にあり、シアトル市の東の境界となる大きな湖。

☆2:旧約聖書に記された、ペルシア王アハシュエロスの妃。酒宴の席に顔を見せよという王の命令を拒んだために、王妃の座を失った。

☆3:ワシュティの次に王妃として迎えられた美しい娘。ユダヤ人であることを隠していたが、ユダヤ民族の危難に際して出自を明かし、人々を虐殺から救ったとされる。

☆4:英語の成句"It's all Greek"「ちんぷんかんぷん」を踏まえている。

In the Land of the Free

自由の国で

1

「ごらん、坊や――お山が朝のお日さまにあたってるわよ。あそこに、あなたがこれから長いあいだ暮らすおうちがあるの。とてもきれいなところだから、とても幸せに過ごすことができるでしょうよ」

〈坊や〉は目を上げ、すっかり信頼している様子で母の顔を見た。彼は砂糖菓子にかぶりつくことに嬉々としていそしんでいたが、それを中断せずとも、言葉にならない返事はできた。

「そうよ、オリーブのつぼみのような、わたしの子。あそこであなたのお父さまが、あなたのためにたくさんお金を稼いでくださってる。あなたのお父さま！　ああ、愛しいお顔を見たら、あなただってきっと喜ぶはず。あなたのために、母さん、あの人から離れていたんだから」

坊やは同情するかのように母親の膝頭《ひざがしら》に顎《あご》を預けた。母はわが子を抱き上げて膝の上に載せた。この子は二歳になる、丸っこくて頬《ほお》にえくぼを浮かべた男の子で、明るい茶色の目と頑健そうな小さな体をもっていた。

「あー！　あー！　あー！　おー！　おー！　おー！」傍らを行き過ぎる蒸気のタグボートをまねて彼

は声をあげた。

サンフランシスコの埠頭《ふとう》には、ずらりと小舟や蒸気船が並んでいた。一方、沖合いではあちこちに、その他の大小さまざまの船が錨を下ろしていたが、そのなかにはフィリピンから来た白い輸送船などがあった。しばらく前から『東方の地の女王《イースタン・クイーン》』号は埠頭に入ってきていたが、それが果たされてからも一時間ほど波止場で待ち受けていた一人の中国人男性は、さらにそれと同じくらいの時間、U・S・Cというイニシャル[☆1]の入った帽子をかぶった男に引き留められてきたのだった。それからようやく、彼は蒸気船に乗り込んで、妻と子どもを歓迎することができた。

「これがあなたの息子よ」と有頂天になったレイチュウは告げた。

ホムヒンは子どもを持ちあげ、小さな胴体と手足をなでさすり、誇らしさと嬉しさに満ちた目でその顔をのぞき込んだ。それから彼は、傍らにいた通関の役人に向けて、問いかけるような眼差しを投げた。

「これはこれは、可愛い男の子だな」とその男は言った。「どこで生まれたのかね?」

「中国です」とホムヒンは答えた。右肩に坊やを乗せてゆらゆらさせ、妻が蒸気船から降りてくる手伝いをしようと考えていた。

「今までアメリカに来たことは?」

「いえ、この子はまだです」と幸せな笑い声をあげながら父親は答えた。

通関の役人はもう一人の役人を手で合図して呼び寄せた。

「このおちびさんは」と彼は言った、「初めてアメリカを訪れたんだ」

もう一人の通関の役人は、考え深そうに顎をなでた。

「ではさようなら」とホムヒンは言った。

「待ちなさい!」と役人の一人が命じた。「まだ行くことはできない」

「まだ何か?」とホムヒンが尋ねた。

「残念だが」と最初の通関の役人が言った。「その男の子を上陸させるわけにはいかない。あなたがたがわたしたちに見せてくれた書類には、記されていない――奥さんの書類にも、あなた自身の書類にも――その子について何の記載もない」

「その書類がつくられたときには、子どもはいなかったんです」とホムヒンは返答した。彼は冷静な口ぶりだった。だが、その眼差しや息子をぐっと抱きしめるしぐさには、不安が表われていた。

「何なの? 何なの?」少しばかり英語のわかるレイチュウは、声を震わせて尋ねた。

二番目の通関の役人は憐れむように彼女を見つめた。

「俺はこんな仕事は苦手だ」と彼はつぶやいた。

最初の役人はホムヒンの方に向き直り、お役所仕事にふさわしい口調で言った。

「我が国に入国する資格を付与する証明書をこの男子が持たないことを鑑みるならば、あなたがたはこの子をここに残して行かなければならぬ」

「わたしの子を残して行くんですって!」とホムヒンは大声をあげた。

「そうだ。この子はじゅうぶんな世話をしてもらえるし、わたしたちがワシントンから指示を受け取ればすぐに、あなたがたのところに引き渡される」

「でも」とホムヒンは抗議した。「わたしの息子なんですよ」

「わたしたちは証拠を何も持っていない」と肩をすくめて男が答えた。「それに持っていたとしても、政府からの命令なしに通すわけにはいかないんだ」

「この子はわたしの息子です」ゆっくりと、そして真剣な口調でホムヒンはそう繰り返した。「わたしは中国人の貿易商で、長年サンフランシスコで商売をしてきました。ある朝、妻がわたしに話してくれたんです。枝が広がった緑の木を夢に見た。てっぺんに一つ、きれいな赤い花が咲いていたって。それでわたしはこう答えました。息子はわたしたちの国で生まれてほしい、だから君は中国に行く準備をしなさいって。妻はわたしの希望に従いました。息子が生まれた後、母親が病気で倒れて、妻はその面倒を見てやりました。次には父親も病気で倒れ、妻はやはり面倒を見てやりました。二十か月ばかり妻は老人たちを世話して養いました。二人は死ぬときに彼女と息子を祝福しました。それからわたしは彼女をまた呼び寄せました。何のトラブルも心配していませんでした。わたしは中国の貿易商だし、わたしの息子は確かにわたしの息子なんです」

「なるほど、わかった、ホムヒン」と最初の役人は返答した。「しかしそれでも、わたしたちはあなたの息子を連れていく」

「いいえ、連れていくのはだめ。この子、わたしの息子でもありますから」

それはレイチュウだった。彼女は父親が抱いていた子どもをひったくり、自らの腕に抱きかかえた。

役人たちはしばしのあいだ相談をした。それから一人がホムヒンに声をかけて脇に呼び寄せ、そっと耳打ちした。

あきらめたようにホムヒンは頭を垂れた。それから妻に近づいた。「きまりなんだよ」と彼は中国語を使って言った。「それに、ほんのしばらくのあいだだけさ――明日に日が昇るまでの辛抱だ」

「あなたまでが」とレイチュウが苦痛をありありと示す声で非難した。だが、服従する習わしだったので、彼女は男の子を夫に渡し、次には夫がその子を最初の役人に引き渡した。坊やはこの譲渡に対して激しく抗議した。だが母親は袖で顔を覆い、父親は黙って彼女を連れて立ち去った。かくしてこの国の法律は順守された。

2

夜が明けつつあった。一晩じゅう目を覚ましていたレイチュウは、身支度をし、それから夫を起こした。「朝よ」と彼女は大きな声で言った。「さあ、わたしたちの息子を連れてきて」

夫は目をこすり、窓の外を見ようと肘をついて身を起こした。青白い星が空に見えた。窓枠に置かれたお碗のなかの百合《ユリ》が花を広げていた。

「まだ時間じゃないよ」と彼は言って、頭をまた沈めた。

「まだ時間ではないのですか。ああ、昨日まで生きてきた時間は、わたしから坊やが取り上げられてから過ぎた時間に比べれば、たいしたことはないわ」

母親はベッドのかたわらに身を投げ出し、顔を覆った。

ホムヒンは灯りをつけた。そして手を伸ばし、妻のうなだれた頭をいたわるように触れ、眠れたかと尋ねた。

「眠れたかですって！」と彼女はしくしく泣きながら繰り返した。「ああ、もう二十か月以上も毎晩この腕にあの小さな体を抱き続けたのに、その腕が突然空っぽになってしまってどうして目を閉じられるのでしょう！　あなたには――男の人には――わからない、坊やの小さな指や小さなつま先や柔らかくて丸っこい手足を感じることができないのは、いったいどんな気持ちなのか。暗闇のなかでさえ、あの子は愛しい目を輝かせながらわたしを見つめていたし、何度もあの子の訳のわからないおしゃべりを耳元で聞きながら眠りに落ちていったものよ。でも今は、あの子を目にすることができない。触ることもできない。声を聞くこともできない。わたしの坊や、小さくてぽっちゃりした坊や！」

「さあ！　さあ！　さあ！」とホムヒンは、安心させるように妻の肩を軽くたたきながら慰めた。「そんなに嘆き悲しむ必要などない。あの子はすぐにまたお前を喜ばせるさ。子どもを母親からずっと引き離しておくような法律などあるわけがない！」

レイチュウは涙を拭いた。

「あなたの言うとおりね、旦那さま」と彼女は従順につぶやいた。立ち上がり、アパートメントのなかをあちこち歩きまわって整頓した。カリフォルニアにいる友人たちのために持ってきたプレゼントを入れた箱を、前日の晩に開けたのだった。シルク、刺繡品、彫った象牙、装飾用の漆器、真鍮飾り、楠《クスノキ》でできた箱、扇、そして磁器があちこちに乱雑に積み重ねてあった。荷物を開けている最中、わが子が見知らぬ連中の手中にあるという思いに彼女は押しつぶされてしまった。それで何もかもほったらかしにして、ベッドにもぐりこんで涙を流したのだった。

おみやげを整理し終えると、彼女は広いバルコニーへと足を向けた。

星はもう見えなくなっており、西の空に明るい条《すじ》が引かれていた。レイチュウは通りを見下ろし、周囲を眺めた。彼女と夫が住んでいるフラットの下は、中国の独身男性たちがたくさん暮らす居所となっており、彼女が立っているところから、早い朝食をとっている彼らの声が聞こえてきた。その食堂の真下に夫が所有する食料雑貨店があった。通りの向こう側には大きなレストランがあった。昨晩は派手な色のランタンで飾られ、音楽も流れて、とても華やかだった。クォン・サムの最初の子が生まれてひと月経ったことをお祝いするための宴は、長くて騒々しかったので、彼女はハンカチを結んで耳を覆った。子のない母となった彼女は、他の親たちと喜びを共にする気持ちがもてなかったのだ。今朝のこの建物は、より彼女の気持ちに沿うものだった。静かでひっそりとしていた。浮かれ騒いだ人々はどこかに散り散りになっていったか、あるいは眠っているかどちらかだった。

黒い綿繻子《めんじゅす》の服を着て、両耳には長い垂れ飾りのあるイアリングをつけた丸々した女性が、下の通りからこちらを見上げ、彼女に向かって手を振り、微笑みながら挨拶した。それは金の型押し細工をしているマーク・シンの妻で、彼女の以前からの隣人であるクイ・ホウだった。彼女のかたわらには黄色いジャケットとラベンダー色のズボンを身につけた小さな男の子がいた。レイチュウは赤ん坊のときのこの子を憶えていた。自分の子どもがいないかつての時期には、好んで彼と一緒に遊んでいた。あの時期がなんと遠い昔に思えることか！　彼女はため息をつくのをようやくこらえ、代わりに笑ってみせた。

「何がそんなに嬉しいんだい？」部屋のなかから夫がそう呼びかけた。

「だってわたしの坊やが戻ってくるから」とレイチュウは答えた。「わたしは幸せな母親――幸せな母親よ」

彼女は顔に笑みを浮かべて足早に部屋のなかに入っていった。

もうお昼の時間だった。碗のなかでご飯が湯気を立て、鶏と筍《たけのこ》のかぐわしい香りのおかずがホムヒンを待っていた。レイチュウは朝のあいだ、一時《いっとき》たりとも動きを止めて休むことをしなかった。絶え間なく動きまわっていた。だがときおり、彼女は顔を上げ、風変わりな彫刻を施したマントルピースに置いてある金ぴかの時計に目をやるのだった。一度、彼女はこう叫んだ。

「なんでこんなに時間が長くかかるんだろう！　おお！　なんでこんなに長く！」それから自分自身に向けて呼びかけた。「レイチュウ、機嫌よくしてなさい。坊やは戻ってくる！　坊やは戻ってくる！」彼女は何回かワッと泣き出し、何回かは大声で笑った。

ホムヒンが部屋に入ってきた。その両腕は脇にだらりと垂れていた。

「坊やは！」とレイチュウは甲高い声で叫んだ。

「明日来るようにと言われた」

うめき声をあげて母親は床に座り込んだ。

お昼の時間が過ぎた。食事はテーブルの上で手つかずだった。

3

冬の雨はやんだ。春がカリフォルニアにやってきて、山々を緑で燃え立たせ、まるでみなに披露するかのようにきれいな花を次から次へと咲かせ続けた。だが、レイチュウの心に春は来ていなかった。なぜなら坊やがまだ自分の腕のなかにいなかったから。その子は伝道所《ミッション》に入れられていた。白人の女たちが彼の世話をしており、月が一巡りする前は母親を恋しがり、慰められることを拒んだが、今ではご機嫌で満足している様子だった。その子がレイチュウと一緒にゴールデンゲートをくぐった日から、五か月が経っていた。だがワシントンにいる政府の偉い人々は、彼を両親のもとに返してやるという返事を送るのをまだ遅らせていた。

ホムヒンがやるせない気持ちで算盤《そろばん》の球を上下に動かしている最中に、鋭い顔つきをした若い男が店のなかに入ってきた。

「何かニュースが?」と中国人の商人が尋ねた。

「これです!」若い男はタイプライターで打ち込んだ手紙を差し出した。ホムヒンは文面を読んだ。

サンフランシスコ、四二五クレイストリートにてビジネスを営む中国人貿易商ホムヒンの息子であると申し立てられている中国人の子どもに関して。

できうる限り迅速に同件について対処する。

ホムヒンは手紙を返した。そして一言もいわずに計算器の操作を続けた。

「何かおっしゃりたいことは?」と若い男は尋ねた。

「何もない。彼らは同じ手紙をこれまで十五回も送ってきた。君自身がそんな手紙をわたしに見せてくれたんじゃないのかい?」

「確かに!」若い男はこっそりと伺うように中国人の商人を見た。彼には提案したいことがあり、今このときがいいタイミングかどうか熟考していたのだ。

「奥様の具合はいかがですか?」と案じるように彼は尋ねた——これは駆け引きのためでもあった。

ホムヒンは悲しみ嘆くように首を横に振った。

「日ごとに弱ってきている」と彼は返答した。「食事をしてくれるのはわたしが命じるときだけで、絶え間なく涙を流している。彼女はドレスにも花にも喜ばず、友人たちにも会いたがらない。一晩じゅうずっと目を開けたままだ。もう一か月も経たないうちに、彼女は霊たちの国に旅立っていくだろうと思う」

「そんな!」本心から驚いて、若い男は叫んだ。

「もし男の子が家に戻ってこないなら、確実にわたしは妻を失うよ」苦い悲しみを抱きながらホムヒンはそう続けた。

「正しいことではありません」と若い男は憤激して叫んだ。それから用意していた提案をした。

中国人の父親の眼差しは、ぱっと明るく輝いた。

「君がワシントンに行き、息子を取り戻すための書類をくれるようにとお願いする、そんなふうにしてほしいかだって?」と彼は叫んだ。「わたしの心からの願いをわかっていたら、訊くまでもないだろう?」

「それなら」と若者は言った。「来週に出発しますよ。あなたの奥さまの心の安らぎのためだけでも、僕はこのことをどうしてもやり遂げたいんです」

「妻を呼ぶよ。君がやろうと思っていることを聞いたら、喜んでくれるだろう」とホムヒンは言った。

彼は壁に取りつけた管《チューブ》を使って、階上にいるレイチュウにメッセージを伝えた。

ほどなく彼女が現れた。落ち着きがなく、血の気が失せ、目が落ちくぼんでいた。だが、夫が若い弁護士の申し出について告げると、彼女はまるで電気ショックを受けた人のようになった。姿勢がしゃきんとなり、目がきらきら輝き、頬に赤みが差した。

「ああ」と彼女は叫び、ジェイムズ・クランシーの方を向いた。「あなたはとてもとても良い人！」

若い男はきまりの悪さを感じた。中国人の母親のじっと見つめる眼差しを受けて、目を少しそらした。

「まあ、あなたのために坊やを取り戻さないとね」と彼は応じた。「もちろん」――とホムヒンに向かって――「少々お金はかかりますよ。ポケットマネーなしに人を使って政府をせきたてさせるなんて、ありえませんから」

ホムヒンは一瞬、呆然と相手を見つめた。それから、「どのくらいほしいんだ、クランシー君？」と静かに尋ねた。

「そうですね、手始めに少なくとも五百は必要になるでしょうね」

ホムヒンは咳ばらいした。

「あなたに言ったと思うんだが。この前、わたしのために手紙を書いてここの通関のボスに会ってもらうための支払いをしたときのことだよ。もう自分の手持ちの金はあらかたなくなったって！」

「ああ、それでしたら僕たちにはもう話すことなんかありませんよね、ご主人。男の子は今の所にずっといても、何の害もないことだし。それにあなたの奥さんも大丈夫、立ち直られることでしょうから」

「何おっしゃってるの?」とレイチュウが声を震わせて訊いた。

ジェイムズ・クランシーは窓の外を見た。

「彼はこう言ってるんだ」とホムヒンは英語で説明した。「わたしたちの坊やを取り戻すには、たくさんお金が必要だって」

「お金! ええ、もちろん」

レイチュウは頷《うなず》いた。

「彼にあげる金をもっていないんだよ」

しばしのあいだ、レイチュウはいぶかるように二人の顔を代わるがわる見つめた。それから、ようやく事の次第を理解して、たちどころに怒りが湧きあがり、弁護士に指を突きつけながら彼女は叫んだ。「あなた、とてもとても良い人じゃない。あなた、ただの白人」

「そうです、奥さま」お辞儀をし、皮肉な笑みを浮かべてジェイムズ・クランシーは返事をした。

ホムヒンは妻を背後に押しやり、また弁護士に話しかけた。「なんとか」と彼は言った。「金を工面してみよう。だが五百とは――それは無理だ」

「四百ではいかがですか?」

「言っただろう、わたしはほとんど何も手元にないし、友人たちも豊かじゃないんだ」

「それならもう結構!」

弁護士はゆっくりとドアに向かった。戸口で立ち止まり、煙草に火をつけようとした。

「待って、白人さん、白人さん、待って!」

レイチュウがあえぎながら、そしておびえながら前に駆け寄り、彼のそばに立った。気を昂《たかぶ》らせて彼の袖口をつかんだ。

「もしホムヒンが五百ドル渡すなら、あなた、坊やを連れ戻すための紙、取りにいくことできますか？」

弁護士は何気ない様子で頷いた。その目は、マッチからの火をもらおうとはしない煙草にじっと注がれていた。

「それなら紙、取りにいってください。もしホムヒンが五百ドル、あなたにあげられないなら――わたしのほうでそれ以上のお金あげられるかも」

彼女は手首からずっしりした金のブレスレットをするりと抜き、それを男に向かって差し出した。機械的に彼はそれを手に取った。

「もっと取りにいく！」

彼女はばたばたと駆け出し、やってきたのと同じドアの背後へと姿を消した。

「ああ、ほら、これは受け取ることができませんよ」ホムヒンのところにまた歩いてきて、彼の前にブレスレットを置きながらジェイムズ・クランシーが言った。

「大丈夫だ」とホムヒンは真顔で言った。「中国の純金だから。わたしたちが結婚したときに妻の親が彼女に贈ったのさ」

「でも、とにかく受け取れません」と若い男は抗議した。

「お金とまったく同じだよ。それに君はワシントンに行くための金がほしいんだろう」

ホムヒンは感情を交えない態度でそう返答した。

「見て、わたしの翡翠《ひすい》のイアリング——わたしの金のボタン——わたしのヘアピン——真珠でできたわたしの櫛、それからわたしの指輪——一、二、三、四、五つの指輪ね。だいじょうぶ——だいじょうぶ——みんな同じくらいのお金になる。あなたにみんなあげます。それ受け取って、わたしの坊やを受け取るための紙、もらってきてください」

レイチュウは自分の宝石類を弁護士の目の前に積み上げた。

ホムヒンが押しとどめるように彼女の肩に手を置いた。「全部はだめだよ、お前」と彼は中国語で言った。彼は指輪を一個、選び出した——レイチュウが赤い花をつけた木の夢を見たときに彼があげた贈り物だった。残りの宝石類を彼は白人の男に押しやった。

「受け取って、売るがいい」と彼は言った。「ワシントンまで出かけていって、書類をもって戻ってくるための費用がもらえるだろう」

一瞬のあいだ、ジェイムズ・クランシーはためらった。彼は感傷的な男ではなかった。だが彼の心にある感情が生じ、そのような支払いを受け入れて自分のために役立たせることにためらいを感じた。

「だいじょうぶ、だいじょうぶ」彼の躊躇を見てレイチュウは懇願するように言い募った。

それを聞いて彼は宝石類をひっつかみ、コートのポケットにねじ込み、それから足早に店から出ていった。

4

レイチュウは宣教師の女性の後について伝道所の育児施設に入っていった。彼女の心臓は幸せで早鐘を打ち、もう息もできないくらいだった。ついにあの書類が来たのだ――ホムヒンとその妻に自分たちの子どもを手にする権利を与える書類が。息子が取り上げられてからもう十か月が経っていた――お日さまがレイチュウのために輝かなくなってからの十か月。

その部屋は子どもたちでいっぱいだった――そのほとんどはまだ小さかったが、彼女自身の息子は他の子と比べてずっと幼かった。伝道所の女は歩きながら話していた。彼女はレイチュウにこんなふうに語った。学校でキムという名前をつけられたあのおちびさんは、この施設の人気者で、そのちょっとした振る舞いやいたずらが、みなを楽しませ喜ばせている。最初は扱うのにちょっと手を焼かせて、お母さんに会いたいとたくさん泣いた。「でも、子どもたちってとても早く忘れてしまいますから。一か月も経ったら、とても居心地が良くなって、まるで鳥みたいに明るくご機嫌に遊びまわるようになりましたよ」

「はい」とレイチュウは返事をした。「ええ、はい、はい！」

だが彼女は自分に向けられる言葉を聞いていなかった。楽しい期待に胸をふくらませ、さながら迷路のなかを歩いているようだった。

「ここで待っていてください」と伝道所の女は言って、レイチュウを椅子に腰掛けさせた。「いちばん小さい子どもたちが朝食をとっている最中です」

彼女は少しのあいだ姿を消し――母親には一時間のように感じられた――それから、青い綿のオーバーオールを着て底の白い靴を履いた幼い男の子の手を引いて、再び現れた。その小さな男の子の顔は丸くてえくぼが浮かび、目がとても明るく輝いていた。

「坊や、ああ、わたしのかわいい坊や」とレイチュウは叫んだ。

彼女はひざまずき、思いあまったように息子に対して両腕を差し伸べた。

だが坊やは身をすくめて彼女から離れ、白人の女のスカートのひだのなかに身を隠そうとした。

「あっち行け！　あっち行け！」と彼は母親に命じた。

☆1：Cは「通関」（カスタム）を表す。

The Chinese Lily

チャイニーズ・リリー

マーメイは、チャイナタウンの住宅の上の階にある部屋に住んでいた。小さな中国人の女たちが他にも同じ階に住んでいたが、交わることはなかった。彼女は他の女たちとは違ったからだ。彼女は足が不自由だった。落下により、脚が捻じ曲がり、動きまわるのも一苦労で、顔にもひどい傷がついてしまったので、リン・ジョン以外に彼女の世話をしようとする人は、一人も現れなかった。兄であるリン・ジョンは洗濯屋で、同郷の仲間のもとで働いていた。リン・ジョンとマーメイは、まだ幼いころに、両親とともにサンフランシスコにやってきた。彼らの母親は、この外国の都市に足を踏み入れたその日に、父親はその翌週に亡くなった。二人とも、蒸気船で熱病にかかったのだ。マーメイとリン・ジョンはその後、父の兄に引き取られたのだが、この人物は貧しくとも、彼らに対して最善を尽くしてくれた。だが、やがて彼もまた死に呼び寄せられてしまった。

彼女の伯父が亡くなるかなり前に、マーメイは事故に遭い、他の女の子とは違う存在になってしまった。だがかえって、兄の妹に対する愛情はより一層強いものとなり、老いたリン・ワンも、リン・ジョンが自分自身よりも妹を大事にするだろうと知っていたので、安心して先に逝くことができた。

こうしてマーメイは、リン・ジョンに世話をしてもらいながら、上の階の小さな部屋に住むこととなり、ほとんど毎晩のように兄は妹に会いにきた。ところがある晩、リン・ジョンは現れず、マーメイはとても悲しく、寂しい気持ちになった。マーメイは一日じゅう夢中になって、刺繍をすることができた。晩になると自分のところにだれかがやってくることをわかっていたら、上の窓から眺める景色以外は人生について何も知らない彼女の小さな黒い頭のなかの考えを、その人に余すことなく伝えることができると知っていたからだ。マーメイの部屋の窓からは、通りを見下ろすことができたので、彼女は窓にぴったりと体を寄せ、何時間もそこに座り、下の通りを行き交う人々とそこで起こる出来事をすべて眺めていた。その日彼女は、さまざまなことがらを目撃したので、晩になったらリン・ジョンに教えてあげようと、それらを心のなかのポートフォリオに保存していた。黄色い法衣を纏った僧侶が二人、下を通り過ぎ、隣の通りにある寺院へ歩いていった。白い胸の小さな鳥が羽をはためかせ、窓ガラスにばたばた羽を打ちつけていた。金運を招く虎《ギャンブリング・キャッシュ・タイガー》の像を運んでいる男が、通りの向かいにある家のなかに入っていった。結婚式に参加するような華やかなドレスを着た、彼女と同じぐらいの若さの少女が六人、同じ建物の敷居をまたいでいった。

しかし九時になっても、リン・ジョンはやってこなかったので、少女はしくしくと泣き出してしまった。あまり涙を流さない性分のマーメイでも、楽しそうな少女たちを見ていると、なぜかわからないけれど、悲しい思いに駆られたのだ。彼女が泣いているその最中に、控え目にドアをノックする音が聞こえた。リン・ジョンではなかった。彼はいつも大きな音で叩き、断りもなく入ってくるのだった。マーメイが、ドアのところまで足を引きずっていき、ドアを開けるとそこには、若い女性――マーメイがこれまで見たこともないような美しい少女――が、外の廊下のほのかな光に照らされていた。彼女はそこに立ち、鉢植えにしていたチャイニーズ・リリー[☆1]の花をマーメイに差し出した。マーメイは差し出された花の意味を理解し、それを受け取り、訪問者を部屋のなかに迎え入れた。

それはマーメイにとって、なんと楽しい時間だったか！　彼女は自分の顔に傷があり足が不自由であることを忘れ、その若い少女と、お互いの小さな心の内にあることをすっかり打ち明け合った。「リン・ジョンは優しいけれど、たとえ兄でも、男の人には話せないこともあるわね。お話するなら気の合う女どうしがいいわ」マーメイは、シンファー――彼女の新しい友人――にそう話した。清らかな華、すなわちチャイニーズ・リリーを意味する名前の持ち主であるシンファーは答えた。

「もちろん、そうね。女の友は女、男の友は男でなくちゃ。天が祝福するこの国では、そうなっているのでしょう？」

「いったいどうしてあなたはわたしの家を訪ねてみようって気になったの？」とマーメイは尋ねた。

「わからないわ」とシンファーは答えた。「わたしも孤独だったということしか、わからない。わたしたち、つまりわたしの姉と義兄とわたしは、ごく最近ここに引っ越してきたところなの。わたしの姉は新婚で、夫と話をすることがたくさんあるの。だから、晩になって、一日の仕事も終わると、わたしは独りぼっち。あなたが病気だと聞いて、何度かドアの前まで来てみたけれど、ノックをすることはできなかったわ。なぜって、わたしが近くに行くといつも、あなたの兄といわれている男の人の声が聞こえてきたから。今晩、わたしが姉のお使いから戻ると、泣き声だけが聞こえてきたの――だからわたしは急いで部屋に戻って、あなたのために水仙《リリー》を引き抜いてきたのよ」

その翌晩、昨晩は働かされていたとリン・ジョンが言い訳をすると、マーメイはぜんぜん平気だったと明るく答えた。以前と同じぐらい兄さんを愛しているし、以前と同じように、会えるのを嬉しく思っているけれど、たとえ仕事で来られなくなっても、兄さんがわたしのことを心配することはないわ。孤独になっても励ましてくれる友人を見つけたのだから。

リン・ジョンは驚いたが、その知らせを聞いて喜んだ。そしてシンファーに会って、彼女の優しく穏やかな表情、美しく伏せた瞼、弓の形をした美しい眉を見ると彼は、神に愛された国で、林檎や桃や梅の木々が次から次へときれいな花を咲かせていく様子を思い浮かべるようになった。

午後四時ごろのことだった。洗濯屋で働いていたリン・ジョンは、通りの喧噪や消防車がけたたましい音を立てて通りすぎていくことに、ほとんど注意を向けていなかった。それが彼にとって何を意味するか、彼はわかっていなかったので、少年がドアから頭を突き出して、大声で叫ばなければ、何も気づかずに仕事を続けていただろう。

「リン・ジョン、君の妹の住んでいる家が、火事だ！」

リン・ジョンが到着したときには、高い建物は炎に包まれていた。恐くて誰も登ろうとしない梯子《はしご》を跳ぶように駆け上がっていくと、燃えさかる炎が舌のように彼の顔をなめようとした。

「わたしは行かないわ、わたしなんて死んだほうがいいもの」マーメイは、弱々しくも精一杯、彼女の友人に抵抗した。

「この梯子は、わたしたち二人の重さには耐えられないわ。あなたはお兄さんの妹でしょう」シンファーは静かに返事をした。

「でも、兄さんがいちばん愛しているのは、あなたよ。あなたと兄さんは一緒に幸せになれるわ。わたしなんか、生きているのはふさわしくないの」

「リン・ジョンに決めてもらいましょうか、マーメイ」

「そうね、リン・ジョンに決めてもらいましょう」

リン・ジョンは、窓枠に手を伸ばした。恐ろしいその一瞬に、彼は躊躇した。それから彼の目は、妹の友人の目を見ようとした。

「来るんだ、マーメイ」と、彼は呼びかけた。


「シンファーはどこにいるの？」意識が戻ったマーメイは尋ねた。

「シンファーは、幸せな精霊の国にいるよ」

「それじゃあ、わたしはまだ、この悲しくて暗い世界にいるのね」

「そんなふうに言わないでくれ、愛しい妹よ。お前の兄は、お前のことを愛しているし、お前を暗闇から守ってあげるよ」

「でも、シンファーの方をもっと愛していたじゃない――それに、彼女もあなたを愛していたでしょう」

リン・ジョンは頭を垂れた。

「なんてこと！」マーメイは嘆き悲しんだ。「だれかを悲しませてまで、生きていかなくちゃならないなんて！」

「そんなことはない」と、リン・ジョンは言った。「シンファーは幸せだ。そして僕は、――僕は彼女が最後にいいと承諾してくれたから、自分の義務を果たしたんだ。愛しい妹よ、それなら悲しむなんてできないだろう?」

☆1：直訳すると中国の百合となるが、ここでは水仙のこと。

The Smuggling of Tie Co

タイコウを密輸して

中国人をカナダから合衆国へと密輸することを生業《なりわい》にしている肝の据わった男たちのなかでも、ジャック・ファビアンはやることがいちばん大胆不敵で、いちばん冴えた計画を企て、政府の役人たちを出し抜くのにいちばん成功した奴だ。

並外れて体力があり、背が高くてがっしりしており、整った顔立ちに鋭く沈着で青い眼《まなこ》、それに生まれつき荒っぽくも口達者で人としての魅力もたっぷりあるから、そんな彼のことを仲間である我々が自分たちのかしらとみなし、彼が導くところならどこだろうとついていくのは何の不思議もない。ファビアンをかしらにいただき、我々は突拍子もない冒険をやってのけ、人間の密輸品を隠しておくため、やばい商売に携わったことのない人間なら夢にも思わないような場所を見つけるのだ。

だがジャックは、栄光を探し求めているのではない――金が彼の目的だ。ある日、ロマンチックな友人がこう言った。可哀そうな中国人たちを越境させてやるなんて君はとても親切なんだな。そうするとあざけるような微笑みが彼の口髭をゆがませた。

「親切だと!」と彼は繰り返した。「いいや、この仕事についてセンチメンタルになる時間はまだもててないな。単にこれはドルやセントの問題だ。だがまあ、もちろん、俺のようにきちんとした原理原則をもっている男にとっちゃ、政府を出し抜くことで引き出せるある種の楽しみってのはある。貧乏な悪魔はな、金をたんまり持ってる連中から少しばかり拝借したくなる気持ちにときどきなるんだよ」

昨年の夏は、そのファビアンも少々運が悪かった。その数か月前、我々全員が驚いたことに、彼はヘマをしでかした。その結果アメリカの役人たちに捕えられ、彼と彼の仲間たちは五人の中国人の不法入国者と一緒に郡の監獄に入れられて、裁判を待つ次第となった。

だが鉄格子の向こうでぶらぶらするのは、ファビアンの精力的な気質には向いていなかった。それである暗い夜、前日にまったく罪のなさそうな顔をした訪問者から受け取ったのこぎりを利用して、彼は逃亡をやってのけた。そして、長いあいだはらぺこのまま探偵たちに追われながら森や茂みのなかを歩き続けた果てに、ようやく安全なカナダにたどり着いた。

彼が監獄に滞在していたのは三か月ばかりだったが、そのあいだにいくつかの変化が密輸商売のなかで起きていた。知恵のある弁護士たちがある冴えた方法を考え出した。それを使えば若い中国人なら誰であれ二、三百ドルばかり出せば〈父親〉を手に入れることができる。その〈父親〉は、この中国人の若者は確かにアメリカで生まれたのですと誓いを立ててくれる——そうすることで、くだんの若者が合衆国の空気を吸う権利を有するれっきとしたアメリカ国民である、と証明してくれるわけだ。それから中国人たち自身も、何人かの白人たちから援助を得て、国境を超える権利を堂々と示す証明書をこしらえていて、そんなやり方で大勢こぞって越境を行ないつつあった。

その手のはかりごとは、当然ながら我々仲間たちのビジネスを台無しにしてしまった。だがそんな〈ヤンキーの詐欺師〉がするようなゲームが短いあいだしか続かないことは、みなわかっている。だから我々は時機をうかがい、辛抱強く待ち続けた。

だがファビアンの態度はそうではなかった。彼はとても落ち着きがなくなり、不機嫌な顔つきをしてあたりを歩きまわった。彼はある日、洗濯屋の店内で腰を下ろしていた。その店の持ち主は、我らがかしらの仲介によって多くの中国人の若者を送り出してきた。実際、ファビアンは「アンクル・サム」へと五百人ばかりの中国人たちを「どっと送り込んだ」といわれている。だからもしファビアンがとびきり寛大な奴でなかったなら、今頃は有名でないロブ・ロイ[☆1]である代わりに裕福な紳士になっていたかもしれない。


さて、ファビアンはチェン・ティンルン商会の洗濯屋で腰かけ、自分はもうほとんど文無しだからいちどきに一人でいいので連れていきたいのだ、と顔立ちの良い若い中国人《チャイナマン》に話しかけていた。

その若い中国人は考え深げにファビアンの顔をじっと見た。「僕を連れていきます?」と彼は尋ねた。

「お前を連れていくだって!」とファビアンは相手の言葉を繰り返した。「だってお前はここの〈ボス〉の一人じゃないか。〈ジャブジャブゴシゴシ〉の商売でいまお前がいるような高い地位にたどり着くには何年もかかってしまうような土地に、何としても行きたいって言うつもりはないだろ?」

「いえ、行きたいです」とタイコウは返答した。「僕、ニューヨークに行きたいです。だからもし、あなたが僕を連れてってくれて、連れていくこと僕のパートナーに話さないなら、五十ドルと費用の全部、あなたに払います」

「まったく中国人ってのはわけがわからん」とファビアンはぶつぶつ言った。だが喜んでその提案に乗り、決行の晩が定められた。

「お前が頼みにする行き先の組織の名は？」と白人の男が尋ねた。

密輸されるつもりのある中国人は、自分たちを受け入れてもらうために、合衆国のなかの中国人の組織とあらかじめ取り決めを結ぶのが常だった。

タイコウはためらい、それからぶつぶつと何かをつぶやいた。それは「クォン・ウォ・ユエン」であるようにも「ロン・ロー・トゥーン」であるようにも聞こえた。ファビアンにはどちらかわからなかったが、それほど関心がなかったので、質問を繰り返すことはしなかった。

彼は洗濯屋から出ていき、窓際を通りすぎる際にタイコウに向かってうなずいて別れの挨拶をした。それで中国人もうなずき返した。彼の小さくて繊細な顔にかすかな笑みが浮かび、それはファビアンの姿が遠ざかり、やがて消えてしまうまで、ずっと残っていた。

二人の男が出発したのは、気持ちの良い晩のことだった。ファビアンは通りの曲がり角に馬車を待たせていた。通常人の服を着たタイコウは誰にも目撃されずにそれに乗り込み、こうして密輸する者とされる者は、ほどなくして街の外へと出た。二人は楽しい旅をした。というのも、ファビアンがタイコウに対して抱く好感は本物だったから。知り合ってもう数年になり、この若者の機転の利く頭の良さを彼は気に入っていたのだ。

二日目になって、彼らはある農家に馬を残していった。ファビアンは帰りの旅でまたそれを使うつもりだった。日が昇る前に二人は舟をこいで川を渡り、晩までずっと隠れるための森へと飛び込んだ。雨が降っていたが、ぬかるみや風や雨のなかを彼らはゆっくり慎重に進んでいった。

ときどき、タイコウは息を切らせた。一度ファビアンはこんなふうに言った。「お前はあまり強い男じゃないな、タイコウ。お前みたいな男が生活するために働かなきゃならんのは気の毒なことだ」するとタイコウはこう答えた。

「働くの、とても上手！　働かないと、タイコウ、死ぬ」

ファビアンはこの若者をいたわるような目で見た。この中国人は他の奴らとずいぶん違っているようだが、それはなぜだろう、と軽い気持ちで考えながら。

「中国には帰りたくないのか？」と彼は尋ねた。

「いいえ」とタイコウはきっぱり言った。

「どうしてだ？」

「なぜかは知らない」とタイコウは答えた。

ファビアンは笑った。

「故国《くに》に可愛らしい奥さんはいないのかい？」と彼は続けて訊いた。「向こうではみんなとても若いときに結婚するって聞いてるぞ」

「いいえ、僕には奥さんいない」と連れ合いは、喉が詰まったような小さな笑い声を立てて主張した。「奥さん、一人ももったことない」

「馬鹿げてるぞ」とふざけ半分でファビアンは言った。「いいか、タイコウ、考えてもみろ。娘っ子にめしをつくってもらったり愛してもらったりするのは、とてもいいぞ」

「僕は奥さんもたない」と真面目な態度でタイコウは繰り返した。「女は好きじゃない。男の方が好き」

「お前はまったく頑固な独り者だな！」とファビアンは大声で叫んだ。

「あんたが好き」とタイコウは言った。彼の少年らしい声が、濡れた森のなかで澄んだようにきれいに響いた。「あんた、とても気に入ってるから、ニューヨークに行きたくなった。あんたが五十ドルかせげるから。僕はニューヨークに友だちいない」

「何だって！」とびっくりしてファビアンは叫んだ。

「ああ、こんなこと言って悪かった。タイコウ、とても悪かった」そして中国人の少年は頭を垂れてのろのろと歩き続けた。

「いいかい、タイコウ」とファビアンは言った。「俺のためにこんなことをしてほしくないんだ。お前はほんとに愚かだったし、お前の五十ドルなんて俺にはどうでもいい。俺はお前の半分くらいしか金を必要としていない。なんてこった！　俺を恥ずかしい気持ちにさせやがって——くだらん遊びに何千ドルも金を使ってきた俺のような人間は、お前が骨を折ってこつこつ稼いできたなけなしの金を受け取っちゃいけないんだ。俺たちはいまニューヨークの州にいる。この森を出たら、川にかかってる橋を渡らなきゃならん。向こう側まで渡ったら、そこからほど遠くないところに鉄道の駅がある。ニューヨーク市に行く切符を買ってやる代わりに、お前と一緒に列車に乗ってトロントに行くよ」

タイコウは返事をしなかった——深く考え込んでいるようだった。突然、彼は何本かの木が倒れているところを指差した。

「男が二人、あの後ろに走っていった」と彼は叫んだ。

ファビアンは警戒して周囲を見まわした。暗がりを鋭いまなざしで刺し通すかのようにして、誰かの姿が見えないかと懸命に目を凝らした。だが誰の姿も見えなかった。木々のなかを風が重苦しいため息をついている音を除けば、あたりは静まり返っていた。

「誰もいないぞ」と彼は少々荒っぽく言った——相当にぎくりとさせられたのだ、というのも、二人は国境を越えて一マイルのところに来ており、政府の役人たちが自分に目を光らせていることが彼にはわかっていたし、その体力にもかかわらず、もし何かの企みや不意打ちが試みられたら自分は不利な立場に置かれるだろう、と感じていたから。

「もしあんたが僕と一緒にいるところ、奴らに見られたら、具合悪くなります」きっぱり言い切るようにタイコウがそう言った。彼の言葉は、あたかもファビアンの考えに対する応答であるかのように思えた。

「だが奴らは俺たちを捕まえないよ。だから心を強くもて、お若いの」とファビアンは実際の心持ち以上に威勢の良さを見せて応じた。

「もし奴らが来て、僕があんたと一緒でないなら、あんたは捕まらないし、すべて大丈夫」

「そうだな」とファビアンも同意したが、この相棒は何を考えているのかと不思議に思った。

夕方の薄暗がりどきに彼らは森から姿を現して、ほどなく川にかかった橋を渡ろうとした。二人が橋の真ん中近くに来たとき、タイコウはふと立ち止まり、ファビアンの顔をのぞき込んだ。

「男があんたを追いかけてくる。僕はここにいない、そうすれば男はあんたを傷つけない」そしてその言葉と共に、彼は閃光のような素早さで欄干《らんかん》から身を投げた。

次の瞬間、ファビアンも彼の後を追った。だが、第一級の泳ぎ手であったにもかかわらず、この白人の男の努力は無駄に終わり、タイコウは急流によって彼からどんどん遠ざけられていった。

びしょ濡れになり寒さで震えながら、ファビアンはなんとか岸へと這いあがり、そして囚われの身となった。

「それでお前の連れてきた中国人は川に身を投げた。いったい何のためだ?」と政府の役人の一人が尋ねた。

「頭がいかれてたんだと思う」とファビアンは返答した。そして、言ったことを自分でもすっかり信じていた。

「俺たちは林に入ってお前たちの跡を追いかけたんだ」とまた別の捕獲者が言った。「一度はあの男の子に俺たちの姿を見られたと思ったんだが」

ファビアンは黙ったままだった。

タイコウの死体は次の日に引き上げられた。タイコウの死体ではあるが、それでもタイコウではなかった。というのも、タイコウは若い男だったはずなのに、タイコウの顔をしてタイコウの服を着た死体は、少女の――女の体だった。

チェン・ティンルン商会の洗濯屋の誰ひとりとして――カナダの中国人だろうとニューヨークの中国人だろうと――その謎を説明することができなかった。タイコウは他の大勢の若者たちと共にカナダにやってきた。体はあまり強くなかったが、彼はいつも良い働き手で「とても利口」だった。同国人たちのなかでは物静かでおとなしかった。煙草やアヘンは喫いたがらず、日曜学校には規則正しく通って伝道所《ミッション》のご婦人たちからたいそう気に入られていた。

ファビアンは一週間もたたないうちに釈放された。「彼に不利な証拠はなし」と総監は言ったが、くだんの囚人が一か月前に獄破りをしていたことに気づいていなかった。

ファビアンは今、とても忙しくしている。多くの少年たちが彼の手助けによって国境を越えている。だが、そのなかで誰一人としてタイコウのような者はいない。それでときおり、仕事の合間に、ファビアンは知らないうちに長く熱心な物思いにふけっているのだった。あのタイコウの人生の謎——そしてその死の謎について。

☆1：ウォルター・スコットの歴史小説『ロブ・ロイ』（一八一七）の主人公で、スコットランド高地の義賊の綽名。

The God of Restoration

〈やり直し〉の神さま

「ワインを持つ者には多くの友が集まる、か」コアンロ二世は振り返り、いま出てきたばかりの店の方をちらと見ながらそうつぶやいた。それは中国雑貨の店で、あらゆる種類の風変わりな商品が用意され、品ぞろえが良かった。そして一ダースほどの中国人があたりに座っていた。一方、それに接する部屋では何人かの者たちが横たわって煙草を吸う姿が見えた。彼らはビジネスについて議論しつつ、会話の合間に魅惑的なパイプをふかすことにふけっていた。

この喫煙者たちのなかでも目立った存在がコアンロ一世だった。背の高い中年の中国人で、赤いボタンのついた黒い帽子をかぶっていた。コアンロ一世はコアンロ二世の従兄《いとこ》にあたるのだが、コアンロ二世が若くて文無しなのに対して、コアンロ一世はサンフランシスコの中国人の商人のなかでも、もっとも裕福な者の一人であり、この都市にいる自分と同じ名前をもつ人々のなかでの有力者だった。一族の者たちは彼のことを父とみなしていた。

コアンロ二世はコアンロ一世の言いつけで、一世の花嫁となるシーに会いに行くのだった。彼女はその日、中国から汽船でやってくる予定だった。コアンロ一世はあまりにも忙しい男なので、自分で波止場まで迎えにいけないのだ。

そのようにしてコアンロ二世とシーは出会った――と言っても、これが初めてではない。五年前、広東《カントン》の郊外で二人はお互いにこう言った。「愛しています」

コアンロ二世は孤児で、幼い頃から今日まで、コアンロ一世に教育され世話されてきた。シーは奴隷の娘だった。これで、コアンロ二世が従兄と共にアメリカへと出発するその前に、なぜ彼と彼女がお互いのことを知る機会を得られたのか説明できるだろう。中国では奴隷の娘たちに、上流社会に属している娘たちよりもずっと多くの自由が許されているのだ。

「コアンロ、ああ、コアンロ」シーは恋人の姿を認めて、優しくそして幸福そうにささやいた。

「シー、僕の最愛の恋人よ」とコアンロ二世は応じた。彼の声には喜びも悲しみも込められていた。間違いが生じたことを彼は悟った――つまりシーは、夫になってくれる男は彼自身――コアンロ二世――だと信じ込んでしまったのだ。

それで、彼のなかにあった愛情がすっかり目を覚ましてしまった。これからどのようなことが起こるだろうと考えると、頭がくらくらしそうだった。

花嫁にするべく金を出してシーを買ったコアンロは、従兄であって僕自身ではない、そんなふうに説明できるだろうか？　多くの友人や、とても高価な値打ちものを揃えた店をたくさん持っているコアンロに、ただ一人の友だち、自分がこれまで所有してきた唯一の宝物を引き渡せるだろうか？　そして、シーはこの僕、つまりコアンロ二世を愛しているのに、コアンロ一世のご飯を食べるのに幸せを感じる、などということがありうるのだろうか？

シーの小さな指が彼の指にそっと触れてきた。彼女は彼の体にもたれかかった。「疲れてしまって。もう休みましょうか？」と彼女は言った。

「ああ、すぐにね、僕のシーよ」と彼は腕を彼女の体にまわしながらつぶやいた。

「あなたがわたしを呼び寄せたって父さんが言ってくれたとき、とっても嬉しかったの」と彼女はささやいた。

「わたし、こう言ったの、『コアンロがこれまで何年ものあいだわたしのことを忘れずにいてくれて、なんて素敵なんだろう』って」

「じゃあ、君は僕のことを憶えていなかったのかい、ジャスミンの花みたいな僕の恋人さん？」

「どうしてそんなこと尋ねる必要があるの？　昼も夜もあなたのことで頭がいっぱいだったって、あなた自身もわかってるのに」

「僕のことを忘れないでくれたって言うなら、どうして僕が君のことを忘れてしまったかもしれないって考えたんだい？」

「違いっていうものがあるから。あなたは男だし、わたしは女だし」

「君が僕のものになって二週間以上たったよ」とコアンロ二世が言った。「まだ僕のことを愛してるかい、シー？」

「わたしの目を見て確かめてよ」と彼女は答えた。

「じゃあ、幸せかい？」

「幸せですって！　そうよ、それに今日はこれまでいちばん幸せな日。なぜってわたしの父さんは今日、自由を手に入れるから」

「どういうことだい、シー？」

「あら、コアンロ、わかってるくせに。あなたがわたしのために払ってくれたお金の残りを今日、父さんが受け取るんじゃなかったの？　それをあなたが前もって送ってくれたお金と合わせたら、父さんの自由を買い取るのにじゅうぶんな額になるんじゃないの？　わたしの愛しい大切な父さん——もう長年のあいだ頑張って働いてきたのよ。わたしにはずっととても優しくしてくれたし。もう奴隷でなくてもいいって、わたしを介して〈やり直し〉の神さまが命じてくださったことを考えると、わたし、とても嬉しくって。そう、わたしは今日、世界でいちばん幸せな女なの」

シーは夫の手にキスをした。

彼はその手を引っ込めて、それで顔を隠した。

「ああ、大切なわたしの夫！」とシーは叫んだ。「あなた、とても気分が悪そうよ」

「いや、気分が悪いんじゃない」と惨めになったコアンロは返答した——「でもね、シー、僕は告白しなくちゃならない。僕はとても貧しい男だから、僕たちは田舎にあるこんなきれいな家を出てどこかの都会に行って、そこで頑張って働かなきゃならないし、君だってろくなものをほとんど食べられないだろう」

「優しくて心の広いコアンロ」とシーは答えた。「あなたはわたしのために自分を犠牲にしてくれたのね。わたしのために法外な代償を払ってくれて。ああ、シーは不幸だわ、コアンロを貧乏に引きずり落としてしまうなんて！　こうなったらわたし、あなたの召使になる。だって、あなたのためなら飢え死にしても本望だから。わたしが大切にしてるのはコアンロで、財産じゃないから」

そして彼女はひざまずいたが、この若い男は彼女を優しく立たせながら、こう言った。

「シー、そんなふうに尽くしてくれる値打ちなど僕にはないし、君の言葉は何千本もの槍《やり》を僕の心に打ち込むんだ。僕の告白を聞いてくれ。僕は君の夫だが、君を買い取った男じゃない。従兄のコアンロ一世が中国にいる君を呼び寄せたんだよ。彼こそが君のために交渉を行なった男で、お父さんが求めた値段の半分を君が広東にいるあいだに支払い、君の顔を見たら残りの金を支払うって約束したんだ。何てことだ！　残りの金は決して支払われないだろう。なぜって僕が従兄から君を盗んでしまったものだから、彼は取り決めを守る義務がない、だから君の父さんはまだ奴隷のままなんだ」シーは身動きせず立ち尽くしていた。突然の恐ろしい報せに圧倒されたのだ。彼女は当惑して自分の夫を見た。

「ほんとうなの、コアンロ？　父さんは奴隷のままでいなければならないの？」と彼女は尋ねた。

「ああ、ほんとうだ」と彼女の夫は返事をした。「でも僕たちにはまだお互いがついている。それに君は貧乏なんか気にしないって言ってくれたね。だから僕を許して、父さんのことを忘れてくれ。僕は君への愛のためにすべて忘れてしまったんだ」

彼は彼女を抱き寄せようとした。だが哀れな悲鳴を上げた彼女は、くるりと向きを変えて逃げてしまった。

コアンロ一世は腰掛けて、煙草をふかしつつ物思いにふけっていた。

コアンロ二世がコアンロ一世の信頼を裏切ってから何か月も経過していた。コアンロ二世はいま何をしているのか、どんな暮らしをしているのか、とコアンロ一世は思いめぐらしていた。「あいつは金をほとんど持っていなかったし、きつい仕事をすることには慣れていなかった。そのうえ養うべき女もいるし、あの犬は何をするというのか？」と老人は考えた。彼は傷つけられ苦々しい思いを抱いたが、長いあいだ煙草をふかして晩に近くなると、彼の心は和らいだ。それで彼は自分のパイプに向かってこう言った。「はてさて、あいつは彼女に惚れ込んでしまったわけだし、若い者は若い者と一緒になるべし、ということか。もしあいつがここに来て許しを求めるならば、あいつの恩知らずな行ないを見逃してやるとするか」

「偉大なる立派な旦那さま、卑しきシーはあなたさまの前にひざまずきます、どうぞこの頭の上にあなたの足をお載せくださいませ」

この言葉を発したのは、たぐいまれな美しさをもった若い中国人の娘だった。彼女は突然に部屋に入ってきて、コアンロ一世の目の前にひれ伏したのだ。彼は怒りを覚えつつ目を上げた。

「ああ、わしの目の前にいるのは、自分の父親を嘘つきにした不実な女だな！」と彼は叫んだ。

ひざまずいたシーの伏し目から涙がこぼれ落ちた。

「旦那さま」と彼女は言った。「わたしが女になる前に、あなたさまの従弟が男になる前に、わたしたちはお互いに愛し合っていたのです。それで、長い別れの後で再会したとき、わたしたちは二人とも自分たちの義務を忘れてしまいました。ですが、〈やり直し〉の神さまがわたしの心に働きかけてくださいました。わたしは悔い改め、いまこちらにやってきて、あなたさまの奴隷になるべく我が身を投げ出す所存です。もしお望みでしたら、わたしの骨から肉が削げ落ちるまであなたさまのために働きます。ですからなにとぞわたしを買い取った残りのお金を父にお送りくださるようお願いいたします。なぜというと、父は奴隷でいるにはあまりにも年老いて弱っているからです。旦那さま、あなたさまは公正を何よりも重んじられる方として知られています。おお、わたしの願いを聞き届けてくださいませ！　ひとえに父親のためにお願い申し上げます。何年ものあいだ、父は苦労して大切にわたしを養ってくれました。だから父のことを考えるとわたしの心は張り裂けそうになるのです。悪い行ないをしたわたしを罰してください、ぼろを着せてください、このうえなく粗末な食べ物を与えてください！　わたしが父の自由をあがなう値打ちをもてるよう、あなたさまに奉仕してお役に立つようにさせてください」

「それではわしの従弟のことはどうなる？　もう奴に対しては不実であってもいいというのか？」

「いいえ、わたしの夫であるコアンロに不実になることはしません——父に対して忠義をたてるだけでございます」

「それでお前は、わしを傷つけておきながら自分の父親を自由にすることを求めるのか？」

シーはさらに頭を低く垂れつつ、こう答えた。

「あなたさまの奴隷になりたいと思います。自分の手で働いて、わたしがあなたさまに対して負っている債務や、わたしが父に対して負っている債務を返済したいと思います。このためにわたしは夫のもとを離れてきたのです」

コアンロ一世は立ち上がり、手でシーの顎《あご》を持ち上げて、真剣な眼差しでその顔を眺めた。

「お前の心はすっかり悪いわけではないな」と彼は意見を述べた。「腰かけて聞くがいい。お前を買い取って奴隷にすることはしない、なぜならこの国では女を買って奴隷にすることは法に反するからだ。だがお前を五年間雇って召使にしよう。その間じゅうずっとわしの言うことをきくのだ。それからそれが終わったらお前は自由になる。父親については安心していいぞ」

「太陽がいつまでもあなたさまの上に輝きますように、とてもお慈悲深いご主人さま！」とシーは叫んだ。

それからコアンロ一世は彼女に向かって、小さな部屋へと続く廊下を指さした。わしのところにいるあいだずっと、その部屋を自分の私室にしてもいいぞ、と彼は言った。

シーが彼に感謝の言葉を述べて退出しようとしたちょうどそのとき、ドアが大きく押し開かれ、憔悴して取り乱した様子のコアンロ二世が入ってきた。シーのところに駆け寄って、その肩をぐいとつかんだ。

「お前は僕のものだ！」と彼は叫んだ。「他の男のものになるなら、その前に殺してやる！」

「従弟よ」とコアンロ一世が言った。「この女をわしの妻にするつもりはないが、わしの召使として雇わせてもらうぞ。この女はすでに賃金を受け取っているからな――父親の自由ということだが」

コアンロ二世は戸惑ったように自分の妻と従兄の顔をじっと見た。それから両手を挙げてこう叫んだ。

「おお、コアンロ、我が従兄、僕は邪悪な男だった。いつもあなたのことを羨《うらや》ましがり、心のなかであなたに対して苦い思いを抱いてきた。過去にしてくれたあなたの親切な行ないさえも、僕のなかに悪意を引き起こした。そしてあなたが友人たちに取り囲まれているのを見ると、軽蔑するようにこう言った、『ワインを持つ者には多くの友が集まる』って。みんなあなたが良い心根だからこそ愛しているのをよくわかっていたくせに。それに僕はシーを欺いてしまった。彼女が僕の正体を取り違えているって知っていながら、彼女を自分のものにしたんだから。自分は当然僕のものだって、彼女に信じ込ませたんだ」

「そう、だからわたしはあなたのものよ」と震えながらシーが口をはさんだ。

「それなら彼女はお前のものだ――お前がこんな真珠のような女にふさわしい男で、ずっと大事に守ってやることができるならな」とコアンロ一世が言った。それから彼は手ぶりで従弟をシーから離れさせ、こう続けた。

「これがお前への罰だ。〈やり直し〉の神さまが命じている。五年間、お前は妻シーの顔を見ることができない。そのあいだ、勉強し、考え、正直になり、働くのだ」

「お前の夫が今日迎えにきてくれる。そう考えると嬉しくなるか？」とコアンロ一世が訊いた。

シーは微笑んで顔を赤くした。

「あなたさまとお別れするのは残念でございます」と彼女は返答した。

「だが悲しいより嬉しい気持ちだろう」と老人は言った。「シー、お前の夫はもう立派な男だ。この修練期間のうちに奴は素晴らしく変わったよ」

「それではわたしはあの人のことがわからないし愛することもできないかも」とシーは悪戯心《ふざけ》を起こして言った。「だって、ここにあの人が――」

「僕の大事な人！」

「あなた！」

「お若い者たち、わしの祝福を受けるがいい。仲良く幸せにな。パイプをふかしにいくとするか、至福が見つからないとしても、それを夢見るためにな」

こんな言葉と共にコアンロ一世は出ていった。

「あの人ってまるで神さまみたいな人じゃない？」とシーが言った。

「そうだね」と夫は答え、彼女を膝元《ひざもと》に引き寄せた。「彼は僕にとても良くしてくれたよ、そこまでしてくれるだけの値打ちはないのにってくらいに。そして君は――ああ、シー、僕がどんなに悪い奴だったか知っているのに、どうして君は僕のことを思ってくれるんだい?」

「そうね」とシーは満足げに言った。「どれくらい自分たちが悪いかわかっている人こそ、いつだっていちばんの友だちになれるものだから」

The Three Souls of Ah So Nan

アーソーナンの三つのたましい

1

太陽はサンフランシスコ湾の灰色の水に金色の斑点をつけ、周囲の島々をエメラルド色の輝きに包み込んで、朝方の霧を征服しようとしていた。

波止場の長い輪郭に接するようにして、ブリッグ[☆1]やスクーナー[☆2]がじっと動かず停泊していた。一方、港から少し離れたところでは、多くの国の船が錨《いかり》をおろしていた。

外洋からの漁船団が近づいてきた。風に乗って疾走し、まるで海鳥の群れのようだった。一晩中、漁師たちは海原で格闘してきた。そして今、彼らは労働の成果と共に戻ってきたのだ。

〈漁師の入江《フィッシャーマンズ・コーブ》〉の水際からその船団を眺めていた一人の中国人の娘は、朝の空気のなかで身震いした。青い綿のブラウスを覆うものは何も持っていなかった。頭を覆うものもなかった。残りの船よりもずっしりとした荷を載せているため後ろから遅れてついてきている一艘のボートに、彼女の関心はすべて向けられていた。漁師は彼女自身と同じ人種の者だった。ボートが岸にたどり着くと、彼は飛び出すようにして彼女のそばにやってきた。

「オーヤム、どうしてここに来たんだ?」彼は低い声で尋ねた。というのも、仲間の漁師たちの好奇の眼が彼女に向けられていたから。

「あなたのお母さんが危篤なの」と彼女は答えた。

その若い男は、自分のボートと並ぶようにして船をつけているギリシャ人に二言三言、英語で話しかけた。ギリシャ人が同じ言葉で答えた。するとフーワンは魚とりの網を投げ捨て、足早に波止場を歩いていった。後ろから娘もついてくる。波止場を抜け、立ち並ぶ倉庫や飲み屋を抜け、ジグザグに丘を登って、チャイナタウンのど真ん中に入っていった。二人とも口をきかなかった。やがて、目的地であるみすぼらしい三階建ての建物にたどり着いた。

若い男は階段をのぼり始め、娘もそれについていこうとした。フーワンは後ろを振り返り、首を横に振った。娘はいちばん下の階段で立ち止まった。

「来ちゃだめなの?」と彼女は訴えた。

「今日は悲しむための日だ」とフーワンは返した。「しばらくのあいだ、生きる喜びに関係しているものはすっかり忘れたいんだよ」

娘は服の袖で頭を隠すようにして、開いた扉から戸外へと戻っていった。

「どうしたんだい?」と優しい声が尋ねた。一人の女が彼女の肩に手を置いた。

オーヤムの胸は昂《たかぶ》りで満ちた。

「ああ、リュウチ」彼女は叫んだ。「フーワンのお母さんが死にかけてるの。わたしにとってこれが何を意味するのか、わかるでしょ」

女は同情のこもった目を彼女に向けた。

「ああ、わかるよ」と彼女は言って、ドアの錠を外し、話相手を通りに面した部屋へと連れていった。「あんたの父さんは長いあいだ、あんたがフーワンと婚約したことを帳消しにするための口実がほしいって、ずっと願ってきた。でも、あんたのことを太陽や月と同じように思ってくれてる彼氏は、父さんに口実を与えたりはしないって、絶対思うよ」

彼女はオーヤムにお茶をすすめたが、娘はそれを脇に押しやった。「あなたはフーワンのことを知らないのよ」と彼女は答えたが、そこには悲しみと誇らしさが共に混じっていた。「太陽や、月や、全世界を失ったとしても、彼は自分の良心に従おうとするはずだわ」

若い女が戸口から頭を突き出した。

「フーワンのお母さんが亡くなったよ」と彼女は叫んだ。

「あの人はいい女だった——親切で愛情深い母親だったよ」友人の動きのない表情を見下ろしながらリュウチが言った。

アーソーナンの若い娘は、またわっと泣き出した。そのきれいな顔は涙で腫れあがっていた。アーソーナンは子どもたちからとても愛されていた。ぽたぽた落ちる涙は、単に儀礼上のものではなかった。

死者が横たえられている長椅子のかたわらにフーワンが立ち尽くしていた。厳しい表情をした顔は微動だにしなかった。彼の目は厳粛だったが、絶えない炎で輝いているようであった。彼の頭には白い布がかけられていた。朝から晩まで彼はこのようにして立っていたのだった。母親の安らかな表情を見守りつつ、万難を排してできることはすべて行ない、子としての愛情を証し立てよう、また死後の世界へと飛んでいってしまった彼女の霊をなんとかして慰めよう、と誓いを立てていたのだ。「ああ、母さん、これから三年間ずっと母さんを悼むことにするよ。三年のあいだ、三つのたましいにお祈りをささげることにするよ」彼はそう心のなかで誓った。死んだ女性にとって母国での慣習や儀礼がどれほど神聖なものであったか、忘れてはいなかったのだ。それらのものは、彼にとっても神聖だった。アメリカで生活し、アメリカ人たちやアメリカ化した中国人たちのただなかで暮らしていても、フーワンの家族は、一名を除いて、父祖たちの信仰に執拗にしがみついていたのである。

「生けるものはすべからく死なねばならず、死ぬことで、大地に戻っていく。手足や肉体は地面の下に隠され、朽ちていき、野の土となる。だが霊魂は体から離脱し、中空で高々と光輝くことになる」小さなロウソクの灯った祭壇の前で香炉を揺らせながら、黄色い衣を着た僧侶はそう引用した。[☆3] フーワンの家族の友人たちが喪を終えて立ち去ったのは真夜中のことだったが、それでも喪主はひとり、死んだ母親に付き添っていた。

彼の妹であるフィンファンと、彼の妻になるべく約束を交わした娘は、着ている衣服に触れるくらい彼のすぐそばを通りすぎた。娘はおずおずと彼の手に触れた——同情から思わずそうしたのだ——だが、その同情心に気づいていたとしても、彼はまったく反応しなかった。彼の眼差しは死者の顔から決して逸《そ》れることがなかった。

2

「娘よ、もしフーワンがだめなら、モイ・ディンフォンが乗り気だぞ。だから今年のうちに結婚せよ。絶対にしてもらうとわしは誓ったのだ」

キエン・ルンは決然とした足取りで部屋から出ていった。彼はアメリカ化した中国人で、「中国の古臭い慣習」と彼が嘲《あざけ》るものに対しては、それに従うことが自らの利になる場合を除いては、ほとんど一顧だにしなかった。彼は寡夫でもあり、再婚したいと願っていたが、同じくらいの年頃の女性二人、つまり一人は自分の妻、もう一人は自分の娘を、同じ屋根の下に住まわせることは望んでいなかった。

一人取り残されたオーヤムの思いは悲しみに満ち、ほとんど絶望的なものだった。アーソーナンが死去してから六か月が経過したが、アーソーナンの息子はこの間、妻になる約束をしてくれた彼女に一度でも、一言でも、話しかけたりしなかった。ときおり、彼女は通りで彼とすれ違うことがあった。だがいつも彼は顔をつんと上にそらして通りすぎた。そんな彼の目は敬虔さと安らぎをたたえていた。少なくともそんなふうにこの娘には見えていた。だから彼と結婚するなどという考えは、ほとんど冒涜的なことに思えるのだった。だが今、このような事態に陥ってしまった。もしもフーワンが、母親のために三年間喪に服するという決意をつらぬいたなら、わたしはどうなる？　彼女は年寄りのモイ・ディンフォンのことを考え、身震いした。実に苦々しいことだった。

扉をコツコツと叩く音がした。一人の若い娘が掛け金を上げて、なかに入ってきた。婚約者の妹のフィンファンだった。

「いま手掛けてる刺繍を持ってきちゃった」と彼女は言った。「日が落ちたら夕食の支度をするために戻らなきゃならないけど、それまで一緒にお話しできないかと思って」

オーヤムは訪問者を見て喜び、新鮮なお茶を淹れ、秘密の相談事をするため腰を下ろした。

「あたしは従わないわよ」と最後にフィンファンがこう言った。「ホムヒンはこれから二週間したら中国に戻らなくちゃならない。だからフーワンの許可があってもなくても、お母さんに結婚の約束を取りつけてもらった男の人と一緒に行くことにする」

「フーワンの許可がなくても！」とオーヤムは相手の言葉を繰り返した。

「そうよ」パチンと糸を切りながらフィンファンはそう返した。「我が立派なお兄さまの許可なくね」

「あなたのお母さんが亡くなって六か月が経ったばかりというのに！」

オーヤムはショックを受けた表情を見せた。

「緑の葉っぱがまだ木に残っているからって、落ちた葉っぱは嘆き悲しむかしら？」とフィンファンは問いかけた。

「あなたはとてもホムヒンを愛してるに違いない」とオーヤムはつぶやくように言った――「フーワンがわたしを愛してるよりずっと強く」

「そんなことないわ」と相談相手は返した。「フーワンのあなたへの愛は、あたしのホムヒンへの愛と同じくらい大きいもの。兄とあなたとの間に立ちふさがってるのは、兄の良心だけよ。あなただってわかってるでしょ」

「あの人はわたしを愛してない」とオーヤムはため息をついた。

「もしあなたを愛してないなら」とフィンファンは返した。「あなたの具合が悪いってことが耳に入ったときに、どうして兄さんは、あなたが健康を取り戻したという報せが来るまで眠りもせずに、毎晩毎晩自分の部屋を行ったり来たりしたのよ？　どうして兄さんは、壊れてしまったからあなたが捨てた扇を大切にとっておくのよ？」

「まあ、それもそうね！」オーヤムは微笑んだ。

フィンファンは優しく笑った。

「フーワンは他の男の人たちとは違ってる」と彼女は言った。「兄さんの良心は、おじいちゃんのそのまたおじいちゃんから受け継いだものなの」彼女は悲し気な顔になってこう付け加えた。「兄さんから祝福を受けずに海を渡るのは悲しい」

帰宅途中に出会ったリュウチと未亡人のマイギーファーに対しても、彼女はこのことを繰り返した。

「どうして悲しむことがあるのよ」とマイギーファーが問いかけた。「祝福を受けるための方法があるのに？」

「どうするの？」

「アーソーナンは自分の服を何にも遺さなかったのかしら――彼女の三つのたましいにぴったりお似合いの服――それに、生真面目な物知りさんをだますのは、いつだって簡単なことじゃないの？」

「ああ！」

3

オーヤムは中国寺院の階段を上がっていった。独りになりたいという気持ちになって、こちらに足が向いたのだ。だが、なかに入って扉を閉めたとき、自分一人だけでないことに気がついた。フーワンもそこにいた。三体の賢人の像☆4の前に彼は立っていた。黙りこくり、微動だにしなかった。

「お母さんの霊と語らっているんだ」とオーヤムは考えた。彼女は涙の霞《かすみ》を通して彼をじっと見守った。愛が彼女の全身全霊を満たした。身動きする勇気はなかった。なぜなら、彼が振り向いて自分を見るだろうし、そうなったらもちろん、逃げていってしまうだろう。ほんの少し彼のそばにいて、それから立ち去ることにしよう。

その場所のほの暗い明りが、喧騒のただなかの静けさが、火のついた香炉のかぐわしさが、彼女をなだめ、鎮めさせた。それはまるで、モイ・ディンフォンとの結婚の準備を進めよと父親が命じたときに彼女を圧倒した悲しみと絶望感のいっさいが、すっかり消えてしまったかのようだった。ほどなくして彼女はそっと引き返して扉へと向かった。だが遅すぎた。フーワンが振り返って彼女を見たのだ。

彼女は鳥が羽をばたつかせるように慌てふためいたが、やがて、自分がいることに驚いた彼が死のことを忘れ、ただ生だけを――生と愛のことだけを――考えているのを彼女は見て取った。晴れやかで生気ある光が彼の目に輝いた。彼は彼女に向かってさっと一歩を踏み出した。だがそのとき――彼は両手で顔を覆った。

「フーワン！」とオーヤムは叫んだ。愛情がようやく迷信に打ち勝ちそうになっていた。「わたしはモイ・

ディンフォンの奥さんにならなきゃならないの？」

「だめだ、ああ、だめだよ！」彼はうめき声をあげた。

「それなら」と彼女は必死になって言った。「わたしをあなたのものにしてよ」

フーワンの両手は、だらりと体のわきに垂れ下がった。しばし彼はその嘆願する顔をじっと見つめ――

それから逡巡した。

一羽の小鳥が開いた窓から飛んできて、祭壇の上にちょこんと止まり、そしてさえずり始めた。

フーワンははっとして後ずさりした。顔の表情が変わっていた。

「死者からの警告だ」と彼は呟いた。「死者からの警告だ！」

鋼鉄の手がオーヤムの心をがっしりと握った。生それ自体が彼女を締め出してしまったかのようだった。

4

夕暮れ間近の午後だった。霧が海から押し寄せてきていた。サンフランシスコの中国人の死者たちにとって神聖である地所では静けさが支配していたが、そんな時刻にフーワンは母親の墓のもとにお供えを置き、彼女の三つのたましいを弔う儀式を執り行なう準備をした。

近くに建っていたモミの木の壁から漂う香りが鼻腔をくすぐるなか、彼は自分の親が憩う場所から雑草や枯れ葉を取り除いていった。碗に盛ったご飯や鶏や焼香のための容器を、いつも置くと決めてある場所に置こうとしたとき、一人かそれ以上かはわからないが、何者かがモミの壁の後ろにいることに彼はぼんやり気づき始めた。

彼は深いため息をついた。間違いなく自分の親の霊魂は休めないでいる、なぜなら――「フーワンよ」と話しかける、小さいが明瞭な声がした。

若い男はさっとひざまずいた。

「敬愛すべきお母さま！」と彼は叫んだ。

「フーワンよ」と声は繰り返した。「わたしの名前をお前は口にするが、お前の心のなかにはオーヤムがいる」

良心の呵責を感じたが、フーワンはそれでも気力を振り絞ってあえぐように言った。

「僕は義務に忠実な息子だったのではないのですか？　あなたのためにすべてを犠牲にしたのではなかったのですか、おお、お母さま！　それならどうして僕を責められるのですか？」

「お前を責めたりはしない」と三つの声が唱和した。それでフーワンが顔を上げると、三つの人影がモミの壁の背後から現れるのが目に入った。

「お前を責めたりはしない。お前はとても忠実な息子だった。お墓や寺でお前が供えてくれたものは、じゅうぶんにありがたかった。お前を責めるどころか、わたしがここにいるのは一つには、忠実に喪に服し務めを果たしてくれる生ある者を大切にしたいと死んだ者は願っている、そうお前に伝えたいためだ。もう一つは、キエン・ルンの娘を嫁にすることでお前自身の心を満足させ、お前の妹とその夫に兄としての祝福を与えるまで、捧げものをするのはもうやめよ、と言うためだ。あの世に旅立ったお前の母は、壊れた心を捧げられることを望まない。緑の葉がまだ木に残っているからといって、落ちた葉は嘆き悲しまないぞよ」

こう言って、三つの人影はアーソーナンが着ていた馴染みのある衣服のゆったりした袖をひるがえし、彼の視界から消えていった。

しばしのあいだ、フーワンは魔法にかけられたかのように人影を目で追った。それから立ち上がり、モミの壁のところに駆け寄った。その背後へと人影は消えていったようだった。

「敬うべき親である、お母さま！　もう一度戻ってきて、あの世での新しい生についてお話しください！」

と彼は叫んだ。

だが、何の返事もなかった。

フーワンは墓地に戻って香に火をつけた。だがそこから煙が立ち昇るのを見届ける手間はかけなかった。その代りに彼はキエン・ルンの家へと駆けつけ、戸口で会った娘にこう言った。

「もうお前への恋焦がれのために、花から香りを奪ったり、太陽や月から光を奪ったりするようなことはしないよ」

☆1：横帆の二本マストの船。

☆2：複数のマストの縦帆式帆船。

☆3：ここで引用されているのは、儒教の経書である『礼記』の「祭義」篇からの一節である。原文は以下のとおり――「生者必滅、死者必帰於土。手足胴体、皆帰於土。其霊魂則昇天而為神」。

☆4：中国の道教における福（幸福）・禄（財産）・寿（健康と長生き）の三つの徳は、しばしば三体一組で神格化される。

賞をもらったチャイナ・ベイビー

そのベイビーは、フィンファンの人生において一筋の微かな日の光であり、彼女の赤ん坊への愛情は、言葉では言い表せないほどであった。生まれてすぐのころには、息をしているその小さくて柔らかなお口に自分の顔を向けて寝転び、自分の前にある小さなピンク色の顔が何よりも世界でいちばん可愛らしいと考え、その小さな足先や指先に触れると、身体全体が感動で震えた。そんな喜びに満ちた日々もあったが、しかし、ああ、時が過ぎるのはなんと早いことか。愛しいジャスミン・フラワーが生まれてから一週間経ったころ、フィンファンは、夫の工場の奥にある暗い部屋で、いそいそと煙草の葉を巻いていた。煙草の葉を巻くのは、彼女がチュン・キーの妻となってから、ずっと従事してきた業務であり、それは辛くて退屈な仕事だった。ところが現在《いま》は、彼女はそんなことはあまり気にしなかった。なぜなら、部屋の端っこに備えつけられた寝台には、何よりも大切にしているものがくるまれていたから。それで、彼女はときどき寝台のところに行って、そこにいる赤ちゃんに向かって歓声をあげたり、優しくささやきかけたりした。

ところが、フィンファンは彼女の赤ちゃんをとても愛でていたのに、ジャスミン・フラワーの父親は、赤ん坊なんて生まれないほうがよかったと考え、母親の時間を奪いすぎている赤ん坊を、厄介者だとみなした。赤ん坊の世話をするよりも、むしろ煙草の葉を巻くのに時間を費やしてほしいというのが彼の考えだった。しかしながら、フィンファンは両方とも成し遂げようと努力し、朝はとても早くに起床し、夜もとても遅くまで働くことで、赤ちゃんが生まれてからも、これまでにやってきたのと同じ額を夫のために稼いだ。そしてそれは、フィンファンのためにもよいことであった。なぜならそうしなければ、赤ちゃんが彼女から奪われ、もっと恵まれている女の人の手に渡ってしまうかもしれなかったからだ。だからといってフィンファンは、自分が恵まれていないと考えているわけではなかった。ああ、決して！　彼女は生涯ずっと、働き者のちっぽけな奴隷であり続け、彼女の女主人がチュン・キーの妻として彼女を売り飛ばしてからも、不平不満を言おうなどとは夢にも思わなかった——なぜなら、彼女は妻ではあっても、まだ奴隷のままだったからだ。

ジャスミン・フラワーが生まれておよそ六か月になったとき、キリスト教の女性宣教師の一人が、チャイナタウンの巡回にやってきて、フィンファンと彼女のベイビーに出くわした。

「なんて美しい子でしょう！」とその婦人は叫んだ。「それに、まあ、なんて可愛らしい…」と続けて言った婦人は、小さな足首と手首に着けられたお守りと、小さなキルト地のベストと、華やかな可愛らしいズボンに目を向けていた。フィンファンは、宝物のように大事にしているベイビーをそんなふうに飾りたてたのだった。

フィンファンはじっと座ったまま、恥ずかしそうに微笑んだ。彼女の顎をゆっくりと、ベイビーの丸みを帯びた頬に擦りつけながら。彼女自身、もう何年も生きてきたというのに、わたしまだほんの子どもです、といったしぐさだった。

「あの、あなたにお伺いしたいことがあるのですが、小さくて可愛らしいお母さん」と婦人は言った。「クリスマスイヴに長老派のミッションスクールの教室で、チャイニーズ・ベイビー・ショーを開催するのですが、あなたのお子さんを出場させる気はないかしら」

フィンファンは目を輝かせた。

「あなたはどう思う？　わたしの赤ちゃんは賞をもらえる？」彼女はためらいがちに尋ねた。

「そう思うわ、もちろんよ」と婦人は答え、ちいさくて完璧な形をした手足を触り、きらきらと輝いている黒い目をのぞき込んだ。

その日からクリスマスイヴまで、フィンファンは、ベイビー・ショーのことしか考えられなくなった。赤ちゃんと一緒にそこに行こう、そしてもしこの子が受賞すれば、そう、もしかすると、父親はもっとこの子に好意を寄せてくれるかもしれない。そうなればあんなに邪険に顔をしかめたりしなくなるだろうし、ちょっと泣いたり声を出しただけで、小声でぶつぶつと不満を言うこともなくなるだろう。

クリスマスイヴの朝、チュン・キーはフィンファンの部屋に煙草の大きな束を持ってきて、それを夕方までに巻いておくよう告げたが、ショーのために出かける時間になっても、仕事は終わりそうになかった。けれども、フィンファンは赤ん坊に服を着せ、ショールにくるみ、腕のなかに抱え、こっそりとその場を後にした。

ミッション・ハウスに到着すると、まばゆい光景が彼女を歓迎した。小さな競争者たちは、自分たちのために準備された囲いのなかにいて、ひときわ豪華《ゴージャス》な身なりをしていた。美しさを競うため、可能な限り可愛く見えるよう、すべてが念入りに準備されていたが、宝飾物のついた頭飾りやたっぷりしたシルクの衣装が競争者たちを覆い隠してしまっているようなケースもあった。金ピカに光り輝いている小さな子の姿もあれば、ほとんど衣服を身にまとっていない神聖な智天使[☆1]を思わせるベイビーもいた。その多くは、丸々と太っていて見栄えのよい子どもたちであり、その場にいた四十五名のなかには、ご機嫌ななめだったり泣いたりする子はいなかった。フィンファンのベイビーは四十六番目に加わり、その子を称賛するご婦人方の集団に、すぐさま取り囲まれた。

フィンファンの目は喜びで踊らんばかりだった。彼女の赤ちゃんは賞を獲得するだろうし、そうすれば、夫がこの子をどこかにやってしまうなんて、これ以上心配せずに済むだろう。このひどい恐怖心は、赤ちゃんが生まれてからずっと、彼女につきまとっていた。「けれども、これは確かだわ」と小さな母親は考えた。「もしこの子が賞をとったら、夫もきっとこの子を誇りに思って、一生わたしのところに留めてくれるはずだわ」

そして、フィンファンのベイビーは賞を獲得した——輝かしい金の小片が与えられた——そしてフィンファンは、歓喜し興奮した状態で、家へと向かった。彼女はとても幸せで誇らしい気持ちだった。

チュン・キーは激怒した。フィンファンは自分の部屋にはおらず、今朝彼が彼女に与えた仕事も、未完成のままで机の上に置かれていた。ときどきしているように、彼は小声で毒づいた。そしてそれから、工場の男たちの手伝いをしている老女に、赤ん坊を今晩のうちに、漢方医の妻のところに連れていく準備をするよう、言いつけた。「あいつにこう言ってやれ」と彼は言った。「俺の従兄弟の医者が、妻が長いあいだ子どもを欲しがっていると言っていたから、娘をクリスマスプレゼントとして贈ってやったんだって。アメリカの慣習にならってな」

ちょうどそのとき、ドアをノックする大きな音が聞こえてきた。チュン・キーがゆっくりと扉を開けると、二人の男が入ってきたが、彼らは布で覆った何かを載せた担架《たんか》を担いでいた。

「どうしてあなたたちこの店に来た?」とチュン・キーは片言の英語で尋ねた。

彼らは積み荷を降ろし、そのうちの一人が、担架の上に被せてある布を取り外すと、意識のない女性と赤ん坊の死体が目にとびこんできた。

「ジャクソン通りにいたんだ。この女は腕に赤ん坊を抱えて走ろうとしていた。それで交差点に差しかかったちょうどそのとき、肉屋の荷車が角を曲がってきたのさ。あんたのことを知っている中国人たちが、二人をここに連れていけって言ったんだ。あんたの奥さんと子どもだな、そうだろ?」

言葉を失ったチュン・キーは、動かなくなった二人の顔をじっと見つめるばかりだった――彼の目にはすさまじい恐怖が表れていた。

野次馬たちがその場を埋め尽くしはじめた。医者は人込みのまっただ中にいたが、なんとか肘で押しのけて、意識を取り戻そうとしているフィンファンのもとに近づいていった。

「全員、後ろへ下がって――息ができるよう空気を確保しなくては!」彼は威厳をもって叫んだ。すると、フィンファンはその大きな声で目を覚まし、弱々しく頭を上げ、夫の目をまっすぐに見つめて、こう言った。

「チュン・キーの赤ちゃんが一等賞をもらった。チュン・キーは、フィンファンが赤ちゃんとずっと一緒にいるのを許してくれる」

それが最期の言葉だった。フィンファンは目を閉じた。頭がガクンと傾いて、賞をもらったベイビーと頭を寄せ合った——ベイビーは永遠に彼女のものになった。

☆1：キリスト教の天使の階級の一つであり、翼の生えた天使。

リン・ジョン

Lin John

大晦日《おおみそか》のことだった。リン・ジョンは、明るく照らされた焚火《たきび》を見つめながら、物思いにふけっていた。屋根梁を通して、輝く星の光が届き、はるか遠くの夜空の奥深くでも星は瞬き、彼を照らし出し、彼は言葉にできないほどのその美しさに感じ入った。彼の頭の周りに巻きついた長い辮髪《べんぱつ》は、だらしなくほどけ、背中に垂れ下がっていた。若くて滑らかな彼の顔は、落ち着いて満ち足りた表情をしていた。リン・ジョンはこの世界とうまくやっていた。彼のブラウスの袖の片方には、金の入った小さな袋が入っていたが、それは彼の三年間の稼ぎを貯蓄したものであり、彼のたった一人の妹を、屈辱的な秘密の束縛から解放するためのものだった。義務を果たしたと感じた彼は、来《きた》るべき未来を夢見た。お金になる仕事にありつくことができて、三年以内に四百ドルを貯金することができた自分は、何と幸運な男だろう！　そして今後三年以内に、自分で小さな商売を立ち上げて、妹を貞淑な女性として生活させるために、中国の両親のもとに送り返すことができるようになるだろう。温かい微睡《まどろみ》のなかで、これまでの崖っぷちの生活は忘れて、彼は夢のなかの世界へと寝入っていった。

　ドアの掛け金がゆっくりと外され、女が一人、音を立てずにこっそりとその少年に近づき、そばにしゃがみこんだ。消えそうな焚火のほのかな光を頼りにして、彼女はお目当てのものを見つけて、素早くそれを自分の胸元に隠すと、音を立てずに立ち去った。

リン・ジョンは目を覚ました。彼の心は軽く――さらには彼の懐《ふところ》までも軽くなっていた。彼はご飯を盛った碗に手をのばし、それを下に置いたが、すると突然に、お箸が床にカタッと音を立てて落ちた。ブラウスのなかに両手を突っ込んだ状態で、彼はそこにあるはずのものがないことを知った。そのせいで混乱し、しばらくぼうっとした目つきをしていた。それから彼は、低い叫び声をあげ、顔はすっかり老け込んで血の気をなくしてしまった。

高級な絨毯の敷かれた大きなアパートメントには、芸術的な彫刻が施された高価な黒檀の家具があり、天井は美しい中国の装飾品と金の香炉で飾られ、壁には、絹に覆われた長い竹製の格子が上から下まで掛けられており、そこに漢字が印字されていた。植木台の上には熱帯植物が置かれ、重いカーテンが窓を覆うように垂れ下がっていた。ここは、チャイナタウンの中心にあった。そしてこれらの室内調度に囲まれて、濃紺の絹のローブを刺繍入りのゆったりしたスカートの上に羽織っている少女がいた。長い袖が、幾多の指輪で輝いている手の上にかかり、足には薄い絹の靴を履いていた。彼女の髪は、翡翠でできた花で装飾され、三連か四連の腕飾りを身につけ、宝石の耳飾りは一インチほどの長さがあった。

その少女は美しい容姿だった。肌のきめ細かい丸みを帯びた顔をしており、目は切れ長で黒く、口は小さくすぼんだ形をしていて、髪は漆黒で、姿形は小柄で優雅だった。

彼女の傍らの椅子にかけられていたのは、アザラシの毛皮のジャケットで、上流階級のアメリカ人女性が着ているようなものだった。その少女はうっとりとそれを見つめ、まるで愛撫するように、柔らかい毛皮を絶えず撫でていた。

「パウ・サン」と彼女は呼びかけた。

カーテンが開かれると、どっしりとした顔の大きい中国人女性が、黒いサテン地のブラウスとズボンを身につけて立っている姿が目に入った。

「見て」と美女は言った。「アメリカ人の淑女みたいな外套を手に入れたのよ。素敵だと思わない?」

パウ・サンは頷いた。「モイ・ロイにもらったのかしら」と彼女は言った。「彼は金運に恵まれなくて、お金がないはずだけど」

「モイ・ロイにもらったんじゃなくて、自分で買ったのよ」

「でも誰からそんなお金をもらったの?」

「あたしの秘密を教えてあげるから、内緒にしておいてくれる?」

パウ・サンが険しい顔でほほ笑むと、彼女の連れ合いはかたわらににじりよって、こう言った。「兄さんのお金を盗んだのよ——それはあたしのお金だったから。兄さんはあたしのためにお金を稼ごうと、何年も働き続けてきたけれど、先週になって、モイ・ロイに支払う四百ドルを工面したと連絡してきたの。あたしを自由にできるようにね。だけど、いまさら何のために自由になりたいっていうの? 貧乏になるため? 豪華な夕食を奢ってくれたり、素敵なものを貢いでくれる人はだれもいなくなって——もう華やかな生活ができないようにするため? リン・ジョンはあたしのためにしてくれたけど、彼はほとんど何もわかってないのよ。あたしはね、アメリカ人のお上品な淑女が持っているような、アザラシの毛皮のジャケットが欲しいのよ。それでふた晩が経ってから、あたしはこっそり田舎に出かけて、兄さんが眠っているのを見つけた。起こしたりしなかったわ――そしてまさに新年の最初の日に、この外套を手に入れたってわけ。これでわかったでしょ？」

「神様が僕に試練を与えたのです」と、リン・ジョンは悲しそうにモイ・ロイに話した。「妹を身請けするためのお金を工面したけれど、それを無くしてしまいました。僕は悲しみに暮れていますが、あなたの口からこれから言うことを伝えてほしいのです。妹のために、あと三回新年を迎えるまで骨を折って仕事に励み、徳を積みます。僕の不注意で責められても仕方ないけれど、それでも妹のために尽くす気持ちは変わりません」

そして彼は肩に鋤《すき》を担いで、足を引きずりながらその家を後にしたのだが、上の階の窓からある女がその姿を見下ろし、小声で囁いた。「馬鹿ね！」

Tian Shan's Kindred Spirit

ティアン・シャンの心友《しんゆう》

もしもティアン・シャンがアメリカ人で、彼にとって中国が無縁の国であったなら、彼の輝かしい功績やスリルに満ちた冒険談は、多くの新聞や雑誌の記事、小説、そして短編の創作の源となったことだろう。彼は英雄として、デューイやピアリー、あるいはクック☆1よりもはるかに輝かしい存在となったであろう。ところが彼は中国人であり、彼にとってアメリカが無縁の国であったため、アメリカの出版物では、単に「〈汚い手段や愚かな策略〉により、我らの勇敢な税関職員たちの監視の目をかいくぐっている、ずる賢い東洋人《オリエンタル》」として記録された。彼の経験について関心を抱いた唯一の人物が、フィンファンであった。

フィンファンは、ティアン・シャンの心友《しんゆう》だった。彼女は、カナダ系中国人の店主の娘であり、プロテスタントの女性宣教師たちにとっても、カトリックの修道女たちにとっても、大きな関心の的であった。

彼女を自分たちの教派に引き入れようとする誘いに対して、「あなたたちみたいに、話したい、あなたたちみたいに、着たい」と、彼女は答えたが、「でも、あなたたちみたいに、考える、したくない。話し合う、多すぎる」とも言うのであった。さらに、彼女の父親も改宗したのだからと迫られると――女性宣教師たちは、父はプロテスタントの誓いを立てたと言い、修道女たちは、カトリックだと主張するのであるが――彼女は穏やかにこう答えるのであった。「そうですか？　でもあたし、父ではない。それにあたしが思うに、父がカトリック（でなきゃプロテスタント）と答えたのは、ただあなたたちと仲いい関係つくるため。彼、よい人、だからあなたたち喜ばせたい」

このような自立した独自の立場により、フィンファンは、自分と同郷の女性たちと一緒にいても、いわばアウトロー的な雰囲気のなかで生きていくこととなった。なぜなら、カナダやアメリカにいるきちんとした中国人女性なら誰でも、夫が自分たちの国で影響力のある人物であれば別だが、求めがあれば、白人女性の宗教に従って改宗することになっていたからだ。

フィンファンは、毛糸玉や子猫と戯れながら、父の店の戸口に座っていた。彼女は繊細な顔立ちで、切れ長の目をしており、彼女の亡き母の出身地である蘇州の女性特有のすぼんだ口が特徴的な、可愛らしい少女だった。

ティアン・シャンが近づいてきた。

「山のあたりまで、散歩をしないかい？」と彼は尋ねた。

「さあ、どうかしら」とフィンファンは答えた。

「行こうよ！」と彼は催促した。

いつの季節でも、山を散策するのは楽しいことだったが、特に秋はそうだった。木々が色とりどりに紅葉し、山それ自体がまるで大きな花束のように見えるのだった。

空気は新鮮で、甘く、松の香りがした。ティアン・シャンとフィンファンは、楽しく雑談をしながら歩いた――話をするのは、ティアン・シャンやフィンファンのことではなく、もっぱら素晴らしい景色についてであり、黄金色の葉を纏った黒い幹の木立に太陽の光が輝く様子、彼らの前をすばやく去っていくリスたち、鳥たちがさえずり、家がなくなっていくことを嘆き歌う声についてであり、その他の自然についてのさまざまな事柄であった。ティアン・シャンの流浪の人生は、彼を森の住人にし、そしてフィンファンは――そう、フィンファンは、彼の心友《しんゆう》であった。

燻《くすぶ》る積み薪のような樫の大木は、その大枝の下に腰掛けるよう、二人を誘っていた。

どんぐりを半ダースほど、むしゃむしゃと楽しく食べた後、フィンファンはティアン・シャンに、あなたの最近の冒険についてすべて話してほしい、と懇願した。国境を越えるたびに彼は、その目的を達成するための新たな策を考案しなければならなかったが、彼はたいていそれに成功したので、カナダに戻ったときにはいつでも、新たな物語を話すことができた。

今回彼は、ラシーヌ急流の一マイル上流の川から、インディアンの戦闘用カヌーで下り、岩礁に囲まれた追跡不可能な洞窟に乗りあげた。それはとても危険な仕事であった。というのも、セントローレンス川の急流をかき分けて進んでいかなくてはならず、荒れ狂う激流がすぐ近くに迫り、渦巻く大滝へと自分の命を投げ出しかねないからだ。それでも、彼は不屈の精神で前へ進み、彼がパドルを水流に突き入れつつ漕ぐたびに、カヌーは水かさを増した川の上を跳ね上がり、白波を掻き分けて道を開き、かなりのリスクを冒しはしたが、ついに彼は岸にたどり着いた。

彼の語りに耳を傾けた後、フィンファンはしばらく考え込んだ。

「どうしてなの」彼女はようやく口を開いて尋ねた。「カナダよりも合衆国の方がずっとたくさんのお金を稼げるのに、どうしてあなたはそんなにしょっちゅうこちら側に来て、戻ってくるために命まで危険にさらすの?」

ティアン・シャンも困惑してしまった。彼は、自分の行動の動機を分析することには、慣れていなかったのだ。

彼が黙っているのを見て、フィンファンは話を続けた。

「あたしが思うに」と彼女は言った。「一つの国から別の国に行ったり来たりし続けて、何も成し遂げることなく時間を無駄に費やすなんて、あなたは馬鹿げたことをしているわ」

ティアン・シャンは、ブーツの踵《かかと》で、柔らかく黒い土を掘った。

「そうかもしれない」と彼も認めた。

その夜ティアン・シャンは、夕食を食べても、いつもより味気なく感じ、枕に頭を載せても、眠ることができず、フィンファンのことばかり考えていた。フィンファン! フィンファン! 彼女の顔が目の前に浮かび、耳元で声がした。時計がチクタク鳴る音、猫がゴロゴロと喉を鳴らす音、小さなネズミがチューチューと鳴く声、夜に鳴く鳥の歌声は、どれもフィンファンと言っているように聞こえた。彼は何度も寝返りを打ち、彼を苦しめているものは何なのか、必死に考えた。微かな朝の光が差し込むと、彼は自分の置かれた状態を理解した。彼はフィンファンを愛していたのだった。アメリカ人の男が、妻にしたいと思う少女を愛するのと同じように。

目下、ティアン・シャンは、たいていの中国人とは違い、まったく貯金をしたことがなく、それゆえ、フィンファンに与える家もなかった。それに彼は、彼女の父親が、婿に相応《ふさわ》しい候補として、モントリオールの若い商人に目をつけていたことを知っていた。

朝の陽光に照らされ、ティアン・シャンは起き上がり、手紙をしたためた。黄色の細長い紙の上に先の尖った筆で書かれたその手紙で、フィンファンにこう伝えた。君が愚かだと言うのであれば、少なくともしばらくのあいだは、国境を行き来するのを楽しむことはやめるつもりだ。妻と家庭をもつことができるよう、お金を貯めることを強く望むようになった。おそらく一年以内には、俺はもう一度君に会うことができるだろう。

ウォン・リンのように男前で裕福な若い商人の妻となることを、娘が真剣に拒むなんて、リー・ピンはほとんど信じられない思いだった。彼は娘を説得しようとしたが、彼女を両親の意向に沿わせることはできず、父親の選んだ男に嫁ぐくらいなら、宣教師学校で知り合ったカナダ人の婦人のもとで、家政婦として働いてやると彼女は宣言した。

「ウォン・リンは、夫として相応しい男じゃないか?」父親は驚いて、尋ねた。

「彼が相応しい男か、そうでないかは、わたしにとってどうでもいいの」とフィンファンは切り返した。「あたしは彼とは結婚しない。何よりもこの国の法律では、本人の意思に反して、父さんがあたしに結婚を強制することはできないわよ」

人のよさそうなリー・ピンの顔は、娘を見守るうちに、見るも哀れな表情になった。まるで雌鶏が卵をかえしたところ、子ガモが現れ、その子が初めて水のなかに入っていくのを見ているような表情だった。

フィンファンの心はやわらいだ。父が彼女を好きなのと同じぐらい、彼女は父のことが好きだったのだ。

彼女は父のところにすり寄り、なだめるように父の袖を撫で始めた。

「もうあと少しだけ長く、父さんと一緒にいたいだけなの」と彼女は言った。

リー・ピンは首を横に振ったが、もうお手上げだった。

「君が自分であの子を説得しなければならないようだ」と彼はその晩、ウォン・リンに告げた。「わたしたちがいる国は、中国の神聖な法や慣習が意味をなさない場所なのだから」

そこでウォン・リンは、求婚を自ら試みることにした。彼の容姿はそれなりに整っており、甘い言葉を囁くことにも長けていた。何よりも彼は、お花や装身具、砂糖菓子を貢ぎさえすれば、何でも自分の思いどおりになるのだと信じていた。

フィンファンはその様子を窺い、彼の言葉を聞いて、贈物を受け入れた。保存のきく贈物はすべて、いつの日か自分がニューヨークに持っていきたいと思っているトランクのなかに、注意深く保管された。

「これがあれば、ティアン・シャンが家に必要なものを備えるのに、役立つかもしれない」と彼女は言った。

ティアン・シャンが貯金を考え始めてから、十二か月が経過し、彼はもう一度、フィンファンに便りを送った。

「ついに成し遂げた。お金が貯まった」と彼は記した。「君を迎えにいってもいいかい？」

すると、返信に書かれていた答えは「ノー」ではなかった。

ティアン・シャンがフィンファンの父の店に足を踏み入れたとき、フィンファンの心はもちろんのこと、幸せで高鳴ったが、説明しがたい女性としての本能を満足させるため、彼女は彼の方に向かってそっけなく頷いただけで、その朝に初物の水仙《リリー》と高級な生姜の砂糖漬けを詰めた箱を贈物として持ってきていたウォン・リンと、戯れらしきことを続けていた。

ティアン・シャンは、乾燥茸《マッシュルーム》の箱の上に腰掛け、彼のライバルと目される男を苦々しい顔で睨みつけた。めでたいことにその男は、自分が二人しか必要のない関係を邪魔する三人目であることを自覚しておらず、川の流れのようにとめどなく話し続けていた。フィンファンはあまり深く考えず、子猫のようにじゃれた様子で、最初はこちらへ、次はあちらへと、言葉を投げかけた。彼女の心のすべては、一人の男を愛しているのに、もう一方に対してより好意を見せる態度をとった。

ついにティアン・シャンは、茸の箱から立ち上がり、カウンターの方へずかずかと歩いていった。

「ここにあるのは、お前のものか？」水仙と生姜の箱を指差して、彼はウォン・リンに尋ねた。

「光栄なことに、フィンファン嬢は、わたしの贈物を受け取ってくださった」とウォン・リンは落ち着いた様子で答えた。

「それはよかったな」とティアン・シャンは言った。彼は贈物を取り上げ、それらを通りへと放り投げた。

その次に続いたのは、とんでもない乱闘の場面だった。その真っ只中に、繁華街に行っていたフィンファンの父親が、ドアのところに現れた。

「これはいったいどういうことだ？」と父親は詰め寄った。

「ああ、父さん、父さん、あの人たちは殺し合いをしているの！　どうか彼らを引き離して、お願い、喧嘩をとめて！」とフィンファンは懇願した。

ところが、父親の仲裁は不要であった。ウォン・リンの身体がぐらりとよろけて、転倒する際に、ストーブの鉄製の脚にぶつかったのだ。ライバルが意識を失うのを見たティアン・シャンは、慌てて店から飛び出した。

空に架かる月は、まるで大きくて黄色い真珠のようで、なんとも美しい穏やかな夜だった。ところが、フィンファンは惨めで、不幸せで、心が休まらなかった。

「ぜんぶあなたのせい！　ぜんぶあなたが悪いのよ！」彼女の良心が声をあげた。

「フィンファン」と彼女の近くで声が聞こえた。

もしかしたら？　そう、それは確かに、ティアン・シャンの声だった。

彼女は思わず小さな悲鳴をあげた。

「シーッ！　シーッ！」ティアン・シャンは彼女を黙らせた。「彼は死んだのかい？」

「いいえ」とフィンファンは答えた。「具合はかなり悪いけれど、治るみたい」

「人殺しになってしまうところだった」ティアン・シャンは、考え込んでそう言った。「死なないとしても、逮捕されて、何年にもわたって収監されるだろう」

「わたしがすべての元凶だわ」と言って、フィンファンは泣いた。

ティアン・シャンは彼女の肩を軽く叩いて、慰めようとしたが、突然足音がしたので、彼女ははっとして彼から身を引き離した。

「誰かがあなたを追ってきたわ！」彼女は大声で叫んだ。「行って！　早く行って！」

すると、ティアン・シャンはしばらく彼女を名残惜しげに一瞥して、素早く大股で走り去っていった。

かわいそうなフィンファン！　彼女はほんとうにすべての人からの信頼を失ってしまった。その恥に加え、彼女自身もこっそりと悲しみに明け暮れ、良心の呵責にさいなまれた。過ぎ去ってしまった一年のあいだに彼女が抱いていたあらゆる期待や夢は、今や跡形もなくなり、そのよりどころとなっていた当の人物は、彼女のせいで、カナダにおいても司法からの逃亡者となってしまった。
ある日彼女は、客の一人がカウンターに置き忘れた、アメリカの新聞を手に取った。特に理由もなく、ついいつもの癖で、その記事を一字一字読みあげ始めた。

数年ものあいだ、アメリカ合衆国の空気を不法に吸ってきた中国人が、昨晩に国境を越えようとしていたところを逮捕された。彼によると、ここ数年で少なくとも十数回以上、その妙技を成し遂げたとのことであった。彼の名はティアン・シャンといい、必要な書類が整えばすぐにでも、彼が中国に送還されることに、疑いの余地はないだろう。

フィンファンは顔をあげた。新鮮な空気と光が彼女の魂に流れ込んだ。彼女の目はきらりと輝いた。後ろのクローゼットには、父親の服がかかっていた。フィンファンは背が高く、体格がかっしりした若い女だった。
「お前に相棒ができるぞ」見張りは、ティアン・シャンの檻の前で、立ち止まって言った。「今朝、我々の警備隊員二名が、カナダ側のローゼス・ポイントで[☆2]、身分証のない若い奴を捕まえた。そいつは自分が何者なのか説明することすらできなかったから、お前と一緒にここに収監することにした。おそらくそいつと一緒に、中国行きの旅をすることになるだろうな」

ティアン・シャンは、所持することを許可された中国の新聞を読み続けていた。彼は自分の方に差し出されてきたお仲間に対して、まったく興味がなかった。彼はどちらかといえば、独りにしてほしかった。静けさと孤独のなかにいる方が、ここにはいないあの人の顔が、より容易に呼び起こされるから。もう二度とフィンファンを目にすることができないということは、ティアン・シャンにとって、すでに決まってしまった結末であり、真の中国流哲学に則り、彼は現実を拒絶し、生きていくための拠り所として夢の方を受け入れ始めた。生きることそれ自体が、厳しく、苦く、失意に満ちたものだ。夢だけが、喜びや笑顔を与えてくれる。

星が次から次へと煌めき、やがて天空が輝く光で彩られた。檻の鉄格子を通して、ティアン・シャンは厳かに星空を眺めていた。

誰かが彼の肘に触れた。彼と一緒に収監されている囚人仲間だった。

その少年はまだ、目障りなことをしておらず、ここに来てからずっと、檻の隅っこの方で身体を丸め、ぐっすりと眠っているように見えた。

「何が望みだ?」ティアン・シャンはいくぶんか態度をやわらげて尋ねた。

「一緒に中国へ行って、あんたの妻になることさ」というのが、穏やかながら驚きに満ちた返答だった。

「フィンファン!」とティアン・シャンは叫んだ。「フィンファンなんだね!」

その少年は帽子を脱いだ。

「そのとおり」彼は言った。「フィンファン参上！」

☆1：アメリカ海軍提督のジョージ・デューイ（一八三七―一九一七）は米西戦争中にマニラ湾海戦を指揮したことで有名。ロバート・エドウィン・ピアリー（一八五六―一九二〇）は探検家で、一九〇九年に北極点に到達したとされる。ジェームズ・クック（一七二八―一七七九）はハワイをはじめとする太平洋地域の探検で知られる。
☆2：ニューヨーク州最北端の村で、カナダとの国境に位置する。

The Sing Song Woman

歌うたいの女

1

中国人女優のアーオイは、自分の部屋の床に寝そべり、両手で顎を支え、窓から見える細い帯のような青い空を見上げていた。いつものような陽気な気分は失われているようだった。自分の故郷を離れてから初めて、彼女の想いは真剣に過去と向き合い、中国《シナ》の海や舟や湿った砂風に思い焦がれていた。彼女は漁師の娘で、何年ものあいだ春になると、父親の舟が属している漁船団が集まる様子を眺めていた。よく憶えているのは、季節仕事のために海に向けて船が針路を取るのを見て、自分もぱちぱちと手を打ち鳴らしたことで、父の舟もそのうちの一隻だったが、その光景はまるで絵画のように鮮やかに見え、船尾にはこぎれいで小さな旗がはためいていた。他にも彼女がよく憶えていたのは、船乗りにとっての女神である「普陀菩薩《ふだぼさつ》」に祈るよう母が教えてくれたことだ。キリスト教徒でなくても、信心深くなることができるし、アーオイの両親は、自分たちの英知をもって娘を注意深く導いてきたので、アメリカのチャイナタウンで娘が女優として蔑まれているとしても、それは両親のせいではなかった。

ドアの外から聞こえる足音が、アーオイの憂鬱な気分を掻き消してくれたようで、少女が部屋に入ってきたとき、彼女は下に見える通り——人通りの多いチャイナタウンの大通り——を楽しそうに眺めていた。

姿を見せた新参者は、異様な顔つきをしていた。彼女は泣きじゃくっていたので、紅い化粧や白塗りの粉、そして洋紅色のリップクリームが、そのままでじゅうぶん可愛いはずの顔の全体に塗りつけられていた。

アーオイは笑い出した。

「あらまあ、マッギー」と彼女は言った。「顔じゅうに真っ赤な河が流れていて、すごく変な顔！　どうしたの？」

「どうしたかって？」マッギーがおうむ返しに言った。この少女は白人との混血だった。「もう死んじゃいたいくらい！　あたしは会ったこともない、我慢ならない中国人《チャイナマン》と、今晩結婚することになっているのよ。結婚しないといけないなんて、そんなのあり得ないわ。ずっと別の人を好きなのに、中国人となんて絶対に耐えられない。あたしはアメリカに生まれて、見た目もその他のどこをとっても中国人じゃないのに。見て！　あたしの目は青いし、髪の毛も金色で、ポテトとビーフが好きで、お米を食べるたびに気分が悪くなるし、細かく刻んだ食べ物も嫌いなのに。彼は一週間ぐらい前にやってきて、結婚の約束を父ととりつけて、もう今ではすべてが決定事項で、あたしも一生中国で暮らすことになっちゃったわ。来年には中国人の女にならないといけない——今日その一歩を踏み出したわ。父はあたしの顔に化粧や白粉を塗らせて、中国の服で着飾らせたのよ。ああ、絶対に誰にもこんな思いはして欲しくないわ。中国人と結婚しなくちゃならないって考えただけで、ぞっとする！　中国人なんて大嫌い！　それより最悪なのは、ずっと他の誰かを愛しているってことよ」

少女はわっと激しくむせび泣いた。女優の方は、同胞たちが、チャイナタウンに住む白人や白人の血が流れている混血の人々によく罵られているのをしっかりと耳にしていたので、それを聞いて笑い出してしまった——それは、軽くさざめくような笑い声だった。彼女はいたずらっぽく目をキラキラ輝かせた。

「あなたが中国人の男を好きじゃないなら」と彼女は言った。「どうしてそんな男に自分の身を委ねなきゃならないの？　それにもしあなたが他の人をそんなに気にかけているのなら、その誰かさんのところに飛んでいけばいいいじゃない？」

中国人の女にしてはなんとも大胆な言葉を彼女は口にしたものだ！　けれどもアーオイは、生涯ずっと夫や父親の庇護下で生きているような他の中国人の女たちとは違っていた。

半分白人の少女は、友人の顔をじっと見つめた。

「それってどういうこと？」と彼女は尋ねた。

「こういうことよ」とアーオイは言った。金色の頭と黒色の頭がお互いに近づいた。そして、ドアの前を通り過ぎていった二人の女たちは、ひそひそ相談し、笑いを押し殺している声を聞いた。

「アーオイが何か企んでいるに違いないわ」と、そのうちの一人が言った。

2

「歌うたいの女だ！　歌うたいの女だ！」怒りや驚きの叫び声があがった。

花嫁のヴェールを上げる儀式が行なわれたところで、マッギーの父親のヒュイ・イエンと彼の友人たちは激昂していた。というのも、部屋の真ん中に立っている、ヴェールをはずし美しく着飾った小柄な人物は、みながそうと思い込んでいた花嫁ではなく、女優で歌うたい女であるアーオイだったからだ。

一人を除いて、みなが声をあげた。背が高くて男前なその花婿は、何が起こったのか理解できておらず、この騒動に対する驚きを口にする言葉が見つからなかったのだ。けれども、彼は結婚したばかりだったので、ヒュイ・イエンが花嫁に近づいて、彼女の目の前で脅すような手ぶりをしてみせたときにようやく、自分自身が夫だという自覚が芽生え、少女をかばうようにして前に立ちはだかった。

「これはいったいどういうことですか？」彼は問い詰めた。「こんなに侮辱するなんて、わたしの妻が何をしたというのですか？」

「君の妻だって！」ヒュイ・イエンは嘲笑し、大声で叫んだ。「この女は君の妻じゃない。君はわたしの娘のマッギーと結婚するはずだったんだ。この女はわたしの娘ではない。ペテン師で、女優で、歌うたいの女だ。娘はどこにいるんだ？」

アーオイは、彼女に独特のさざめくような笑い声をあげて、面白がった。彼女は決して戸惑うことなく、まさにこの状況を楽しんでいるように見えた。明るく澄んだ、挑みかかるかのような目は、大胆にも質問者の目をしっかり見据え、こう答えた。

「マッギーは、白人の男と一緒に、ビーフとポテトを食べにいったわ。ああ、このお芝居はすごく楽しかったわね！」

「どんなに安っぽい女か、これでわかっただろう」ヒュイ・イエンは若い新郎に向かって言った。

新郎は同情心をもってアーオイを見つめた。彼は男らしい人だったので、おそらくは、こんな辛辣な言葉を浴びせられている少女に対して、わずかながらも優しい気持ちを抱いたのだろう。彼女は美しかった。彼は女に近づいた。

「君の言い分を聞かせてくれるかい?」彼は沈痛な口調で尋ねた。

しばらくのあいだ、アーオイは彼の目を見つめた――心から親切そうに彼女の目を見つめてくれる人は、何か月ものあいだ、彼以外一人もいなかった。

「あなたがあたしを弁護してみて」彼女は上目遣いで懇願するように答えた。

すると、新郎のク・リャンは口を開《ひら》いた。彼はこう言った。「ヒュイ・イエンの娘はわたしの妻となることを望まず、その幸せを別のものに委ねた。アーオイは親切心から、彼女のその幸せを助け、自分自身を身代わりにすることで、わたしが花嫁を失ったことに対する償いをしようとした。彼女は浅はかで分別に欠けていたかもしれないが、彼女の善行はその悪行をもってもあまりあるものである。それに、彼女はもうわたしの妻であるから、だれも彼女を侮辱する言葉を述べてはならない」

アーオイは彼の袖を引っ張った。

「あなたはあたしにはもったいないほどの信頼を寄せてくださった」と彼女は言った。「あたしには親切心などなかったの。ただのいたずら心から考えたもので、あたしはあなたの妻ではありません。これは明日もあたしが演じるようなお芝居の一つにすぎないの」

「黙りなさい!」ク・リャンはさえぎった。「もうこれ以上演じる必要はない。わたしがもう一度君と結婚して、中国に連れていけばいい」

するとアーオイの胸のうちの何かが、長いあいだ石のように固くなっていたものが、柔らかく優しいものとなり、彼女の目に涙が溢れた。

「ああ、旦那さま」彼女は言った。「心を手に入れるには、心を尽くさなければならないけれど、今日あなたは、歌うたいの女に心を与えてくださった」

The Sugar Cane Baby

さとうきびの赤ちゃん

1

花から花へと飛んでいくハチドリたちは、日光に照らされ、まるで宝石のようにきらめいている。色も形もさまざまな昆虫たちは、草木の上をブンブン飛んでいる。緑や黄色のトカゲ、斑点模様のトカゲ、あるいは黒色と金色のトカゲは、地面のすぐ上を滑らかに動き、根っこの下に降りていったり、木の幹をよじのぼったりしている。ツルツルした平たい石に巻きついているのは、緑の斑点模様のヘビだ。そうした生きものたちすべての中心にいるのは、さとうきびの赤ちゃん《シュガーケーン・ベイビー》だ。緑色のさとうきびの汁を自分で吸い、穏やかに喉を鳴らしている。

さとうきびの赤ちゃんの母親は、さとうきび畑で働いていた。朝からずっと、彼女は息子を背中におぶっていたが、午後にはぐずりだしたので、農園《プランテーション》の外にある竹藪の下に、子どもを寝かせておくことにし、それから何の心配もせずに仕事に戻った。

赤ん坊は、さとうきびをしゃぶり、満足気にクークーと声を鳴らした。世界はなんて愉快な場所なんだ、と彼は考えた。それもそのはず。彼の頭上の遙か高く、緑の竹藪の上を見上げると、サファイヤ・ブルーの空が広がっている。すぐ目の前には、世界じゅうでもっとも美しいヘビが、くるくる巻きついたり伸びたりして、赤ん坊を喜ばせ、楽しませた。少なくとも、さとうきびの赤ちゃんはそう思っていた。すっかりヘビに見惚れ、心の底から満足した彼は、やがて眠りに落ちた。美しい蝶が、彼の小さなお鼻の上に止まった。彼はそわそわと身じろぎした。ヘビはすぐさま頭を突き出し、襲いかかった。蝶は、緋色と黄金色のポインセチアの茂みへと飛んでいった。さとうきびの赤ちゃんは、すやすやと眠った。

穏やかな表情の二人の慈善修道女会のシスターたちが、ゆっくりと道を下ってきた。彼女たちはゆっくりと歩きながら、素晴らしい景色を楽しんでいた――海に向かって、ゆるやかに波打つように、何マイルも広がっている緑の草原や実り豊かな農園――そしてその奥に広がる海は、あまりにも真っ青で、霧がかかったように淡く、すっかり空に溶け込んで、その境界を見分けることができないほどであった。

「なんて素敵な土地なんでしょう」若い方のシスターは、甘い声でため息をついて言った。ところが突然、彼女はびくっとして、仲間の腕をつかんだ。

「ヘビだわ！」彼女は叫んだ。

「ヘビですって！」もう一人も同じように叫んだ。彼女は立ち止まり、石を手に取った。「どこにいるの？」

「竹藪のなか。ああ、聖なるお方、お護りください。そこに子どもがいるわ！」

年長のシスターは若い方のシスターが指さした場所へと進み寄り、とぐろを巻いて揺らめいているヘビにしっかりと狙いを定め、石を投げた。そして彼女は、眠っているさとうきびの赤ちゃんの上に身をかがめ、その顔をのぞき込んだ。

「噛《か》まれてないわ」彼女は安堵のため息をついて、そう伝えた。

赤ん坊は目をあけて、自分をのぞき込んでいる見知らぬ顔をまじまじと眺めた。

「なんと愛らしい子なの！」年下のシスターはつぶやいた。年上のシスターが彼を腕に抱きあげると、年下のシスターはこう言った。「見て、なんて可愛い男の子。小さな目鼻立ちは完璧と言ってもいいわ。おめめは、まるで夜のように真っ黒で、そしてお肌は——シルクのように滑らかなお肌は、枯れ葉のような色をしている」

「ヒンドゥーの子よ！」と年上のシスターは言った。そして思わず感情的になった。「ああ、こんな母親がいるなんて、なんてひどい母親なの！　こんなふうに放っておくなんて、子どもを愛していないのかしら？」

彼女は足早に歩いていき、追いかけるように連れ合いが後に続いた。赤ん坊はふくよかな女の胸にしっかりと抱きとめられていた。

2

さとうきびの赤ちゃんは、小さな白いベビーベッドがずらりと並んだ奥行きのある白い部屋で、小さな白いベビーベッドに寝かされていた。彼の周りには、他にもたくさんの赤ん坊が、ベッドのなかや外にいて、彼より幼い子もいれば、上の年齢の子もいた。ほとんどの小児は、純血の黒人の子どもであったが、なかには肌の色や目鼻立ちから、白人の血が混じっていることが見てとれる子も少なからずいた。さとうきびの赤ちゃんは、唯一のアジア人の子で、すぐに見分けることができた。

大部屋の窓の多くは開いた状態だったが、緑色のシャッターを通して、陽の光が差し込み、かすかな香りのするそよ風が入り込んでいた。

さとうきびの赤ちゃんは、目を閉じて眠っていた。竹の枝が頭上で揺れていたときに彼が浮かべていたような満面の笑みは、もう見られなかった。

責任者のシスターに連れられ、若い女性が大部屋にやってきた。その若い女性は、さとうきびの赤ちゃんが寝かされているベビーベッドの前で立ち止まった。

「まあ、なんて愛らしい男の子！」と彼女は叫んだ。

その若い女性は地元紙の記者で、アメリカ合衆国の出身だった。

「このヒンドゥーの赤ん坊は、わたしたちのところにいる他の子たちと比べて、ほんとうに手がかからないの」とシスターは答えた。「今あなたがご覧になっているように、この子は一日じゅうずっと、静かにじっと寝ているの。でも困ったことに、栄養不足で衰弱してきているわ。わたしたちはこの子に、バナナジュース一滴でさえも、飲ますことができずにいるのです」

「不憫な子！」若い女性は同情してつぶやいた。「捨て子なのかしら？」

「そうなのです」とシスターは返事をした。そして彼女はさとうきびの赤ちゃんを発見したときの話をした。

若い報道記者は、その話に大いに関心をもった。彼女は赤ん坊の柔らかな頬を撫でた。彼女が触れると、瞼が微かに震え、赤ん坊は吐息をついた――あまりにひそやかで悲し気だったので、若い女性の目に涙が浮かんだ。彼女はシスターの方を振り返り、こう言った。「この赤ん坊はきっと、母親のことで胸を痛めているに違いありません！」

シスターは訳知り顔の笑みを浮かべた。

「まだこんなに幼いのに！　わかるはずないでしょう！」と彼女は言った。

3

「小さなヒンドゥーの赤ちゃんは、今日はどんな様子ですか？」アメリカ人の娘は尋ねた。

「瀕死の状態です」とシスターは答えた。「会ってみたいですか？」

レイラ・キャロルは、さとうきびの赤ちゃんの寝ているところまで、シスターについていった。その小さな身体は、確かにやせ衰えていた。小さな胸が、見るも哀れなほど苦しそうに動いていることだけが、彼が生きていることを示していた。彼の傍らの枕の上には、緑色の短いさとうきびが一本、置かれていた。

「この子を発見したとき、手にはさとうきびが一本握られていたの」とシスターは語った。「だから、わたしたちもこの子のためにそれを持ってきて、それをしゃぶらせようとしたのだけれど、すべて無駄に終わったわ。他のものと同じように、それすら拒んでいるの。でもわたしたちは、この子が病気に苦しんでいるような兆候を発見することはできていないわ」

「修道院長にお目にかかりたいのですが」とレイラが言った。

彼女は修道院長と会見した。

「親愛なるミス・キャロル」とその賢い女性は言った。「もしあなたが赤ん坊の母親を見つけたとしても、わたしたちはあの子を彼女に渡すわけにはいかないのです。道の真ん中で、ヘビのそばに自分の赤ん坊を放置しておくような人間が、子どもを世話するのに相応しいと言えるでしょうか？」

「あのヘビは無害な存在でした」と若い報道記者は答えた。「すでに申し上げたように、あのヘビは子どもを守るよう、赤ん坊の父親に訓練されていたのです。しかしながら、あなたのご質問に対しては、赤ん坊と母親を会わせたうえで、お答えするほうがよいでしょう」

「母親はどこにいるのですか？」と修道院長は尋ねた。

「レモン畑で――待っています」

修道院長は両手を挙げ、「ああ、あなたのように北の出身の人というのは！」と叫んだ。「言行一致でなければ気が済まないのでしょう、そうじゃなくて？」

レイラは「そうであってほしいと思います」と答えた。「彼女を呼んでもよろしいでしょうか？」

「いいでしょう！」女子修道会の孤児院の長である若い修道女は、ゆっくりと同意した。「けれど、赤ん坊は死にそうな状態なのですよ！」

彼女たちは、ヒンドゥーの母親を、その赤ん坊が寝ているところに連れていった。「アソフ！　わたしの可愛い息子！　輝かしい光！　心の希望！　ほんとうにあなたなの？」と小さなその身体を彼女は腕に抱きしめて、泣き叫んだ。どこにそんな力があったのかと周囲が驚くほどの力で、子どもはしっかりと、ぎゅっと、母親にしがみついた。彼は小さな頭を母親の首に摺り寄せて、舌を突き出して彼女の顎をなめだした。

「お腹がすいているのね！」と彼女は叫んだ。彼女はさとうきびを取り出して、彼の唇にそれを当てた。彼は熱心に汁をすすった。

レイラは、修道院長の方を見た。修道院長は、涙で霞んだ目で、見つめ返した。

「あなたの言うとおりでした、ミス・キャロル」と彼女は言った。「シスター・アグネス、どうか、あの子にミルクを持ってきてちょうだい。それから、赤ん坊を連れて帰る準備ができるまで、母親のことをくれぐれも頼みましたよ」

The Banishment of Ming and Mai

ミンとマイの追放

1

　昔々、中国という美しい国に、チャン・アーシンという裕福で情け深い男がいた。あまりにも心優しいその男は、市場を通りすぎるときにはいつでも、生きた魚やカメ、そして鳥や獣など、目にした生きものは何であれ、買い占めずにはいられなかった。というのも、生きものたちに自由と生命を与えたかったから。彼は〈解放の森〉という緑の生い茂った涼しい森に動物たちや鳥たちを解き放ち、魚やカメたちを、〈幸福の池〉という月明りが美しい池に放った。他にも彼は、見世物のために檻《おり》に入れられたすべての動物を買い取って解放し、爬虫類にまで気をかけた。

　この善良な男が亡くなってから幾世紀も経て、彼の子孫の一人が、その国の法を犯したと告発され、彼とその親族は、それゆえに刑に処されることとなった。彼の親類には、チャン・ミンとチャン・マイという遠縁の従兄妹がいたが、彼らは、優しい伯父の庇護のもと、年老いた乳母と一緒に、ずっと幸せな人生を過ごしてきた。この幼い少年と少女に対する処罰は、荒涼とした森へ追放されることであり、この森にたどり着くには、小さな舟で暗く怪しげな河を通っていくしかないのだった。その道のりは長く、危険なものであったが、三日目の夜には、黒い影がミンとマイの前に立ち現れた。その黒い影とは森林であり、その木々は川べりに密接して、深々と生い茂っていたので、木々の根っこが水面下で絡み合っていた。彼らを家から連れてきた荒くれ者の舟乗りは、舟を接岸させたが、岸には足を踏み入れることなく、子どもたちを舟の外に出し、すぐさまその場を離れていった。彼らの顔面は、死人のように青ざめていた。地を這い、空を駆け巡る、ありとあらゆる野生動物が生息するといわれるその森は、彼らにとっては死ぬほど恐ろしかったのだ。

ミンの唇は震えた。自分とその妹は、神秘的な川のほとりにある恐ろしい森のはずれで、完全に二人だけで取り残されてしまったのだと悟った。輝かしく賑やかな生活をしていた愛する故郷、広東《カントン》地方のことを思い浮かべると、自分とマイがやってきたのは、別の地方ではなく、まったく別の世界であるように、幼い少年には思われた。

大粒の涙が彼の頬を伝った。彼の袖口で涙を拭おうとして振り向いたマイは、兄が泣いているのを見て、自分の涙を抑えた。そして小さな手を兄の手にすべり込ませ、こう囁いた。

「空を見上げてみて、ねえ、お兄さま。見てみて。わたしたちのお家で見るのと同じくらいにきらきらと輝いた銀の河が、ここでもわたしたちの頭上に流れているわ」（中国人は天の川《ミルキーウェイ》のことを銀の河と呼ぶ）

このように彼らが手を取り合って立っているあいだに、でこぼこした丸太に似たようなものが、川で動いているのが見えた。不思議なことに、子どもたちは臆することなく、それが自分たちのところに流れてくるのを興味津々《しんしん》で見ていた。そのとき、水のようにピチャピチャした声が聞こえた。「高貴なお坊ちゃんとお嬢さん」とその声は言った。「森に戻ってお休みなさい」

それはワニだった。その傍らで泳いでいたのは、銀の魚と金の魚だ。魚たちは水のなかを飛び跳ねて、ワニの言葉を繰り返した。この三匹《トリオ》に続いて、大きな緑色のカメがやってきて、つぶやくような小声で言った。「森の方へお行きなさい、尊き偉大なるお方よ」

子どもたちはその声に従い、方向を変えて木々のなかに分け入った。木々は彼らが思っていたような、粗くてとげとげしいものではなかった。香り高いハーブや低木もあり、森は温かく香《かぐわ》しかった。さらに、地面は苔や草で覆われており、茂みや若木は折れ曲がり、彼らが通れるよう道を開けてくれた。それでも、二人は遠くまで歩くことはなかった。あまりにも疲れ果て、眠くなったのだ。自分たちが休むのに心地のよい場所を選び、兄妹は並んで横になり、眠りに落ちた。

目覚めたときには、太陽が高く昇っていた。マイが先に目を開き、太陽が木々の間を照らしているのを見て叫んだ。「あたしの部屋の天井はなんて美しいのかしら！」彼女は自分が家にいるものと思い、川を渡ってきたことを忘れてしまっていた。しかしその次の瞬間、ミンが顔を上げて言った。「お前が見てる美しいものは、木漏れ日だよ。この森にはね――」

彼は口をつぐんだ。それは彼の小さな妹をおびえさせたくなかったからだが、彼は危うくこう言うところだった。「野生の鳥と獣がうじゃうじゃしている」

「ああ、なんてこと！」悲嘆に暮れたマイは大声で叫んだ。彼女も野生の鳥たちと獣たちのことを考えたが、ミンと同じように、彼女もそれについて口にするのは控えた。

「お腹がすいてたまらない」とミンが嘆いた。彼は近くを跳び回っていた鮮やかな小鳥を恨めしそうに眺めた。その鳥は、よく肥えた旨そうなバッタを朝食に見つけたようだが、ミンが話すのを聞くと、バッタを置いて素早く飛び去った。

しばらくすると、何かが草や茂みを踏みつけながら、音を立ててやってきた。子どもたちは一瞬心臓が止まった。互いに手を握り締めた。あらゆる茂みや木々の下に、頭上の枝の上に、近くの水たまりに、そしてすぐ近く、膝に触れるほどの距離のところに、獣や魚、鳥、そして昆虫などの棲む王国から来たあらゆる生きものが集まってきた。

やはり、ほんとうのことだったんだ――舟乗りたちが話してくれたことは――それよりもっと状況は悪いけれど。というのも、二人は森に棲む動物に出くわすことは想定していたが、それは一、二頭くらいのものだと思っていた。ところが、ここにはすべての生き物が集結していたのだ。

虎が口を開いた。ミンは妹を自分の背後にかばって、こう言った。「どうかお願いです、動物さん、鳥さん、あらゆる生きもののみなさん。しばらくのあいだ、どなたか、お引き取りいただけないでしょうか。あなたたちに会うことは予想していたのですが、一気にこんなに多く集まってくるとは思っていなかったので、自然とみなさんの迫力に圧倒されてしまうのです」

「どうかどうか、みなさん、お願いします」マイは震えながら言った。「そうでなければ、あたしたちの方が立ち去れるように、道を開けてくださらない。これ以上あなたたちを煩わせることがないよう、歩いて川まで戻ります。そうでしょう？　お兄さま」

「いいや」ミンは答えた。「尊い生き物たちであっても、服従させ、人間がこの森の主人であることをわからせないと。僕はこの者たちと戦って、征服するためにここにいるんだ。一頭だろうと二頭だろうと、同時に三頭だろうと、相手をしてやる。でも、さっき言ったように、全員一気にまとめてっていうのは、ちょっと困ったことだけど」

「ああ！　どうすれば！」マイは畏れ慄《おのの》いて兄を見つめながら、叫んだ。彼の言葉は、この場所にいるどんな獣よりも、ひどいものに思われた。ちょうどその瞬間、ミンとマイが話し終わるのを行儀よく待っていた虎が、聞いたことのない音で喉を鳴らした。それは大きいけれども、妙に柔らかい音であり、力強いけれども、優しい声であった。その音は、子どもたちに対して驚くべき効果を発揮した。二人をなだめ、あらゆる恐れを追い払うようだった。マイは小さな片手を降ろして、彼女の近くにかがんでいたヒョウの頭に触れた。一方、ミンは虎の目をまっすぐに見つめ、まるで旧友に対してするように、微笑んだ。虎も微笑み返し、ミンの方に向かって歩み寄り、彼の足元に横たわり、鼻先を少年の小さな赤い靴の上に置いた。それから虎は、身体を三回ほどひっくり返した。すると、そこにいた他の動物、鳥、魚、昆虫も、順番に体をひっくり返した。それにかなりの時間がかかったが、兄の後ろに立っていたマイは、兄を代理にしてではあったが、そのお辞儀を受け取り、嬉しくなった。

この意表を突いた儀式が終わり、虎はしゃがみこむような姿勢をとって、ミンに向かって言った。

「初代チャン・アーシンの勇敢で尊敬すべき子孫たる、あなたと美しい妹君のご来訪により、花は咲き乱れ、太陽は燦燦《さんさん》と輝くでしょう。ですので、あなたの強さや能力をここにいる誰かと試す必要など、まったくございません。嘘偽りはございません。殿下、我々は幾年も前にすでに服従しております――それも戦うことなしに」

「なぜ！　どうして?」ミンは叫んだ。

「なぜ！　どうして?」マイも繰り返した。

するとは虎はこう言った。

「昔々、中国という美しい国に、チャン・アーシンという裕福で情け深い男がいた。あまりにも心優しいその男は、市場を通りすぎるときにはいつでも、生きた魚やカメ、そして鳥や獣など、目にした生きものは何であれ、買い占めずにはいられなかった。というのも、生きものたちに自由と生命を与えたかったから。彼は〈解放の森〉という緑の生い茂った涼しい森に動物たちや鳥たちを解き放ち、魚やカメたちを、〈幸福の池〉という月明りが美しい池に放った。他にも彼は、見世物のために檻《おり》に入れられたすべての動物を買い取って解放し、爬虫類にまで気をかけた」

虎はそこで言葉を止めた。

「それではあなたがたが――」と、ミンは考えを口にした。「虎のあなたと森の仲間たちが、初代チャン・アーシンに助けられた動物たち、そして魚やカメの子孫というわけか」

「いかにも仰せのとおりでございます、閣下」虎は、再びひれ伏して答えた。「初代チャン・アーシンの情け深いお心配りは、世紀を超えて影響力をもち、彼のご子孫であるチャン・ミンとチャン・マイという若い方々のお命を救ったのでございます」

2 虎との別れ

それから何か月も経過し、解放の森と、月明かりの美しい幸福の池では、ミンとマイが一風変わった仲間たちに囲まれ、幸せで満ち足りた生活を送っていた。正直なところ、優しい伯父や年老いた乳母のこと、そして遠く離れた広東にいる遊び仲間たちを思うと、兄妹の心は痛み、涙が流れることもあったが、それはごくまれであった。二人の運命が予定されていたものよりもずっとましで、明るいものとなったことを、子どもたちはあまりにもよく知っていたからだ。

ある日、彼らが川辺でワニやカメと遊んでいると、突然に水が荒れて、川辺を激しく打ちつけ、襲いかかってきた。いつもは穏やかで静かな川であるだけに、不思議な出来事だった。

「どうした？　何が起こったんだ？」ミンは叫んだ。

「立派な舟が近づいてきている」金魚が大声で叫んだ。

ミンとマイは手を握り締めて、震えていた。

「舟乗りたちだ」と二人はお互いに言った。広々とした川の流れを堂々と掻き分けてくる大きな舟を、兄妹は立ち尽くしたまま、驚きの目で眺めていた。

一方、森のなかからは、虎は雌虎や子どもの虎を連れて、ヒョウも雌と子どもたちを連れて、他の動物たちも幼獣たちを連れて、すべての鳥、すべての昆虫、そして解放の森と幸福の池に棲んでいるすべての生きものたちが、一目散に駆け出してきた。彼らはミンとマイを取り囲み、二人の足下にうずくまり、頭上の木々に群がり、岸辺や水のなかでひしめきあった。

舟は流れのなかほどで停止し、その前の森には、動物たちがずらりと並んでいた。舟には、絹の衣《ころも》を着た男が二人、舟乗りが多数、そしてまた老女が一人いたが、彼女はとても大きな日傘《パラソル》と扇を携えており、その扇が送るそよ風が、解放の森の葉っぱを揺らした。

舟が止まると、老女が叫んだ。「御覧なさい、わたしの大切な幼な子たちが、野獣たちに囲まれているわ、アイヤー、アイヤー、アイヤー」彼女の嘆き声は、大気をつんざき、ミンとマイの心をかき乱したが、その老女が自分たちをかつて育ててくれた乳母のウーマであることに気づいた二人は、歓喜のあまり、小さな手をたたいた。

「どうぞこちらへ」と二人は叫んだ。「僕たちの親愛なる友人たちが、あなたたちを歓迎してくれます。彼らは凶暴な獣ではありません。彼らは優雅で洗練されていて、優れた生きものたちです」

そのとき、絹の衣を着た男の一人が、舟乗りたちに命令し、岸へと舵をとった。もう一人の絹の衣の男は、船の側面にやってきてもたれかかり、虎とヒョウにこう言った。

「誇り高きものたちよ、どうやら貴方がたは、我々の愛する甥と姪、チャン・ミンとチャン・マイのご友人であるとお察しします。貴方がたの森と接しているこの川岸に、我々が下船する許可をいただきますよう、謹んでお願い申し上げます」

虎と、彼の兄弟である動物たちは、みなひれ伏して、一斉に叫んだ。

「ようこそお越しくださいました。かのご高名なお方、慈愛に満ちた尊敬すべき、第九代チャン・アーシン様」

そこでマイは、乳母の腕のなかに抱きとめられ、ミンは伯父の衣にしがみついた。そして、もう一人の絹衣の男は、どのようにして、そしてなぜ彼らが解放の森と月明りの池に来たのか、といったことについて説明した。

魚の妖精、アヒルの妖精、蝶の妖精、そして鳥の妖精は、残酷な舟乗りたちが、家から子どもたちを連れ去ったとき、川にいる二人の姿を見ており、その報せを稲田や茶畑、ヤシの木立、そして竹藪にいる農民たちに伝えた。するとすぐに、チャン家の人々を好いていた、その地域の人々の憤慨が広まり、彼らが力を合わせて立ち上がると、チャン氏が法を破ったとされ、彼だけでなく一族が告発され苦しめられた判決に対して、再調査を要請したのだ。すると、高官の立場にあった悪意のある敵たちによって告発された罪は、まったくの虚偽であったと証明され、チャン一族に対して言いわたされた追放は撤回された。

刑務所から釈放されたミンとマイの伯父が最初に考えたのは、彼の小さな甥と姪のことであった。年端のいかないチャン家の跡継ぎの二人が、人気《ひとけ》のない森に追放されたと知ったときの彼の恐怖と悲しみは、計り知れないものだった。しかもその森林と川には、残酷な野生の生きものが棲みついているといわれているのだ。さらに、彼らをそこに連れていった船員たちは、その森がどこにあるのかを知っている唯一の者たちであったが、帰路において急流で溺れ死んでしまった。小さな子どもたちを捜索するのは不可能に思われ、九代目のチャン・アーシンも絶望して諦めようとしていたところに、鳥と魚、そして蝶の妖精たちが現れたのだ。妖精たちは例の農民たちだけでなく、伯父の前にも姿を現し、子どもたちが追放された森がどこにあり、どうすればたどり着けるのかを告げ知らせることで、この伯父を奮い立たせた。

「いかにも」友人の話が終わると、九代目のチャン・アーシンは言った。「けれども、妖精たちはわたしに、姪と甥がこれほど愛情込めて世話されているとは教えてくれなかった。わたしの愛しい子どもたちに対して、貴方がたがどうしてそんなによくしてくださったのかは、神のみぞ知ることです」

彼は、虎とヒョウ、そして自分の周囲にいるすべての動物たちに対して、深々とお辞儀をした。

「尊敬すべき九代目チャン・アーシン陛下」虎はひれ伏して答えた。「お子様たちのためにお役に立てる機会を頂戴し、わたしどもは有難き光栄と存じております。なぜならば、幾年も前、美しい国である中国において、我々の先祖たちは、尊敬すべき貴方様のご先祖である初代のチャン・アーシン様より、ご厚情を賜ったからでございます」

そして彼は後脚で立ち上がり、ミンとマイの方を向いて、前足でそっと優しく二人に触れながら、こう言った。

「小さくも尊きものたちよ、貴方がたの追放は解かれた。よって、解放の森を放浪し、幸福の池の奥深くに居住しているものたちは、これよりさき、貴方がたのご尊顔を拝することはないでしょう。貴方がたに神のご加護がありますように。貴方がたのご先祖様の初代チャン・アーシン様が、貴方がたにとって善良で高潔な人物であったように、貴方がたも、その祖先にとって、かくあり続けますように」

The Story of a Little Chinese Seabird

小さな中国の海鳥の物語

一羽の小さな中国の海鳥《うみどり》が、岩だらけの島に生えた草のなかに座っていました。小さな中国の海鳥はとても悲しんでいました。片方の翼が折れ、兄弟たちや姉妹たちはみんな、彼女をひとり残して飛び立ってしまったからです。どうして、ああ、どうして翼を折ってしまったのだろう？　どうして、ああ、どうして兄さんたちや姉さんたちは、あんなに平気でわたしを置いていけるのだろう？

小さな中国の海鳥は、海を見渡しました。その生命《いのち》と動きのなんと美しいことか。その海が、小さな中国の海鳥にとっての唯一の慰めでした。それは小さな中国の海鳥にとって、いつもうっとりとするほど美しく、情愛を向けてくれるように思えたのです。自分を嬉しがらせてくれる白い波は、何度崩れてもいつだってまた新たな波を返してくれるのでした。波たちは変化を見せながらも変わることなく、彼女や故郷である島を決して見捨てませんでした。兄弟たちや姉妹たちの場合はそうではありません。彼らといっしょに空を飛び、中空に輪を描き、水に浮かび、小魚をつかまえるために水に潜り、ご機嫌で陽気にしていられた――そんなときには彼女はみんなの一員だったし、みんなも彼女のことを愛してくれていた。でも翼を折ってしまってからは、すべてが違ってしまった。小さな中国の海鳥は、悲しみ嘆くように小さな頭を振りました。

でも、波に乗ってわたしがいる島に向かってきている、あれはいったい何だろう？　小さな中国の海鳥はちらりと眼差しを向け、それから折れていない翼を小さな頭にかざしました。

はたして、小さな中国の海鳥が見たのは一艘《いっそう》のボートでした。そのボートには三人の男の子が乗り込んでいました――そしてこれらの男の子たちが島にやってきたのは、鳥の卵を採るためでした。小さな中国の海鳥はこのことを知っていました。それで彼女の明るくて勝気な小さな目は、宝石のようにきらめきました。彼女はぶるっと身を震わせ、できる限りぴったりと地面に伏せるようにしました。

男の子たちはボートを浜につけ、やがて島を荒らしまわり、見つけられるだけの卵をすべてかき集めようとしました。ときどきその子たちが小さな中国の海鳥のそばをかすめるように通っていったので、彼女は絶対に踏みつけられると思いました。だから小さなくちばしをぴたりと閉じました。もし万一そんな痛い事が起こっても、一言も声を出さないようにするためです。でも一度、ある男の子の辮髪《べんぱつ》の先っぽがぶらさがり、彼女の頭に当たってくすぐったとき、小さな中国の海鳥は黙って耐えようという思慮深い決心をすっかり忘れ、垂れ下がった辮髪を向こう見ずにもくちばしでつつきました。彼女にとっては幸いなことに、その男の子のために辮髪を編んでくれたお母さんは、その先にある真っ赤なひもをきちんと結んではいませんでした。ですから小さな中国の海鳥が編んだ髪をつついたとき、その行ないのために少年が痛がって振り向く、という結果にはなりませんでした。きちんと結んでいたらそうなっていたでしょうけれど。実際には、男の子の辮髪から真っ赤なひもが抜けて落ちるという結果になったのです。このひもを、小さな中国の海鳥はとても長い間くちばしにくわえていました。その明るい赤い色を眺めるのが楽しみでしたし、もし落としてしまったら男の子たちに聞こえてしまうのではないかと心配したからでもあります。

一方、見つけられる卵をすべて集めてしまった男の子たちは、小さな中国の海鳥やその兄弟や姉妹たちに対する企みを相談し合っていました。それで小さな海鳥は、くちばしに赤いひもをくわえたまま、興味津々で耳を澄ませていました。男の子たちが島を出てから何時間も、小さな中国の海鳥は座ったまま先ほど聞いたことについて思い巡らせていました。とても深い物思いにふけったので、折れた翼の痛みなどすっかり忘れてしまったくらいです。

日暮れ近くになって兄弟たちや姉妹たちが戻ってきて、島じゅうに降り立ちました。その翼は広げたマントのようでした。

しばらくのあいだ小さな中国の海鳥は、まったく身じろぎもせず、声も出しませんでした。彼女はこう自分に言い聞かせていました。「どうしてわたしが気にかけなければならないの？　どうしてわたしが気にかけなければならないの？」でも実際には気にかけていたものですから、真っ赤なひもをぽたりと落とし、何回かくちばしをパクパクさせました。

「あの音はいったい何だい？」といちばん年長の海鳥が尋ねました。

「親愛なる兄さん」と小さな中国の海鳥は返事しました。「邪魔にならなかったらいいんだけど。とてもすてきな晩じゃないかしら？　見て、とても明るくお月さまが輝いてる」

「早く寝なさい！　早く寝なさい！」

「今日は楽しい空の旅ができたかしら、兄さん？」

「つまらない小さな鳥だね、早く寝なさい、早く寝なさい」

いちばん最後にしゃべったのは、小さな中国の海鳥のいちばん年上の姉さんでした。

「あら、姉さんだったのね？」と小さな中国の海鳥は返答しました。「みんながわたしたちの島から飛び立ったとき、群れの最後にあなたがいるのが見えたわ。姉さんの羽の裏側と尾っぽが繻子《サテン》のように白くて、うっとりしちゃった」

「ぼくの方がもっと白いよ」と鳥たちのなかでいちばん年下が甲高い声で言いました。

「早く寝なさい、早く寝なさい！」いちばん年上の兄さんがぴしゃりと返しました。

「今日の食事は何だったんだい？」と小さな中国の海鳥の二番目の兄さんが尋ねました。

「とってもおいしいミミズのおかゆを食べたわよ、兄さん」と小さな中国の海鳥は答えました。「そばの地面を掘り返してつかまえた。なぜってね、折れた翼をもっと悪くするといけないと思って、ちっとも動けなかったの」

「お前の翼が折れたって？　ああ、そうか、翼が折れたんだ」と二番目の兄さんがつぶやきました。

「ああ、そうか、翼が折れたのか！」と他の鳥たちも小さな声で繰り返しました。

そして鳥たちは、いちばんの年下を除いてみんな、自分の頭を翼の下に隠してしまいました。なぜなら、いちばん年下をのぞいてみんな、自分たちのことをほんのちょっぴり恥ずかしく思ったからです。

ですが、小さな中国の海鳥は、兄弟たちや姉妹たちに自分たちのことを恥じてほしくありませんでした。それで彼女はきまりが悪くなったので、小さな声をまた大きくして、こう言いました。

「でもわたし、とっても楽しい一日をすごしたの。海がこんなに美しいことはなかったし、空もそう。波の追いかけっこを眺めるのに飽きたら、空を見上げて雲を眺めることができた。とても柔らかそうで真っ白で、それが青い空を渡っていくの」

「何かをただ眺めているのなんか、ぜんぜん面白くないよ」と鳥たちのなかでいちばんの年下が言いました。「ぼくたちは雲のなかへ高く飛んでいって、それからまっさかさまに波に向かって飛び込んでいったんだ。バシャッと水のなかに潜って、それから泳いだよ！　銀のしぶきを上げて水浴びしてから翼をバタバタさせたら、そこから宝石がシャワーみたいに滴り落ちるみたいだったな」

「何てすてきなんでしょう！」と小さな中国の海鳥は叫びました。それから、もし兄弟たちや姉妹たちが翌日も同じように楽しい時を過ごせるためには、自分は彼らにお話を——嘘のないお話を——しなければならないことを思い出しました。

それで彼女はそんな話をしました。

話し終えると、たいそう騒々しい翼のはためきが起こり、兄弟たちと姉妹たちはみんな、彼女の頭上の空中に舞い上がりました。逃げようとしていたのです。

「考えてみろよ」と彼らはお互いにおしゃべりしていました。「もしわれわれがもう一時間でも長くじっとしていたなら、あの悪い男の子たちが松明《たいまつ》を灯りにしてやってきて、わたしたちを捕まえ、石にたたきつけて殺しただろうよ」

「そう、そしてわたしたちをかっさばいて、塩で味つけしただろうね！」

「そしてわたしたちをかっさばいて、塩で味つけしただろうね！」

「そして干物にしただろうね！」

「そしてわたしたちを食べちまっただろうね！」

「そしてわたしたちを食べちまっただろうね！」

「なんて無礼な！」

「なんて無分別な！」

「なんとまあ、差し出がましいこと！」

「ほんとに確かなのか？」と小さな中国の海鳥のいちばん年上の兄さんが訊きました。

「見て」と彼女は答えました。「これは、男の子たちの一人が辮髪から落とした赤いひもよ。その子の編んだ髪がわたしの頭に落ちかかったときに引き抜いたの！」

兄弟たちと姉妹たちはお互いを見交わしました。

「あの子たちは、あとちょっとで彼女をつかまえるところだった！」といちばん年長の姉さんが叫びました。

「とっても無作法なやり方で踏んづけて死なせてしまうところだった！」と二番目が言い添えました。

「今晩、あの子たちが松明《たいまつ》で探しまわるときに、必ずそうするに違いない」というのが二番目の兄さんの意見でした。

そしていちばん年上の兄さんは、小さな中国の海鳥をじっと見下ろし、それからこう言いました。

「もしもお前が、この無礼な男の子たちのしようとしていることを僕たちに教えなかったら、ひとりで死ぬのを免れただろうに」

「ひとりで死んだ方がまし！」と小さな中国の海鳥は誇り高く返答しました。「わんわん叫び声が響くのを耳にしながらより、静かに死んでいく方がずっと気分がいいでしょうから」

「まあ、みんな聞いて、この子の言っていることを聞いて！」と二番目の姉さんが叫びました。

しかし、いちばん年上、つまり翼の裏が繻子のように白くて尾羽が広がっているあの姉さんが、地面に降り立ち、丈夫な草を引き抜き始めました。「降りておいで」と彼女は他の鳥たちに呼びかけました。「翼の折れたわたしたちの小さな妹のために、頑丈な巣をつくってあげましょう——今晩、自分のことをかえりみずにわたしたちの命を救ってくれた妹をその巣に入れて、安全なところに運んでいくのよ」

「喜んで。やりましょう」と他の鳥たちは答えました。

それをきっかけに、鳥たちは翼をはためかせながら降り立ち、今までつくられたなかでいちばん素晴らしい巣をつくるために助け合いました。小さな中国の海鳥が男の子の辮髪から引き抜いた、あの真っ赤なひもも、その巣に縫い込むようにしました。これでその巣は、小さな中国の海鳥の重みに耐えるくらい頑丈になりました。完成すると、鳥たちはそれを彼女のそばへと引っ張ってきて、そっと彼女をなかに押し入れてやりました。それから鳥たちは、くちばしを使って巣の横側をくわえ、翼をはためかせました。あっという間に一緒に空中高く舞い上がった小さな中国の海鳥は、翼が折れていても、みんなに取り囲まれてこのうえなく幸せでした。

Pat and Pan

パットとパン

1

彼らは中国寺院《ジョスハウス》の入口に横たわっていた。互いに抱き合い、ぐっすり眠り込んで。彼女の小さな顔は彼の胸に隠れ、彼の白くて突き出した顎《あご》は、彼女のバラの花飾りをつけた黒い頭に載せられていた。

その白い顎が、通りかかった伝道所《ミッション》の女を立ち止まらせ、小さな二人組をあらためて眺めさせた。そう、それは白人の男の子と、小さな中国人の女の子だった。彼は五歳くらいで、彼女はせいぜい三歳程度だろう。

「あの男の子は誰の子?」と伝道所の女は中国の果物とお菓子を売り歩いていた者に尋ねた。

「あの男の子かね! ああ、あの子は中国の金の指輪や腕輪をつくってるルム・ユークのところの男の子さ」

「でも彼は白人よ」

「そう、あれは白人。それでもね、中国の男の子さ。あれの母親がね、白人のトモダチが全然いなくてね。それでルム・ユークの奥さんがご飯とお茶をあげたりして。それでその女が霊の国に行ってしまうとき、自分の男の子をルム・ユークの奥さんにあげたのさ。ねえ、あんた、ライチ買いたいかい?」

アンナ・ハリソンが財布から十セント硬貨を取り出しているあいだに、花飾りをつけた頭がゆっくりと動き、小さなこぶしが小さな顔をぐいとこすった。

「ねえ、おじょうちゃん、ぐっすりネンネした?」

「ちょほ!　ちょほ!」

黒い目が重々しく、そして侮蔑するかのように見知らぬ女をじっと見つめた。

「いい子にしてろってさ」と老いた男がくすくす笑いながら言った。

「まあ、おかしな子だこと!」

おかしな子はこんなふうに呼びかけられたのを聞いて、まだ眠っている男の子の胸に身を預けながら体をひねった。そして、両腕を彼の首へと伸ばして、顔をまた彼の顎の下に埋めた。もちろん、これで彼は目を覚ました。身を起こし、戸惑ったように伝道所の女をじっと見た。

「坊やの名前は?」彼の灰色の目とバラ色の肌に目が留まって、彼女は尋ねた。

彼の返事は聴こえたが、そのアメリカ人女性にはまったく理解不能だった。

「この子、話せるのは中国語だけ」と老人が言った。

アンナ・ハリソンは仰天した。アメリカにいる白人の男の子が、中国の言葉しか話さないとは!　彼女は自分のライチの袋を彼のかたわらに置き、小さな女の子がお友だちの身体越しに身を乗り出してそれをつかむのを眺めて面白がった。男の子は彼女からそれを奪い取ろうなどとはしなかった。それで小さな子は袋を開けておそるおそるのぞき込んだ。中身を見てキャッと歓声を上げた。たちどころに彼女は、赤茶けた殻に包まれた果実を一つ取り出し、つぶし、柔らかい殻を引きはがした。だが伝道所の女が驚いたことに、それを自身の口に入れる代わりに、少女はほの甘い乾いた果肉をお友だちの口に放り込んだ。彼女はその動作を数回繰り返し、それから小さな頭を片方にかしげて、こう尋ねた。

「好不好《ホームホー》？　おいしいか、まずいか？」

「好《ホー》！　好《ホー》！」口からいくつか小さな粒を取りのけ、もうじゅうぶんだと伝えるために頭を振りながら男の子は答えた。それを聞いて、小さな女の子は自分の分の果物を食べ始めた。

「パット！　パン！　パット！　パン！」と呼ぶ女の声が聞こえ、それから艶《つや》のある頭髪をした優しそうな顔つきの婦人が曲がり角の向こうから現れた。濃い青のパンタレットとチュニックの装いで、二重の輪のついた金のイアリングをつけている。彼女の声を聞いて、男の子は嬉しそうな笑いをあげてさっと立ち上がり、通りへと駆け出した。女の子の方はもっと落ち着いて、ゆっくりと彼の後を追った。

「あの男の子の母親！」とライチ売りの男が説明した。

2

数か月後、アンナ・ハリソンがチャイナタウンで白人と中国人の子どもたちのための学校を開いたとき、中国人の宝石職人ルム・ユークの養子であるパットが自分の母語を話せるようにしてやろうと彼女は堅く心に決めた。白人が中国人として成長することなど考えられなかった。彼女が彼を二度目に見たのは、中国のお祭りのようなものが行なわれる日で、彼はずらりと並んだ赤いロウソクと火口《ほくち》にするための朽ち木に大喜びしていた。大勢の中国人のわんぱく小僧たちと一緒になって、通りの縁石に置かれたそれらのものを燃やしていた。パットのロウソクは、他のどの友だちのものより明るくて大きな炎をあげていた。彼は脚を伸縮させながら弾性ゴムのボールのようにぴょんぴょん飛び跳ねていた。そのあいだ、パットは父親の店の戸口から、騒々しくて子どもっぽい中国語で彼に声援を送っていた。

ミス・ハリソンは男の子の肩に手を置いて話しかけた。中国語は片言なら使うのにあまり苦労しなかった。わたしの学校に来て、きれいな絵を見てみたくない？　パットは赤みがかった巻き毛を揺らせ、パンの方を見た。パンも来る？　ええ、行きたいわ。パンの記憶力は良かったし、ライチや椰子糖《ココナツキャンディ》のかけらも好物だった。

もちろん学校に行くにはパンはあまりに幼かった――まだほんの赤ちゃんだった。だがもしパンなしにパットを獲得できないなら、まあ、パンにも来てもらわなければ。面談してみるとルム・ユークとその妻は、パットが英語を習うのにとても前向きだった。育ての父は自身も英語を少しは話せた。だが彼がそれを使うのは商談のときかアメリカ人に話しかけるときかに限られ、パットがそこから恩恵を受けることはなかった。しかし、何よりも彼はパットに「ご先祖の話し方」を学んでほしいと願っていたから、家にいるときも子どもたちに「アメリカの言葉」を練習するよう勧めると約束した。

それでパットとパンはミッションスクールに行き、二人の暮らしのなかで初めて別れ別れになるという試練を与えられた。というのも、パットは男の子たちと一緒に座らなければならず、幼いパンにはミス・ハリソンに近いところに小さな赤い椅子が与えられたのだ。赤ちゃん用の玩具がその近くにたくさん置かれていた。パンはただ遊ぶだけで、学ばなくてもいいことになっていた。

だがパンは学んだ。一年が経ったとき、話しぶりこそ途切れ途切れで赤ちゃんのようだったが、彼女が身につけた英語の語彙はパットよりずっと多かった。そのうえ、彼女は甲高い声で賛美歌をうたい聖書の一節を暗誦することができた。それに対してパットの方は一所懸命努力したのに、気の毒にも一行も憶えることができなかった。当然ながら、パットはパンほどに学校に行くのが好きではなく、それでもなお通い続けているのは、ミス・ハリソンが根気強く彼に期待をかけているという理由しかなかった。

パンが五歳でパットが七歳であったある日、この少女は初めて一人で学校にやってきた。

「パットはどこ?」と先生は訊いた。

「パット、今日は病気なの」とパンは返答した。

「病気!」とミス・ハリソンは繰り返した。「まあ、それは気の毒ね。可哀そうなパット! あの子どうしたの?」

「大きな犬がかみついたの」

その午後、犬にかまれたパットに会いにいく途上で、この教師は路地にいる彼を目撃した。いちどきに五つのコマをまわすことに夢中になっていて、アメリカ人の男の子たちが数人その周りを取り巻いて、中国ふうの離れ業を褒めそやし歓声を上げていた。

次の朝、パットはミス・ハリソンに鞭で五回ぶたれた。彼女が机のなかにしまいこみ、特別の機会にしか使わない鞭だった。パットの右手は叩かれたために痛みで疼《うず》いた。だが彼は優雅に微笑みながら罰を受けた。

ミス・ハリソンはそれから、五歳のパンの方を向いた。パンはこの鞭打ちを、涙を浮かべながらも興味津々で見ていたのだ。

「パン！」と先生は言った。「あなたもパットと同じくらい悪い子だったわよ。だからあなたも罰を受けなきゃならない」

「あたし、学校を休まなかったのに！」とパンは抗議した。

「そうね」――厳しい口調で――「あなたは学校は休まなかった。でもわたしに言ったわね、犬がパットにかみついたって。でもそれはほんとうじゃなかった。小さな女の子はほんとうでないことを言ってはいけません。先生はパンの手を叩きたくないの、でもそうしなければならない。ほんとうじゃないことを言うのは駄目だっていうことをパンが忘れないようにね。こっちに来なさい！」

パンは袖で顔を隠し、すすり泣きながら立ち上がった。

教師は前に身を乗り出し、差し上げられた腕を引き下ろし、小さな手を自身の手に取って、ぴしゃりと叩いた。彼女が同じことをもう一度しようとしたまさにそのとき、パットが自分の席から勢いよく跳び出し、パンを脇に押しのけ、教師の顔の前で小さな拳を震わせながら、怒りにかすれた声で彼女に挑みかかった。

「僕のパンをもう一度ぶったら！　僕のパンをもう一度ぶったら！」

この仲のいい二人――彼らはいつもいつも恋人同士というわけではなかった。パットがパンのことを腹立たしいと感じるのは、たとえば聖書の一節を彼がまったく憶えていないことを先生が知ってから、パンの方に向かってこう言うときだった。

「じゃあ、パン、あなたから聞かせてもらいましょうね」

するとパンは、学校では最年少の子どもで、しかもこれくらいの年齢の子にしても尋常でないくらい小さかったのに、取り澄まして小さな指を組み、一字一句たがえずに望みどおりの一節をみなに聞かせるのだった。

「お前なんか嫌いだ、パン！」こんなことがあったある機会に、パットは低い声でそう文句を言った。幸いなことにパンには聞こえなかった。彼女は穏やかにこう歌っていた。

「イエスはわたしを愛してくださる、そのことをわたしは知っている。なぜなら聖書がそうだと教えてくれるから」

だが、讃美歌をうたったり聖書の一節を暗誦したりすることにかけては、パンはさながらかわいい熾天使《セラピム》だったが、小さな中国人の少女としては、とても悪戯《いたずら》好きだった。実際、パットが元気いっぱいに行なう悪ふざけは、大半は彼女が考案したものだった。それにもかかわらず、パットがトラブルに巻き込まれると、パンは同情心を見せながらもいつも彼に向かってお説教をするのだった。「わるい子ね、わるい子ね！　どうしてあたしみたいにいい子になれないの？」ある日のこと、彼が悪ふざけの「報い」を受けているときに彼女はそう言って戒めた。

パットは怒りに満ちた目を彼女の方にじろりと向けた。

「ねえ」と彼は尋ねた。「どうして悪い人間はいつもそんなに良い子にしてるんだい？」

3

あの白人の女性は自らの赤ちゃんをルム・ユークの妻に差しだし、その腕に抱きしめさせた。中国人の宝石職人とその妻は、そのようにして得た子どもをわが子とみなした。二人はこの男の子のことを、その二年後に生まれた小さな娘に対するのと同じくらいに愛し、気遣った。もし仮にルム・ユーク夫人が少しでもえこひいきのようなものを示したとすれば、それはパットに向けてだった。彼こそが彼女が初めて胸にかき抱いた子であり、初めて赤ん坊らしい微笑みとおふざけで彼女の心を嬉しがらせた子であり、初めて自分のことをまーまと呼び、初めて自分を愛してくれた子なのだから。彼が八歳の誕生日を迎えた日、彼女は夫にこう言った。「白人女の息子は、白人女の息子。あの子がわたしたちとひとつ屋根の下で暮らしているので、みんながいろんな噂《うわさ》を立てています。わたしの心は天が真っ黒になったように重苦しくなってしまいました」

「落ち着きなさい、お前」とのんびり屋の男は応じた。「面倒ごとが起こってもいないのに、どうしてわざわざ気にかけることがあるのだ?」

面倒ごとが実際に起きたとき、冷静さと勇気をもって対処がなされた。夫婦は何の抗議をすることもなく、この男の子を裕福なアメリカ人とその妻に差しだした。新しい夫婦は彼をわが子として迎え、「アメリカの男の子にふさわしいように育てる」つもりだった。それでも中国人の夫婦の心の奥底には、これは不当なことで、自分たちの愛情が踏みにじられたという思いがあった。そもそも、自分たちがあの気の毒な白人の若い女に憐れみをかけ、後に残された無力な赤ん坊を世話して愛情を注ぐということが仮になかったとしたら、他人に「育てて」もらうような白人の男の子など、この世に存在していないだろうから。

それではパットとパンは？「僕のパンと別れたくない！　僕のパンと別れたくない！」とパットは叫んだ。

「でもそうしなきゃならないんだ」とルム・ユークは悲しい気持ちを抱きながら説得した。「お前は白人の男の子で、パンは中国人だから」

「僕も中国人だよ！　僕も中国人だよ！」とパットは叫んだ。

「この子、中国人！　この子、中国人！」とパンも訴えた。泣きすぎて小さな鼻が腫れていた。小さな目のふちが赤くなっていた。

だがパットは連れていかれた。

学校の本を腕に抱え、陽気に口笛を吹きながら、パットは下り坂を歩いていた。脇道の方に視線をさまよわせていると、はっと注意がひきつけられた。

「おや！」彼は歓声を上げた。「あれはパンじゃないか！　パン、おおい、パン！」と叫んだ。

パンは振り向いた。甲高い喜びの叫びがあがり、それからパンはパットにしがみついていた。「すてきなパット！　いい子のパット！」と叫びながら。

それから、彼女は彼から身を離し、相手の頭から足までまじまじと眺めた。

「りっぱなコート！　りっぱなブーツ！　何ドルしたの？」と彼女は質問した。

パットは機嫌よく笑った。「わからないよ」と彼は答えた。「お母さまが買ってくれたんだ」

「お母さま！」とパンは繰り返した。彼女はしばらくのあいだ額にしわを寄せた。

「大きくなったわね、パット」というのが彼女の次の言葉だった。

「君の方はまだ小さいね、パン」とパットは言い返した。一年ぶりの再会だったが、彼が通っている学校仲間の女の子たちと比べてパンはずっと小さかった。

「大きな学校に行くのは好き？」本に目を留めてパンが尋ねた。

「あまり好きじゃないよ。でもね、パン、僕は君が何も知らないことをたくさん教わってるんだ」

パンはうらやましそうに彼を見つめた。最後に彼女は言った。「ねえ、パット！　アートイ、死んじゃったよ」

「アートイ！　アートイって誰？」

「ニャンちゃんよ、パット。大きくて灰色のニャンちゃん！　パット、すっかり忘れちゃって」

パットはアートイのことなど何の関心もない様子だった。

「チャイナタウンは今、とってもすてきなの」とパンは断言した。「フム・ロックはお店にしんちゅうのカブトムシをつけたお盆を二つ置いてる。それから、まーまはたくさん花をかざってる！」

「しんちゅうのカブトムシ、見てみたいな」とパットは言った。

「それから父さんの新しいガラスケースも？」

「うん」

「それからまーまのお花も？」

「うん」

「じゃあ、行こうよ、パット」

「行けないんだよ、パン！」

「ああ！」

再びパットが学校から歩いて帰るときのことだった。今度は何人かの男の子たちと一緒だった。突然、嬉しそうな小さな声が耳に響いた。パンの声だった。

「ああ、パット！」彼女は喜びでいっぱいの様子で叫んだ。「見つけた！　見つけた！」

「何言ってるんだ、この中国のチビ」と少年たちの一人が笑った。

それで、パットはパンの方を向いた。「僕から離れてくれ」と彼は叫んだ。「僕から離れてくれ！」だからパンは彼から離れていった――小さな足でできる限りすみやかに。だが彼女が坂のいちばん下にたどり着いたとき、彼女は顔を上げ、悲し気に小さな頭を振った。「かわいそうなパット！」と彼女は言った。「あの子、もう中国人じゃない。あの子、もう中国人じゃない！」

解説

アジア系アメリカ文学の現在と過去

松本ユキ

アジアに出自をもつ人々の手による文学作品が、近年注目を集めるようになり、日本でもここ数年で次々と翻訳書が出版されている。作品の例を挙げると、韓国系ならば、ミン・ジン・リーの『パチンコ』(*Pachinko*, 2017)やミシェル・ザウナーの『Hマートで泣きながら』(*Crying in H Mart*, 2021)、ベトナム系としては、ピューリッツァー賞を受賞した作家のヴィエト・タン・ウェンによる『革命と献身 シンパサイザーⅡ』(*The Commited*, 2021)、オーシャン・ヴオンの『地上で僕らはつかの間きらめく』(*On Earth We're Briefly Gorgeous*, 2019)、モニク・トゥルンによる『かくも甘き果実』(*The Sweetest Fruits*, 2019)、日系ではカレン・テイ・ヤマシタの『三世と多感』(*Sansei and Sensibility*, 2020)やジュリエット・S・コーノの『暗愁』(*Anshū: Dark Sorrow*, 2010)、中国系はセレステ・イングの『秘密にしていたこと』(*Everything I Never Told You*, 2014)、フィリピン系はジーナ・アポストルの『反乱者』(*Insurrecto*, 2018)など、枚挙にいとまがない。これらの本はすべて、二〇二〇年代に日本語に翻訳された。ざっとタイトルを見ただけでも、「アジア系アメリカ文学」がいかに多様で勢いのあるジャンルか、窺い知ることができる。

アメリカを中心に英語で出版された作品は「アジア系アメリカ文学」という枠組みで捉えられてきたが、アジア系の作家による文学作品は、アメリカだけでなく、カナダやブラジルなどアメリカ大陸全体に広がっており、ヨーロッパなどその他の地域にも波及してきている。創作の言語も英語のみならず、多言語にわたっている。アジア系の作家による作品群は、「翻訳文学」や「世界文学」など別の枠組みで論じられることも増えてきている。

「アジア系アメリカ文学」というジャンルは、一九六〇年代後半から七〇年代ごろに端を発している。それまでアメリカの社会においては、アジアに出自をもつ人々の手によって書かれた文学作品はほとんど見つかっていなかった。

一九六八年にサンフランシスコ州立大学で、そして一九六九年にはカリフォルニア大学バークレー校において、学生たちが第三世界解放戦線を組織し、より人種的に多様な教育システムの構築や組織改革の必要性を呼びかけた。自分たちの歴史や文学を発掘し、教育カリキュラムへと組み込み、図書館などにアーカイブとして保存していくことが、彼らにとって緊急の課題となった。スイシンファーの『スプリング・フレグランス夫人』(1912)は、そのような社会的・政治的背景のなかで再発見された作品の一つである。

現時点で発見されているスイシンファーの生前の出版物は、短編集の『スプリング・フレグランス夫人』のみであり、その後長らく忘れ去られてきたが、出版後八十年以上の時を経て、イートン研究者のエイミー・リンとアネット・ホワイト＝パークスによって『スプリング・フレグランス夫人とその他の作品』(1995)として再編され、初期の「アジア系アメリカ文学」として評価されるようになった。

イーディス・イートンの生涯と作品

今日ではすっかり人口に膾炙した「アジア系アメリカ文学」だが、そのような概念が未だ確立していない黎明期に、イーディス・モウド・イートン（Edith Maude Eaton, 1865-1914）は、中国系の筆名スイシンファーとして、北米の中国人あるいは中国系アメリカ人についての物語を書き続けた。スイシンファーを漢字で記すと「水仙花」となり、中国語で水仙を意味する。[*1]

この作家についてはわかっていないことも多いが、ここでは彼女についての論文や研究書から伝記的な情報を収集し、年代順にまとめていくこととする。[*2]

イーディス・イートンは、一八六五年三月十五日に、イギリス北西部、チェシャー州のマコルスフィールドで、イギリス人の父、エドワード・イートンと中国人の母、アーチュン・アーモイ（もしくはグレース・トレフュシス）の間に、十四人兄弟――うち二人は幼くして死去――の長女として誕生した。

父のエドワードは、一八三九年にイギリスのマコルスフィールドで絹の貿易商の家に生まれ、パリで絵画を学び、画家となった。母のアーチュンは、一八四六年、中国の上海近郊の生まれで、世界を巡業する中国の雑技団に売られたが、後にキリスト教の宣教師に「救出」され、イギリスで教育を受けた（Chapman xvi）。その後宣教師になるため中国に渡り、エドワード・イートンと出会い、二人は一八六三年に上海のトリニティ教会で結婚した。[*3]

イートン一家は、イギリスとアメリカを往来する生活をしていたが、一八七二年もしくは七三年ごろにカナダ、ケベック州のモントリオールに居を定めたとされている。[*4] 父親が借金を抱え、一家の生活は困窮し、家計を支えるため、父の描いた絵画や自分の編んだレースを売って歩いた、とイーディスは述べている（Ling and White-Parks 222）。

イーディスは、速記者や記者などの職に就きながら、一八八〇年代ごろからモントリオールで創作活動を始めた。一八八〇年代後半から九〇年代にかけて、彼女の詩や物語は、週刊画報『ドミニオン・イラストレイティッド』に掲載され、カナダの英語新聞『モントリオール・デイリー・スター』や『モントリオール・デイリー・ウィットネス』に記事が掲載された。[*5] 一八九六年二月に雑誌『フライ・リーフ』[*6]に発表された短編小説の「ギャンブラー」（"The Gamblers"）は、スイシンファー（当時はSui Seen Farとサインされていた）が初めてアメリカにいる中国人を題材に書いたフィクションである。

そのほかにもこの年には、『デイリー・スター』に書簡形式のエッセイ「中国人のための嘆願書」（"A Plea for the Chinaman"）を投稿し、中国人がカナダに入国する際の人頭税に対する抗議を表明し、中国人への不当な扱いの改善を訴え、彼らの権利を擁護している。その他にも同年には、雑誌『ロータス』やチャールズ・F・ラミス[*7]が編集者を務めたカリフォルニアの雑誌『ランド・オブ・サンシャイン』――一九〇一年十二月以降は『アウト・ウエスト』――に物語を投稿している。

一八九六年十二月から、イーディスは妹のウィニフレッドの仕事を引き継ぎ、ジャマイカのキングストンで『ガルズ・デイリー・ニュース・レター』という新聞の記者となった。この時期に書かれたものは、ファイヤー・フライ（蛍を意味する）と署名されている。業務内容は、議会の議事録の作成にはじまり、政治キャンペーンについての記録、ジャマイカの社交界、監獄、孤児院、慈善学校などの取材、書評や女性と子ども向けのコラムの執筆など多岐にわたっていた（Ferens 185）。イーディスは自伝的エッセイである「ユーラシアンの心象を綴ったポートフォリオ」（"Leaves from the Mental Portfolio of an Eurasian"）で、ジャマイカでの出来事に触れ、リゾートホテルに滞在する上流階級の白人の黒人のメイドに対する態度に異議を唱えている。しかしながら、ジャマイカ滞在はそう長くは続かなかった。マラリアに感染し体調を崩した彼女は、帰国を余儀なくされ、一八九七年五月にはジャマイカからボストン経由でモントリオールに戻ることとなる（Chapman 249）。

ほんのわずかな滞在期間ではあったものの、ジャマイカでの出来事は、彼女の人種に対する意識を大きく変え、グローバルな植民地主義のコンテクストを意識させることとなった。

現時点で発見されている作品で、西インド諸島を舞台にした短編小説としては、一八九八年の「遠く離れたジャマイカで」（"Away Down in Jamaica"）と本訳書に収録されている一九一〇年の「さとうきびの赤ちゃん」（"The Sugar Cane Baby"）がある。彼女の作品の多くがアメリカやカナダ、そしてときには中国を舞台としていることを考慮すると、この二編は西インド諸島を描いているという点で例外といえる。[*8] 初期の創作段階において、北米以外の社会にも視野を広げ、帝国主義のグローバルなコンテクストを扱っているという点は、注目に値する。

このように一八九七年は、イーディスがスイシンファーという筆名で作家としての頭角を現し、国内外へと視野を広げていくうえで、一つの転換期にあった。カナダやアメリカの地方誌に次々と作品を投稿し、ジャマイカでも記者として研鑽を重ねた後、彼女は作家としての市場や活動の拠点を、アメリカへと広げていく。イーディスの伝記作家であるアネット・ホワイト＝パークスによれば、モントリオールから一年間のジャマイカ滞在を経て、アメリカ西海岸に移住したこの時期は、スイシンファーが中国系のアイデンティティを隠してきたイギリス系カナダ人から、自身の中国系の出自を公に認識するユーラシアンへと転換していく変革期であった（White-Parks 101）。

一八九八年には、イーディスは、サンフランシスコおよびロサンゼルスで、カナダ大陸横断鉄道会社の職に就き、一八九九年にはシアトルに拠点を移して、法律事務所で速記などの仕事に従事した（Chapman 249）。このころに執筆された作品で、一九一二年の短編集に収録されているのは、カナダとアメリカの国境を移動する中国人を題材にした連作の一つ「タイコウを密輸して」（"The Smuggling of Tie Co," 1900）である。もう一つの短編である「ティアン・シャンの心友」（"Tian Shan's Kindred Spirit"）の初出は不明だが、いずれも「越境」をテーマにした作品だ。メアリー・チャップマンによると、父のエドワード・イートンは、一八九六年に材木を運ぶ車の荷台に中国人三人を潜ませ、モントリオールからニューヨークへの密入国を手助けしたことで逮捕されている（Chapman xxvi）。つまりこの二作品は、父親の経験をもとに創作したものであると考えられる。[*9]

「ティアン・シャン」と「タイコウ」では、異性装により国境を横断《パス》しようとする人物が登場し、人種やジェンダーの境界を撹乱するような試みが見られたが、一八九八年の「歌うたいの女」（"The Sing Song Woman"）では、花嫁を交換することで家父長的な制度を出し抜こうとする女同士の企てに焦点が当てられている。その翌年の「リン・ジョン」（"Lin John"）では、妹を身請けするために身を粉にして働く献身的な兄、リン・ジョンの姿が描かれているが、妹はそのような兄を出し抜き、お金を盗み取ってしまう。これらの作品に共通して現れるトリックスター的な人物像は、後のスプリング・フレグランス夫人の造形につながる。「アーソーナンの三つのたましい」（"The Three Souls of Ah So Nan"）[*10]では、親の喪に服すために許嫁との結婚を先延ばしにしようとする中国人男性の葛藤が描かれている。中国とアメリカあるいは親世代と子どもの間での価値観や文化の違いによって生じる問題は、他の作品でもしばしば採り上げられている。

創作活動においては中国系としての自己を確立していったイーディスだが、現実世界でアメリカとカナダの国境を移動する際には、中国人の血が入っていることを隠して白人として「パス」する（身分を偽る）必要があった（White-Parks 1995, 101）。

一九〇三年にはイーディスは、再びロサンゼルスに赴き、『ロサンゼルス・エクスプレス』で速記者および記者として働くこととなるが、一九〇四年には、ロサンゼルスからシアトル、モントリオール、ニューヨークを鉄道で旅し、中国人の商人ウィン・シンの視点で、同誌に旅行記を連載した（Chapman 250）。ユーラシアンの女性作家が、中国人、男性、商人として旅行記を書くことは、これまでにない斬新な試みであった。

同年には、月刊誌『センチュリー』に「中国人の男の子—女の子」（"A Chinese Boy-Girl"）が掲載され、翌年には『ウエスタナー』に「賞をもらったチャイナ・ベイビー」（"The Prize China Baby"）を発表した。教育により子どもたちを導こうとするアメリカ人女性たちの姿は、「さとうきびの赤ちゃん」などの作品にも共通して描かれている。イーディスは子どもを題材にした作品を数多く残しており、小さな地方誌だけでなく全国的に展開されている主流の雑誌にも自身の作品を投稿していく。

このように、サンフランシスコのチャイナタウンにおいてより大規模な中国系のコミュニティに触れた一八九八年からアメリカ西海岸を中心に継続的に物語を書き続けた一九〇五年までを、イーディスのキャリアにおける一つの時期としてホワイト＝パークスは捉えており（White-Parks 1995, 115）、一九〇九年から一九一三年ごろまでを彼女の作家としての円熟期（144）として評価している。[*11] 一九〇五年から一九〇九年までの空白期間は断筆していたわけではなく、後の研究により新たな作品が発見されてきている。チャップマンの作成した文献リストによると、この時期も『ウエスタナー』や『グッド・ハウスキーピング』などの雑誌に継続的に投稿を続けている。本訳書にも収録されている「チャイニーズ・リリー」（"The Chinese Lily"）は書誌情報が不明であったが、現在では一九〇八年に『アウト・ウエスト』に掲載された作品であることが明らかになっている。なお『ウエスタナー』はシアトルを拠点にした雑誌であり、一九〇七年にイーディスは、シアトル市政府の法務局で速記の仕事に就いていたことがわかっている（Chapman 250）。

一九〇九年、ニューヨークの週刊雑誌『インディペンデント』の紙面に載った自伝的作品「ユーラシアンの心象を綴ったポートフォリオ」は、彼女のもっとも重要な作品の一つであり、その後彼女は作家として成熟し、より完成度の高い作品を世に送り出していくこととなる。またこのころからボストンに移住し、フルタイムの作家として活躍していく（Chapman 250）。他にも同年には『ウエスタナー』にアメリカの中国人の生活をスケッチした作品「アメリカの中国人」を連載し、後の短編集にも収録される「自由の国で」（"In the Land of the Free"）を発表した。

一九一〇年には、代表作を次々と生み出していく。一九一二年の短編集の冒頭に掲げられた「スプリング・フレグランス夫人」（"Mrs. Spring Fragrance"）とその連作の「劣った女」（"The Inferior Woman"）さらにはもう一つの連作ものである「中国人と結婚したある白人女性の話」（"The Story of One White Woman

Who Married a Chinese"）および「彼女の中国人の夫」（"Her Chinese Husband"）は、いずれも同時期に発表された。これらの作品群では、階級・人種・ジェンダーなどの差異により生じる問題を、非常に対照的に描いている。中国人男性と結婚した白人女性の物語では、異人種間の偏見に起因する悲劇がシリアスなトーンで描写されるが、中国人商人の妻であるスプリング・フレグランス夫人の語りは、さまざまな差異を乗り越えて、個人間の理解が促されるハッピー・エンドであり、コミカルで軽妙なタッチで描かれている。

これらの代表作を収録したスイシンファーの短編集『スプリング・フレグランス夫人』は、一九一二年にA・C・マクルーグ社より出版された。マクルーグは、シカゴの大手出版社であり、女性や人種マイノリティの作家による著作を手がけていた。アフリカ系アメリカ人としての二重の意識を表現した名著、W・E・B・デュボイスの『黒人のたましい』（*The Souls of Black Folk*）も、一九〇三年に同社から出版された。スイシンファーの初版本はわずか二千五百部であり、当時はあまり大きな売り上げを記録することはなかったようだ（White-Parks 1995, 202）。短編集は二つのセクションに分かれており、それぞれ「スプリング・フレグランス夫人」そして「中国の子どもたちの物語」という区切りで短編のフィクションが収録されている。最初のセクションの全十七の物語は、すべて本訳書で翻訳されている。第二セクションからは、計二十作のうち、「ミンとマイの追放」（"The Banishment of Ming and Mai" 初出は1910）、「小さな中国の海鳥の物語」（"The Story of a Little Chinese Seabird" 初出は1910）、「パットとパン」（"Pat and Pan" 初出不明）の三作のみを訳出した。最初の二作品は中国を舞台としたおとぎ話で、子ども向けに書かれたと思われるが、大人が読んでも様々な教訓を読み取ることができる。いずれも動物を登場人物としており、障害者や動物など、人とはちがう存在を排除したり、環境を汚染したりする人間中心の考え方を批判している。「パットとパン」は、チャイナタウンを舞台とした物語であるが、こちらも西洋中心のものの見方や大人の一方的な教えに鋭く切り込んでいる。

他にも初版では収録されていないが、一九九五年の再版に含まれている二作品、「ユーラシアンの心象を綴ったポートフォリオ」と「さとうきびの赤ちゃん」を本訳書に組み込んだ。

初版本はすべてフィクションで構成されているが、もしも自伝的なエッセイが収められ、著者についての情報がさらに与えられていれば、当時の社会においても異なる評価を得ていたかもしれない。作品の評価は、作家の出自と結びつきやすく、マイノリティの作家の場合はそのような傾向がより顕著である。さらに彼女のフィクションそのものが、自伝的な経験をもとにして書かれていることを考慮すると、このエッセイは読者が作品を読み解くうえで、非常に重要な作品である。

マーサ・カッターなどの研究者が指摘しているように、イーディスは、一九一一年にラミス宛ての手紙で、長編小説を執筆していることを明かしている（Cutter 271）が、現在までその原稿は発見されていない。現在でも多くの作家が短編集でデビューし、その後のキャリアにおいて長編小説をヒットさせることで、作家としての名声を獲得しているように、イーディスも、長編小説を書くことで、プロの作家として認知されることを願っていたようだ。[*12] 残念ながら、彼女の生きている間に、長編を世に出すことはかなわなかった。

一九一四年四月七日に、心臓の病によりモントリオールで死去し、イーディス・イートンは四十九歳で生涯を終えた。

彼女の短い生涯で書かれた多くの小さな物語が再び読まれるまで、一世紀ほど待たねばならなかった。

文学史上の位置づけと評価

アジア系アメリカ文学研究者のＳ・Ｅ・ソルバーグ（S. E. Solberg）は、一九七〇年代に学会でいち早くスイシンファーの名を紹介し、「中国系アメリカ人初のフィクション作家」として位置づけた。彼女の作品は次第にアジア系アメリカ文学の作品集でも取り上げられ、研究者たちに評価されるようになった。

一九七四年にフランク・チンらによって編纂されたアジア系アメリカ文学のアンソロジー『アイイイーーーーー!』（*Aiiieeeee!*）では、スイシンファーの名前が言及されており、彼女は「アジア人でも白人のアメリカ人でもないアジア系アメリカ人の感性《センシビリティ》を代弁した最初の人物の一人である」（Chin, et al. 3）と評されたが、作品自体は収録されなかった。

第二弾として一九九一年に出された『ビッグ・アイイイーーーーー!』（*The Big Aiiieeeee!*）には、「ユーラシアンの心象を綴ったポートフォリオ」、「中国人と結婚したある白人女性の話」、「彼女の中国人の夫」の三作が収められている。チンは、スイシンファーやその他のユーラシアン（アジアとヨーロッパの混血）の女性作家について触れ、彼女たちの作品が、中国系男性を女性化された性的に不快な存在として描いていない点を評価している（Chin 12）。スイシンファーことイーディス・イートンが描いたのは、女性を抑圧する家父長的な夫や男らしさを奪われた存在としてのアジア人男性のステレオタイプとは違う、個々の人間らしい存在であった。当時は「アジア系アメリカ文学」というと、アジアからの一時滞在者やアメリカ生まれのアジア系の作家による著作が多くを占めていたが、「ユーラシアン」のイーディスはそのなかでも特異な存在であり、そのため彼女の作品は、アジア系アメリカ文学のなかでも周縁に位置していた。作品の数が少なく、短編作品が多いことも、彼女の評価を遅らせる要因となった。現時点で発見されているイーディスの生前の出版物は、短編集の『スプリング・フレグランス夫人』のみであり、出版後八十年以上の時を経て、二人の研究者の手によって、『スプリング・フレグランス夫人とその他の作品』として再編された。小説が未発表のままに終わり、現時点に至るまで原稿が見つかっていないこと、研究当初は彼女の書いた記事やフィクションの一部しか発見されていなかったことなどが、作家としての評価を滞らせた。

しかし今日では、未発見であった作品が徐々に発掘され、イーディスは幅広いジャンルや手法で精力的に創作をしていた、多作な作家であったことがわかってきた。初版から一世紀以上を経た二〇一六年には、新たな作品群を加えた著作集『ビカミング・スイシンファー』が出版された。編者のチャップマンは、カナダで出版された初期の作品群、ジャマイカで書かれた記事、中国人男性の視点で書かれた旅行物などを新たに加え、スイシンファーの作品の更なる複雑性や多様性に光を当てた。イーディスがさまざまな媒体で相当数の作品を発表していたことを鑑み、少なくともキャリアの晩年には専業作家として生計を立てることができるほどの成功を得ていたのではないか、とチャップマンは推測している（Chapman xx）。

彼女の妹のウィニフレッド・イートンも、日本ふうの筆名オノト・ワタンナで知られる作家である。オノトという名については諸説あるが、ワタンナは漢字で表記すると「渡名」であるとされている。彼女の小説『お梅さん』（原題は、*Miss Numè of Japan* で、直訳すると『日本のヌメさん』）は、邦訳が出版されている。生涯にわたって多くの小説を発表したウィニフレッドについては、日本でも数名の研究者により紹介されてきたが、姉のイーディスについては、まだほとんど知られていない。日本ではイーディスの知名度はウィニフレッドと比べると低いものの、前述のとおり、北米においては、アジア系アメリカ文学の先駆者として再評価されてきた。

エイミー・リンは、筆名の選択は「自己形成の行為」であり「アイデンティティの選択」であると述べている(Ling 2009, 307)。ウィニフレッドが当時の社会でより好意的に受け入れられていた日本人としての仮面を選択したのに対し、イーディスは中国人としての自己を隠すことなく、中国系アメリカ人のために書き続けた。植木照代によると、姉妹の生み出した仮面やその対話のスタイルは、それぞれ異なるコンテクストで力を発揮するものの、いずれも当時の社会に存在する人種差別や不寛容な姿勢に対峙し、一元的なアイデンティティの在り方に異議をとなえ、自らの異種混淆性《ハイブリディティ》を打ち出していくための抵抗の手段であった(三二〇)。

スイシンファーの作品に登場する登場人物たちは、彼女の複数の自己を投影している。人々の好奇の目にさらされる中国人の子ども、速記者として働き生計を立てる自立した女性、外の世界をレポートするジャーナリスト、中国人をアメリカ化しようとする伝道所《ミッション》の女性など多様な人物が登場する。これらの人物たちはまったくの虚構の人物ではなく、作家自身の経験をもとにして形成された人物像であり、ときには彼女自身の分身であると考えられる。

ホワイト=パークスは、イーディスが当時の人種的・文化的な言説に対抗するために生み出した、トリックスター的な戦略に注目する(White-Parks 1994, 1-2)。彼女の指摘するように、スイシンファーの作品には、人種・階級・ジェンダーなどの境界を越え、巧みな話術や策略により他者を出し抜き、既存の社会的言説に異議を唱える、トリックスター的人物がたびたび登場する。初期作品に登場する越境者のティアン・シャンやタイコウから晩年のスプリング・フレグランス夫人まで、スイシンファーの作り上げる中国人たちは非常に多様であり、偏狭な考えや世界観を次々と塗りかえていく存在である。当時の北米社会に根強く存在していた中国人への偏見を打ち破り、より人間的で多様な実像を映し出すためには、人々の意識や思考を変えていくための方策をじっくりと練りあげていく必要があった。

彼女がこのような戦略を獲得していくことができたのは、やはり「ユーラシアン」としての彼女自身の複雑な立ち位置や多様な自己意識に拠るところが大きいのではないだろうか。「〈揺れ動くそのイメージ〉」の主人公であるパンのように、社会のなかで「白人」か「中国人」かの二択を迫られて葛藤する混血の少女像はイーディス自身の姿に重なる。

アメリカ人の父と韓国人の母をもつミュージシャンのミシェル・ザウナーによる自伝『Hマートで泣きながら』など、現在は混血女性の視点で書かれたものが数々出版されているが、百年以上も過去の時代に目をむければ、欧亜混血の女性の視点に立って書かれた文学作品は、ほとんど存在しないか、あるいはその存在がまだ「発見」されていない。ちなみに二〇二一年に出版されたザウナーの本は、『ニューヨーク・タイムズ』のベストセラーに入り、日本でもすぐに邦訳が出された。もしイーディスの作品が別の時代に出版されていれば、もっと多くの人に読まれていたかもしれない。彼女はあまりにも早すぎたのだ。

作家自身も、自らの立場や主張が当時の社会ではまだ受け入れられない可能性を、だれよりもよく理解していた。「ユーラシアンの心象を綴ったポートフォリオ」において、彼女は自らの先駆者としての苦悩を受け入れ、未来へと希望を託している。

根本的にはすべての人間は同じだと、わたしは考える。わたしの母の人種は、父の人種と同じく偏見をもっている。全世界が一つの家族になったとき、人間はようやく、はっきりと見て、しっかりと聞くことができるようになる。いつの日か、世界じゅうのほとんどの地域が、ユーラシアンでいっぱいになることを信じている。わたしはほんの手始めなのだと考えると、自分自身を奮い立たせることができる。先駆者の苦悩は、名誉なことだ。

イーディス・イートンという人物については、まだ謎が多いが、私たち読者はこの一節を読んだだけでも、彼女について非常に多くのことを知ることができる。『スプリング・フレグランス夫人』は、「アジア系アメリカ文学」の始まりとこれからを映し出す作品群であり、時代や場所を越えてこれからも読まれていくべき物語なのである。

この翻訳書を完成させるまでに、多くの方たちのお力をお借りしました。特にイーディス・イートンについての幅広い知識を共有してくださったメアリー・チャップマン教授、写真を提供してくださったダイアナ・バーチャルさんと松川祐子教授、および中国語訳『春香夫人』を参照させてくださった林麗婷先生に感謝申し上げます。カバーの絵を提供してくださったウィリアム・ディアさんにも感謝します。なお本稿は、科学研究費・基盤研究(B)（課題番号：23H00613、研究代表者：山本秀行）の助成を受けた成果の一部です。

◉註

＊1 一九一二年に出版された *Mrs. Spring Fragrance* の初版本の表紙には、水仙らしき花（睡蓮にも似ている）の挿絵と「水仙花誌」という漢字が記されている。本書六頁を参照。

＊2 White-Parks (1995), Ferens (2002), Chapman (2016) などを適宜参照し、本文や註に出典を記した。

＊3 両親については White-Parks (1995) の第一章、Ferens (2002) の作成した年表（Chronology）と Chapman (2016) の序文（Introduction）、および Winnifred Eaton Archive の *Biographical Timeline* を参照のこと。

＊4 White-Parks (1995) の p. 18 および Chapman の p. 247 を参照。

＊5 Ferens の Chronology に詳しい。スイシンファーの略歴と作品については、White-Parks の Bibliography や Chapman の作成した付録を参照。

＊6『フライ・リーフ』は、イーディスの妹であるグレースの夫でイギリスの作家、ウォルター・ブラックバーン・ハートが編集していた月刊雑誌である。

＊7 ラミスは、一八五九年にマサチューセッツ州で生まれた。アメリカの南西部を旅し、カリフォルニア州ロサンゼルスに定住。記者・編集者・作家・活動家・歴史家として活躍した。メアリー・オースティン、シャーロット・パーキンス・ギルマン、ジャック・ロンドンなどの作家の編集者あるいは良き助言者となった（Cutter 259）。イーディスにも大きな影響を与えた人物であり、多くの手紙をやりとりしていた。ラミスとイーディスの関係については、マーサ・カッターの二〇〇六年の論文に詳しい。

＊8 ジャマイカなど国外を舞台とした作品群については、拙稿「境界を超えるアジア系アメリカ文学――Edith

Eaton/Sui Sin Far の三つの短編を中心に」を参照のこと。

＊9 他にも「ウー・マとわたし」（"Woo—Ma and I"）という一九〇六年の短編も同様のテーマを扱っているが、短編集には収録されておらず、本訳書にも含まれていない。この作品はメアリー・チャップマン編の『ビカミング・スイシンファー』で読むことができる。

＊10 初出時のタイトルは "The Three Souls of Ho Kiang: A Story of the Pacific Coast"（1899）であり、『トラベラー』に掲載されたが、後にタイトルを "Three Souls of Ah So Nan" と改め、短編集に収録された。チャップマンの付録Cを参照。

＊11 チャップマンは、スイシンファーの創作時期を三つに分けて考えている。初期はモントリオールで創作を始めた年からスイシンファーという筆名をめぐって試行錯誤していた一八八八年から一八九八年、中期はアメリカの西海岸の地方誌に中国やチャイナタウンについての物語を掲載していた一八九八年から一九〇八年ごろまで、後期は一九〇八年から亡くなる一九一四年までの作家としての円熟期である（Chapman xxviii-xxix）。

＊12 短編集でデビューし、二作目で長編小説を出版したアジア系の作家として、ジュンパ・ラヒリやイーユン・リー、エイミー・ファンの名を挙げておく。

◉参考文献

Chapman, Mary. ed. *Becoming Sui Sin Far: Early Fiction, Journalism, and Travel Writing by Edith Maude Eaton*. McGill-Queen's UP, 2016.

Chapman, Mary and Jean Lee Cole. "Biographical Timeline." *The Winnifred Eaton Archive*, edited by Mary Chapman and Jean Lee Cole, v. 2.0, 03 February 2024, https://winnifredeatonarchive.org/timeline.html.

Chin, Frank, et al. *Aiiieeeee!: An Anthology of Asian American Writers*. 1974. U of Washington P, 2019.

Chin, Frank. "Come All Ye Asian American Writers of the Real and the Fake." *The Big Aiiieeeee: An Anthology of Chinese American and Japanese American Literature*. Ed. Jeffery Paul Chan, Frank Chin, Lawrence Fusao Inada, and Shawn Wong. Penguin, 1981. 1-92.

Cutter, Martha J. "Sui Sin Far's Letters to Charles Lummis: Contextualizing Publication Practices for the Asian American Subject at the Turn of the Century." *American Literary Realism*, 38-3 (Spring, 2006): 259-275.

Far, Sui Sin. *Mrs. Spring Fragrance*. A.C. McClurg & Co., 1912.

---. *Mrs. Spring Fragrance and Other Writings*. Ed. Amy Ling and Annette White-Parks, U of Illinois P, 1995.

Ferens, Dominika. *Edith and Winnifred Eaton: Chinatown Missions and Japanese Romances*. U of Illinois P, 2002.

Ling, Amy. *Between Worlds: Women Writers of Chinese Ancestry*. Pergamon P, 1990.

---. "Creating One's Self: The Eaton Sisters." *Reading the Literatures of Asian America*. Ed. Shirley Geok-lin Lim. Temple UP, 2009. 305-318.

Solberg, S. E. "Sui Sin Far/Edith Eaton: First Chinese-American Fictionist." *MELUS*, 8.1(1981) :27-39.

White-Parks, Annette. "'We Wear the Mask': Sui Sin Far as One Example of Trickster Authorship." *Tricksterism in Turn-of-the-Century American Literature: A Multicultural Perspective*. Ed. Elizabeth Ammons and Annete White-Parks. UP of New England, 1994. 1-20.

---. *Sui Sin Far/Edith Maude Eaton: A Literary Biography*. U of Illinois P, 1995.

◉その他の参考資料

・イートン姉妹の翻訳書

オノト・ワタンナ『お梅さん』中田耕治訳、柏艪舎、二〇一一年。

水仙花『春香夫人』張義・謝世雄訳、中信出版社、二〇一八年。

・日本語の先行研究

植木照代「イートン姉妹の自伝とフィクションに見るハイブリディティの政治学」アジア系アメリカ文学研究会編『アジア系アメリカ文学――記憶と創造』大阪教育図書、二〇〇一年、三〇三―三二四頁。

里内克巳「トランスパシフィックの物語学――『ユーラシアン』作家スイシンファーを中心に」木村健治・金崎春幸編『言語文化学への招待』大阪大学出版会、二〇〇八年、一五―二八頁。

――『多文化アメリカの萌芽――19～20世紀転換期文学における人種・性・階級』彩流社、二〇一七年。

松本ユキ「Sui Sin Far の *Mrs. Spring Fragrance and Other Writings* における『越境』――ヨーロッパとアジア、アメリカとカナダのボーダーランズで」大阪大学言語文化学会『言語文化学』第一九号、二〇一〇年三月、四一―五一頁。

――「境界を超えるアジア系アメリカ文学――Edith Eaton / Sui Sin Far の三つの短編を中心に」『文学・芸術・文化――近畿大学文芸学部論集』第三〇巻、第二号、二〇一九三月、一―一一頁。

――「初期アジア系アメリカ文学のトランスボーダー性――スイシンファーの作品を再読する」『アジア系トランスボーダー文学――アジア系アメリカ文学研究の新地平』山本秀行他編著、二〇二一年、小鳥遊書房、三三―四四頁。

あとがき

里内克巳

今からほぼ三十年前にあたる一九九五年は、スイシンファーことイーディス・イートンが再発見されるきっかけとなった記念すべき年である。アネット・ホワイト＝パークスによる評伝、そしてエイミー・リンとパークスが共同で編んだ作品集がほぼ同時にイリノイ大学出版局から刊行されたのだ。これを契機としてスイシンファーに関する研究が盛んになっていったが、アジア圏への翻訳紹介については遅れを取ったきらいがある。二〇一八年に中国語訳『春香夫人』が出版されているが、本訳書が日本語によるスイシンファー作品の初紹介となる。翻訳にあたっては、スイシンファーの生前に書籍としてまとめられた唯一の作品集『スプリング・フレグランス夫人』（一九一二年）の初版本を底本とし、パークスとリンが共同で編纂した一九九五年の作品集や、二〇一一年に出版されたシュアン・シュウ（Hsuan L. Hsu）による選集も随時参照した。

スイシンファーはジャーナリスティックな記事も書いているが、本訳書では小説・物語の書き手としての顔に注目し、短編小説集として構成している。例外は自伝的エッセイ「ユーラシアンの心象を綴ったポートフォリオ」で、これを本書全体の導入として冒頭に置いた。スイシンファーが生きた時代の欧米社会において、アジア人、とりわけ中国人に対して向けられていた苛烈な差別の実態をまず知らないと、この作家が小説で試みたことの果敢さが現代の読者には伝わりにくいだろうと考えての配置である。

このエッセイでスイシンファー＝イーディス・イートンは、イギリス人と中国人を両親とする、いわゆる欧亜混血（ユーラシアン）として生まれ、理不尽な偏見を受けながら生きてきた自らの半生を語っている。周囲から好奇の目を向けられ、まともな友達付き合いもできなかった幼少期。そして成人してからも、職場の同僚と付き合ったり男性と交際したりする際に、ほとんど必ずといっていいほど出自の問題に苛まれた。そこには、当時の女性が置かれた相対的な地位の低さも絡んでくる。そんな自らの歩みを振り返り、スイシンファーは過去のエピソードを、アルバムに写真を並べるような書きぶりで綴っていく。国籍よりも個人としての在りようの方が大事であるという強い思いと、西洋と東洋との懸け橋になりたいという決意を述べてエッセイは結ばれる。一九〇九年に雑誌掲載されているが、このような赤裸々な自己開示によって、スイシンファーは本格的な作家になるための階段を一歩上がったといえる。

「ユーラシアンの心象を綴ったポートフォリオ」を発表してから三年後、先にも述べた作品集『スプリング・フレグランス夫人』が出版された。この書籍は二部構成になっており、第一部「スプリング・フレグランス夫人」には短編小説が十七編、第二部「中国の子どもたちの物語」には、掌編や寓話ふうの物語二十編が収められている。本訳書では、このうち第一部をすべて訳出し、初版本どおりの順番で配列した。配列まで再現したのは、初めての作品集を刊行するにあたり、どのように短編を並べていくかについてスイシンファーはしかるべき配慮を行なったに違いないからだ。

第一部の冒頭に置かれているのは、表題作である「スプリング・フレグランス夫人」とその続編「劣った女」だが、これらはアメリカに暮らす既婚の中国人女性が、若いカップルの結婚を成就させるべくトリックスターさながら奮闘するという趣向の連作である。ユーモアが漂うこれらの短編に続いて、作品集のなかでもっとも長くて不穏さに満ちた「新しい知恵」が配置されている。完成度の高いこれら三篇を作品集の最初に配することで、スイシンファーは短編小説の巧みな書き手としての自らの力量を披露しようとしたのだろう。

もっとも、スイシンファーがこれらの短編を作品集の初めに置いたことについては、別の狙いがあったことも推測できる。「スプリング・フレグランス夫人」では中国人どうしの恋愛と結婚が扱われており、それを反転させるかのように、「劣った女」ではアメリカ白人の男女の恋愛の行方が読み手の興味の対象となる。次の「新しい知恵」は、母国で結婚した中国人の男女が、アメリカという異国で夫婦として家庭生活を営み男児を育てようとするが、無残に失敗するという話である。つまり、これらの作品で焦点が当たるのは、同じ出自、同じ人種の男女の恋愛と結婚なのであって、当時としてはタブーとなっていた異人種間結婚を素材にするのは、最初のうちは避けておこうという配慮がはたらいていた可能性がある。

「新しい知恵」では、中国からアメリカに渡航してきたパウリンが、夫であるサンクウェイとアメリカ人女性アダー・チャールトンとの仲を疑い、嫉妬が芽生えていく。パウリンの疑惑はまったくの見当違いではなく、サンクウェイがアダーに対して実際に恋愛感情を抱いている可能性もあるにはあるが、物語は委細に立ち入らない。だが、同じようなシチュエーションを扱った「パウツのアメリカ化」になると、中国人男性がアメリカ白人女性に向ける思慕がもっと踏み込んだ形で描かれている。ここではアダー・レイモンドという若い白人女性にワン・リンフォが思いを寄せ、呼び寄せた中国人妻パウツに西洋の服を着せるなどしてアダーに見立て、自らの恋愛感情を処理しようとする。登場人物の名前の類似などから、「新しい知恵」と「パウツのアメリカ化」との間には明らかな繋がりが認められるが、後者の作品の方が、異人種間の男女の交際という当時のアメリカでのタブーを正面から見据えようとする姿勢がより顕著である。夫の願望の踏み台にされた妻に寄り添うようにして物語を進めていくところにも、女性の立場に共感を寄せるスイシンファーらしさが表れている。更に、もう一つの連作「中国人と結婚したある白人女性の話」「彼女の中国人の夫」になると、スイシンファーはアメリカ白人女性（ミニー）が中国人男性（リュウ・カンギ）に向ける愛を肯定的に描くことで、異人種間恋愛のタブーを完全に否定するに至っている。このような作品間の繋がりに着目しながら読み進めていくならば、さまざまなテーマがどのように変奏され深められていくかを掘り下げて考えることができるだろう。

短編「スプリング・フレグランス夫人」で、アーオイという名の〈不品行〉な女性が脇役として登場するのも興味深い。彼女はスプリング・フレグランス夫人からの依頼に応じ、ある男性と懇意な仲になることで、彼との結婚を嫌がるローラの手助けをしてあげる。そんな役柄に注目すると、初版本第一部の最後に置かれた短編「歌うたいの女」で、同じアーオイという名前の女性が登場するのは単なる偶然ではないといえる。「歌うたいの女」において、チャイナタウンで女優として生計を立てるアーオイは、意に沿わない結婚を強いられた女友達のためにひと芝居を打つ。だが、期せずして中国人の花婿の優しさに感じ入り、手に手を取って海を越え、仲良く里帰りを果たす。スプリング・フレグランス夫人に次ぐもう一人のトリックスターたるアーオイの存在によって、初版本第一部の最初と最後の短編は緩く繋がる。第一部に収められた短編は、アメリカ合衆国やカナダが主たる舞台となり、中国に出自をもつ人々がその地で直面するさまざまな問題がクローズアップされているが、「歌うたいの女」もその直前に置かれた「ティアン・シャンの心友」も、愛し合う男女の中国への帰還という共通する結末をもつのは偶然ではないだろう。北米では否定的な色眼鏡を通して眺められてきた中国に寄せる愛情を最後に表明することで、スイシンファーは初版本第一部の短編小説群を締めくくるのである。

初版本の第二部「中国の子どもたちの物語」からは、「ミンとマイの追放」「小さな中国の海鳥の物語」、そして「パットとパン」を選んで訳出した。スイシンファーは中国を訪れたことがなく、言葉もほとんど知らなかったため、中国を舞台にした本格的な作品を書くことはなかった。彼女にとっての〈中国〉とは、その地で生まれた母親から聞かされた話を基にして想像のなかで構築した土地であり、歴史的現実からやや距離を置いて理想化されたトポスだったのではないか。「ミンとマイの追放」や「小さな中国の海鳥の物語」をはじめとして、第二部に多く見られるファンタジーや寓話・童話風の物語は、スイシンファーなりの〈中国〉を書く試みであったといえる。

「パットとパン」は、初版本では第一部に組み入れられてもさほど不自然でない短編である。この作品では、白人の男の子パットがある事情からチャイナタウンで育てられ、中国人の女の子パンと一心同体と言ってもいい間柄になるが、成長して白人としての意識に目覚めたパットは彼女と決別する。白人と中国人との間に生まれ、チャイナタウンで育った少女（パン）が、本人の意思に反して〈白人〉の側に引き入れられていくという趣向の「〈揺れ動くそのイメージ〉」とシチュエーションは似ているが、「パットとパン」では、ミッションスクールに代表されるキリスト教に基づく同化教育が、二人の幼い子どもたちの間ではぐくまれた情愛にくさびを打ち込むものとして批判の対象となっている。このような宣教活動や同化教育は、西インド諸島を舞台にしていると思しき「さとうきびの赤ちゃん」でも強く批判されている。「さとうきびの赤ちゃん」は一九一〇年に雑誌掲載されたにもかかわらず、二年後に出版された作品集『スプリング・フレグランス夫人』には収録されなかった。だが、スイシンファーの関心がアメリカ合衆国やカナダだけにとどまらず、西洋諸国による植民地主義が行なわれていた世界の諸地域に広く向けられていたことを示す好例として、この短編を取り上げた次第である。

訳者の一人である私（里内）とスイシンファーとの出会いは、一九九九年、在外研究先のカリフォルニア大学バークレー校で受けたアメリカ文学の授業で「スプリング・フレグランス夫人」を読んだときに遡る。もともとマーク・トウェインを中心に研究を進めていたのだが、これをきっかけとして、人種的・民族的マイノリティに属する作家を抜きにしては、十九世紀末から二十世紀初頭にかけての文学は語れないと考えるようになった。

帰国後は、何度もスイシンファー作品を教室で取り上げ、大学院生たちと共に読み、ディスカッションすることで理解を深めていった。共訳者である松本ユキ氏はそのような院生の一人だった。やがて私以上にスイシンファーに関心を寄せるようになり、今ではアジア系アメリカ文学を専門とする研究者として活躍中である。スイシンファー作品の訳出は、私たちにとって長年の懸案であったが、諸般の事情で簡単にとりかかれなかった。作品との出会いからほぼ四半世紀が経過した今、独特の経歴と作風をもったこの書き手を、広く日本の読者に知ってもらう機会を得られたことを嬉しく思う。

訳者二人はまず、それぞれの担当作品を決め、単独で訳出することで第一稿を作成した。その後で互いの訳稿を点検し、しかるべき修正の提案を行なった。作品によってはそのプロセスを繰り返し行なったものもある。各作品の訳文スタイルには最初の担当者の個性がある程度反映しているだろうが、できる限りの統一をはかるようにした。解釈の難しい箇所では知恵を出し合って解決を試みたので、単独訳で行なった場合よりもミスを大幅に減らすことができたと確信している。なお、訳出にあたって、今日の常識から考えて不適切と思われる表現は避けるようにしたが、作品が書かれた時代背景や作者の意図から、どうしても使わざるを得ないものもあったことをお断りしておく。

最後に、私たち訳者の要望を聞き届けていただき、出版に至るまでの道をつけてくださった小鳥遊書房の高梨治氏に心から感謝申し上げる。

二〇二五年四月

【著者】

スイシンファー

(Sui Sin Far)

本名はイーディス・イートン（Edith Eaton)。1865年にイギリス人の父と中国人の母のもと、イングランドで生まれる。1870年代初めに、一家でカナダのモントリオールに移住。速記者などの仕事につき、やがてジャーナリスト・作家として活躍するようになる。カナダ、アメリカ合衆国、ジャマイカなど住まいを転々としながら、異国に生きる中国人に寄り添った記事や物語を雑誌に発表する。唯一の著作である『スプリング・フレグランス夫人』(1912年) を出版して間もなく、1914年にモントリオールで死去。享年49歳。

【訳者】

里内克巳

(サトウチ　カツミ)

大阪大学人文学研究科教授。主たる専門は19世紀末から20世紀初頭までのアメリカ文学。著書に『多文化アメリカの萌芽——19～20世紀転換期における人種・性・階級』(彩流社、2017年、第3回日本アメリカ文学会賞)、共著に『アメリカン・ポエジーの水脈』(小鳥遊書房、2024年)、訳書に『〈連載版〉マーク・トウェイン自伝』(彩流社、2020年) などがある。

松本ユキ

(マツモト　ユキ)

近畿大学文芸学部准教授。言語文化学博士。専門はアジア系アメリカ文学。
共著に『アジア系トランスボーダー文学—— アジア系アメリカ文学研究の新地平』(小鳥遊書房、2021年)、『移民の衣食住 I——海を渡って何を食べるのか』(文理閣、2022年)、『終わりの風景——英語圏文学における終末表象』(春風社、2022年) がある。

スイシンファー短編集《たんぺんしゅう》

スプリング・フレグランス夫人《ふじん》

2025年4月25日　第1刷発行

【著者】

スイシンファー

【訳者】

里内克巳、松本ユキ

発行者：高梨 治

発行所：株式会社**小鳥遊《たかなし》書房**

〒102-0071　東京都千代田区富士見1-7-6-5F

電話03-6265-4910（代表）／FAX　03-6265-4902

https://www.tkns-shobou.co.jp

info@tkns-shobou.co.jp

装幀　鳴田小夜子（KOGUMA OFFICE）

印刷　モリモト印刷株式会社

製本 株式会社村上製本所

ISBN978-4-86780-073-7　C0097